A Novel



SHUTTER ISLAND

隔離島

導讀

# 從波士頓飛向好萊塢

唐諾

《隔離島》這部小說的書寫者丹尼斯．勒翰是一九六五年生的波士頓五年級之人，還算年輕，稍前因為《神祕河流》一書及其改編的電影而形勢大好，這本《隔離島》是他《神祕河流》式混種類型書寫的再一次叩關，信心滿滿，什麼也不怕。書裡，還包括《隔離島》這個命名，他大量使用心理學的東西，但沒被那些天花亂墜的所謂心理學理論（其實絕大多數該稱之為猜測或臆想）所迷惑，犯罪推理驚悚小說一踏入心理學迷宮經常會陷入的文字雜沓且裝神弄鬼、編碼凌亂前言不接後語、結構像迷了路一般完全潰解、結局不知所云還要放出某種莫測高深模樣的煙霧等等一個個陷阱，勒翰一樣也沒犯。《隔離島》文字明朗，編碼一貫、結構結實而且一切顯然全在掌控之中，結局出現後你不服氣再翻回去檢驗一番，包括比方說島主模樣的典獄長（一個其實並不重要的角色）的反應及其行為舉止描述，也都合情合理而且看得出書寫者的細心和腦袋清晰不紊。看來，這部《隔離島》甚有機會讓勒翰再登一次高峰，至少夠他挺在後《神祕河流》的舒服位置上穩穩的。

痛恨佛洛伊德到一種地步、厭惡心理學在小說世界濫用、侵擾、肆虐而且還一副救世主模樣的大小說家納布可夫可能會喜歡勒翰這樣玩心理學於股掌之上的寫法也說不定，儘管一來納布可夫說他並不看這樣的類型小說，再者他也已經作古正式進入到小說的萬神殿之中了。還有，納布可夫也喜歡並推崇卡夫卡，這部《隔離島》確實也寫出了幾分《城堡》和《審判》的味道，在一片卡夫卡式的拙劣模仿時尚空氣之中。

勒翰本人，寫的原來是較純種的美式冷硬私探小說，他的開筆之作也是他的系列小說是「派崔克／安琪」，這兩個名字一男一女，是勒翰自己出生成長之地波士頓多徹斯特這片藍領階層住宅區的私家偵探，辦公室帶點象徵也帶點興味的（反正不帶白不帶）設在一座老教堂的廢棄鐘塔上，有仿天堂的好視野，原來是派崔克幫忙逮偷燭台小賊抵換的酬勞。因此，勒翰原被視為是老波士頓羅勃．派克及其筆下硬漢子史賓塞的合理接班人，一山不容二虎，惟勒翰不甚光棍的以兩個敵一個，而且就像小孩挨父親揍時的惡毒嗆聲用語：「沒關係，你會老我會大。」時間顯然比較偏心站勒翰這邊。

但廿一世紀伊始，二〇〇一年，魔鬼重新被關閉另一個千年的歷史節慶時刻，勒翰卻筆鋒一轉寫了單本的《神祕河流》，鴻鵠般飛越了家鄉古城波士頓，也飛越了漢密特、錢德勒的老書寫王國，向著好萊塢、也向著非地域非時間的人性迷濛雲端拍著翅膀而去。這一代新的書寫者有他們不同的召喚和嚮往，離鄉背井變成簡單尋常、說走就走的事，不是移民般換一塊土地（那可是比留在故土更嚴重更需要下大決心的事），而是遊蕩，甚至只是旅行。他們收回了一部分黏乎乎的情感、信念和日復一日累積進展如老匠人的獨門技藝工作，兌換為自由、輕靈以及務實性的老於世故和無所不能。我們的現實流變總呈現著一種奇特的時間性悖論，那就是光譜般愈老的人顯得愈天真，反倒是飯吃得比人家鹽巴少的年輕人愈練達愈洞穿一切似的，就像一個老笑話講的，說眼看著步入青春期的兒子，惴惴難安好一段日子的父親有一天終於鼓了勇氣敲開兒子房門說：「兒子啊你也長大了，該是我們好好談一下性知識的時候了。」兒子抬起頭，不耐煩的歎口氣：「好吧，你有什麼不懂的，問吧。」

## 十二點零二分三十九秒

有些東西是普通的、大家都有的；有些東西則是特殊的、有說明力量乃至於象徵力量的。辨識出後者，在諸多認識領域都是重要大事。最尋常的，像現實刑案和犯罪推理小說裡的指紋以及如今成為鑑識新貴的所謂「工具痕跡」，都是美麗雪花一樣亙古不重複的獨特東西；考古學裡，他們則找到碳同位素等某些特殊分子的濃度及其衰變來確認時間；比較有趣的還有，《垃圾之歌》書裡告訴我們，研究城居生活形態變化的新興「垃圾考古學」，其最簡便但一針見血的時間辨識之物，居然是罐裝可口可樂的小拉環。這個小附件每隔個幾年便隨可口可樂罐裝形式的改進而稍有差異，時間皆有記錄可查跑不掉，而肆虐全球已近一世紀的可口可樂，又不論哪鄉哪鎮的垃圾堆裡都遍在如基督教講他們萬能的神的行蹤；還有，它的合金質料耐得住腐蝕，不會像報紙雜誌（有更明確時間註記）等有機性質材東西那麼禁不起埋。

當然，特殊時刻特殊情境下，這種「明天的報紙包昨天的魚」的脆弱且尋常報紙也會展現它的決定性說明能耐，因為它有一個永不逾越的特質是嵌合著時間亙古智慧的，那就是可用象徵性去思考的過去、現在和未來分割關係，未來如波赫士講的還沒發生，確確實實還沒發生（而不是科幻、神祕或宗教幻想裡所說的只是我們沒看到）。因此，綁匪要證明手上人質至少今天還活著值得你付贖款，最簡單通用的方式就是讓他拿一張報紙拍照。張愛玲生前，一度謠傳她病逝，張愛玲也仿此拍了一張照片昭告世人，這是她大隱數十年少見的頑皮行徑，像回轉到年輕張愛玲的模樣。

如果你在某一部小說裡看到有「十二時零二分三十九秒」這樣的東西，那我們大致會如此確認，這應該是一本英式的古典推理小說是吧；如果，接下來又出現一張泛黃或殘缺或丟棄紙張，上頭有著誘人的密碼式數字和字母以及某種符號圖像，那你就更確信這不是古典推理才有鬼；還有，如果殺人的凶器不單純是刀是槍是日常生活隨處可拿到的棍棒鈍器也不是上帝給予的萬能雙手，而是諸如塗了箭毒的原始部落吹箭云云這些需要書寫者描繪解釋半天的怪玩意兒，那也一定是古典推理——

這裡我們只用分割至秒的時間這一項來說。我們之所以驚訝而且敢於這麼確認，當然不在於我們不曉得家裡時鐘或自己腕上手錶有顯示秒的裝置，而是生活經驗裡我們不用到它，就像我們可能一次也沒用到當今這個政府無聊到極點發行的豔紫色兩千元大鈔一樣（他們不知道有信用卡這種東西嗎？）。計算到秒，除了表示有人發了神經病之外，我們很自然驚覺到一定有某個不尋常的、戲劇性的事發生了（是不是有枚定時炸彈快引爆了？），而長期以來，如同一路往更細小、更微觀世界分割的那支物理學，古典推理小說成功的占據了這個時間的戲劇性，從而進一步成為它的身分證、它的象徵。當然，也不免有他者眼紅會來分食這個戲劇性，比方說肉麻的羅曼史小說，王家衛的好看電影《阿飛正傳》借用過這個濫情之物，是張國榮（願他安息）小阿飛意圖勾搭張曼玉的張氏宗親會那一段。「至少×年×月×日×時×分×秒這一秒你是屬於我的。」

也正是在如此矯情、不生活習慣的特殊時間分割上，讓日後寫實的冷硬派嗤之以鼻，如同它怎麼也看不慣那些喬張作致的殺人凶器和死法一樣——這個彼此看不順眼是全面性的，不僅僅向著哪一個特定作者哪一部特定小說而已（他們在談特定作家和作品時反而會溫和許多），而是今天我們都已知道的，是兩種不同的小說書寫方式，源生於兩種不同的視角和關懷，建立於兩種不同的哲學基礎之上。就像社會學裡以秩序為著眼的古典學派功能學派和以衝突為著眼的衝突學派一樣，一模一樣。

然而，《隔離島》這部小說確確實實出現了「十二時零二分三十九秒」這個可口可樂的小拉環，還提供了一張滿是奇怪數字的謎樣紙張，但它卻不算古典推理之作；或者我們再加一樣，隔離而且還那麼準碰上暴風雨交通完全斷絕的孤島，又是監獄又是精神病院的封閉空間，這也不弱於以秒計時和謎樣數字，是古典推理的特許場景和特許天氣，但仍不足以讓它就是古典推理。只因為我們的確也同時察覺，小說中人物的造型和質感、敘述和對話的語調、所觸及問題的現實性、可見深度乃至於顯現的作者意圖，以及最終或最原初瞪視這黯黑陰森一切的基本位置和視角，毋甯是夠冷也夠硬的。

可是，是古典是冷硬有什麼關係呢？幹嘛要龜毛神經質的非分不可呢？問得對極了，答案正是這個。

## 來自天使之城的惡魔

勒翰自己，「派崔克／安琪」系列，說戲劇性點，已是上一個世紀的產物了，寫到一九九九年就丟在那裡，新千禧年的他好像有些此間樂不思蜀之感，《隔離島》之後，他接下來一本仍是單發的《Coronado: Stories》。

不只推理犯罪小說，幾乎全面性的整個人類思維世界至今都仍是兩種基本假設、兩種視角對峙如昔日冷戰的基本格局，不知道怎麼辦才好也不知道什麼時候才好。也因此在此同時，很自然的有人高貴的看到了責任和希望，更有人聰明的看到了機會，還有人兩樣一起都看到了：第一種人認為有機會融合兩者，可以解消爭執並造山運動般疊出人類思維認識的空前高峰，第二種人也認為有機會擷取兩者優點兩邊通吃，第三種人則利己利他之事一起來。因此，兩大板塊的交壞曖昧之地總是龍來蛇往的非常熱鬧，就像冷戰時期的柏林、日內瓦、維也納、伊斯坦堡這些東西薈萃輻湊之城一樣，聖者、投機客、兩面諜、還有行商小販都來了。

嚴格來說，所有推理犯罪小說都是混種，純冷硬或純古典的小說如柏拉圖所說是理念而非實物，不存在現實世界裡。但我們要說的不是這個、不是這一層次；我們要指出的自然的量變到此時此刻當下所發生的特殊質變現象，一股潮流，一種時尚，一個新興行業甚至是工業，其間有個來自天使之城的大號惡魔扮演了決定性的操控角色，他以最大買主的光鮮身分出現，方式仍是兩千年前他現身於俯看萬國的山巔之上那一招，他只會這個，但古老卻永遠有效：只要你順從我，你看，這地上繁華的一切就全是你的了——

這就是好萊塢，洛杉磯所在的好萊塢。當然他正如基督教的亙古不死惡魔一樣是一直就存在的，對推理犯罪小說的影響絕不自今日始。但如今發生變化並因此引發結構性連鎖反應的是，好萊塢移動了自己的位置，從過去等在生產末端的挑揀者採購者，一路往生產源頭上溯，垂直整合了推理犯罪小說書寫這件事，把這些原是個人工作者的、多少還有著個人志業色彩的小說書寫者實質性的納入他的龐大體制之中，取代原先的文字出版公司成為寫小說人的新老闆。

一旦好萊塢侵入了小說書寫，書寫一事不僅有了巨大利益，也變得容易許多了，這總是二而一的——本來，你要成為推理犯罪小說的新聖者，要根本性的跨越並統一古典和冷硬，寫出兼俱兩者之美及其意義的小說，總不可避免會撞上各自無法讓渡也無從妥協的書寫矛盾大牆而鼻青眼腫的，就像其他思維領域的其他壯哉其志之人一樣（葛林說，你遲早要選一邊站的，如果你還想當個人的話）；但好萊塢沒要你這樣，事實上也不允許你這樣性命相搏，心志、信念、責任云云對他而言都是太昂貴、沒用而且非常危險的東西。我們舉個粗俗到有點不好意思的例子吧，你發瘋了想研發並成功種植一株如童話故事中那種同時結出蘋果、草莓和香蕉等等不同果子的夢幻之樹，當然是登天之類的河漢大事；但換個方式，開個同時擺售著十種廿種、熱帶溫帶寒帶琳琅滿目水果都有的店鋪難嗎？不滿街都是嗎？人腦子要靈光嘛，要知道變通不是嗎？你什麼生物學深奧知識也不必，你需要的只是一把鐮刀。

好萊塢從來就是鐮刀派的佼佼代表，困難的事自有一些想不開的胸懷大夢傻瓜去做，他只要成熟季節去收割就好。

采葑采菲，無以下體。對好萊塢而言，古典推理那種天神也似的智者人物，那種環環相扣的精妙布局，那種戲劇性夢幻的整體氛圍，那些誘人的謎和意想不到關鍵的小東西，還有那種保守安全的正義觀世界觀等等都是好的，但好萊塢可受不了古典推理的沉悶、瑣碎囉嗦和缺乏速度感，更是可忍孰不可忍的是書中人物不談變愛不上床這件事。好萊塢要他的子民作夢，可沒要他們真的在戲院裡呼呼痛睡，那是侯孝賢才會做的事；一樣的，冷硬派的俐落、行動力和追逐變動的場景，揮拳開槍的過癮場面，時時有致命威脅但打不退打不死的硬漢，冶豔如蛇如蠍的女性云云也全是好的，但那麼陰森森的看待世界方式、那麼不圓滿的結局、那些批判性控訴性的語言及其意圖則無論如何應該去除，好萊塢從不在這種地方試煉冒犯他的子民，他的統治方式是軟的更軟硬的更硬。

《達文西密碼》便是典型的好萊塢式鐮刀作品，推理小說摘一點，羅曼史摘一點，歷史小說摘一點，尋寶冒險小說摘一點，驚悚小說間諜小說乃至於坊間的內幕八卦小說也都摘它一點，從每一個類型領域來看都是淺淺的、ＡＢＣ的、基本入門到有點不好意思的。

還有，比方說我們也看到了，如今好萊塢有多少警察多少偵探開始抓起鬼來，從尋常的冤鬼怨鬼到傳說中不死的吸血鬼狼人再到基督教的永恆撒旦。不是以前那種手拿十字架的驅魔老神父老法師（既無法演床戲又無打鬥追逐能力），而是拿槍的真正警察偵探，了不起裝填的子彈做點改良，以岩鹽、聖水什麼的來替代制式的火藥和金屬彈頭，「你可以保持沉默，你所說的話都可能成為呈堂證供——」的米蘭達警告也改用拉丁文來唸等等。警匪片為體，恐怖片為用。

喜歡看日本卡通的人也會看到像小學生偵探江戶川柯南這樣的東西。從命名開始，它便擺明了不開發只收割推理小說的百年既有成果（愛倫．坡、柯南．道爾和日本自己的江戶川亂步，都是象徵起點的名字），每個詭計都是現成的，都有清清楚楚的出處並沒有也不需掩飾變形，再超出推理世界，進入時光隧道，召喚各個真實或虛構的鬼魂（開膛手傑克、福爾摩斯等），再接下去鐵達尼號郵輪也開來了，空中劫機的典型驚悚災難片也出現了——

在這一片鐮刀沙沙收割聲中，如果要選一個象徵，我以為應該是史恩．康納萊主演的《天降奇兵》，這部電影把小說史上一串已成經典象徵的傳奇英雄和怪物全叫來，《所羅門王寶藏》的廓達緬、《海底兩萬里》的尼摩船長、吸血鬼（但此番動了變性手術好談戀愛）、不死人、隱形人、化身博士云云，連理應和他無關的《湯姆歷險記》的頑童湯姆．索爾居然也來了，罪惡野心家則是伊恩．佛萊明小說的〇〇七老闆Ｍ，毀滅世界的是小說人物，拯救世界的也仍是小說人物，像個隱喻。這麼貪婪的收割方式當然電影本身很不怎樣，但這是小說的一座萬神殿，一支ＮＢＡ夢幻球隊，或一客超級無敵海景佛跳牆。

## 小說書寫的新處境

好的一面來看，這是狂歡節，滿足人們總想把所有好東西聚集一起，一次吃完的渴望；而且，經過這麼一搞，推理小說迷也才驀然發現，原來我們習以為常甚至老怨怪它生不出新花樣的推理書寫傳統，居然累積成果這麼豐碩，隨便拿一點最簡單、最粗淺的詭計出來，就足夠像昔日的上帝之鞭阿提拉王那樣橫掃全世界。《達文西密碼》靠的不就是那幾個說起來會讓人臉紅的、任何推理書寫者都不好意思再用的謎嗎？

從杞人的憂天一面來看，一定也有人會開始擔心，大家都這麼歡呼收割，困難的基礎工作誰做？正因為百年來的前人不斷種樹，今天我們才能乘涼；如今大家爭著砍樹，看來以後的人就只能曬太陽了不是嗎？的確，類型的分割並不是那麼沒意義的，更不是某些人的劃地自限或占山為王的討厭行徑，它同時是個必要或說適當的隔絕，讓工作可以專注，讓成果得以傳承累積，這裡頭包含著一部分人的心志，以及其特殊視角和逼近某些事物的方法。

然而，好萊塢的侵入書寫領域這件事已成定局，這不僅在歷史上已成不可逆，而且依我們對好萊塢這個大號惡魔統治習性的了解，可見的未來他亦不可能輕言撤出；換句話說，這已經成為小說書寫，尤其是較敏感於商業因素的類型小說書寫的新處境了，這個新處境，勢必而且事實上已經改變了小說書寫的一部分形貌及其內容，發生了一定程度的化學變化，扼要來說，書寫者，從構思開始，寫的已不僅僅是一部小說了，也同時是一部電影。

視之為處境，我們，包括書寫者、閱讀者和沒事一旁看熱鬧的人，就可以從觀望等待中走出來，知道接下去應該或可以怎麼做了。任何時代的小說書寫，都有其特殊的處境，全然的自由是不可能的，也是不需要的。處境這玩意兒，是書寫的某種侵擾、某種障礙，但毋甯也是機會和啟示，書寫者必須與之周旋、與之討價還價，這同時是書寫者和他所處當下現實世界的對話，不讓他在隔離的、無拘無束的個人思維裡漂流並斷線風箏般向非時間的無何有世界飛去。我們常說或聽說，每一部小說都是當下的，不管題材內容是多狂野的幻想或者一個三千年前的故事重現，這裡頭總有著（應該有著）人當下的處境，包括順服，也包括拮抗和反叛，正是在這裡，小說才值得一寫值得一看，得到其特殊性而有機會成為不可替代的，而不是塞萬提斯寫過、托爾斯泰或狄更斯寫過，後代之人再沒重寫的餘地。

勒翰的《神祕河流》和《隔離島》也應該做如是觀。

相較於他的「派崔克／安琪」系列，《隔離島》的確有了變化，好萊塢惡魔到此一遊引發的變化。這裡勒翰的文字變得更明亮也更具表演性（相對的少了點探索性，和因之而來的模糊和雜沓），很多地方甚至直接看得到電影畫面，好像連鏡位、背景和光線都考慮進去了；小說的結構、故事情節的進行起伏，也像分好了場一般，有條不紊而且節奏分明；還有，故事的結局也不像傳統冷硬派般（基於它的基本看待世界方式）總有意的或不得不開向未知和未完，它更戲劇性，卻也收攏得更嚴謹，這是典型好萊塢要的，可讓它順利打上The End大字，並在音樂聲中交代演員卡司表和工作人員清單，以及該感謝一聲的協助單位。

然而，就跟某些觀眾氣不過的常見質疑一樣——為什麼壞人總得意而且吃香喝辣長達百分之九十九的時間，相對的，好人卻從頭到尾被凌虐折磨，只在最後一幕才得到一個不痛不癢的平反；依比例原則，當壞人划算多了不是嗎？如果你有基督教式的信仰和對慈愛上帝的堅定信心，那不是更應該如此嗎，你可以為非作歹一輩子，臨終再真心懺悔就行了，反正祂不止一回這麼慷慨承諾過祂會赦免我們一切的罪，如詩人海涅臨終仍不改幽默的話：「上帝會原諒我的，那是祂的職業。」

《隔離島》，重啟了人類一個源遠流長幾千年但始終揮之不去而且有愈演愈烈轉向夢魘的陰森森話題，那就是人對他某些同類的處決以及幾乎是同等意思的永生流放和隔離禁錮，這個事情因為醫學（先是解剖學和神經學，然後則是心理學）的加入，得著了一個比較慈眉善目的表情或說面具，但也變得更堂皇、更豁免於道德所以往往更肆無忌憚。我們記得太多歷史的可怖實例，從中世紀結合著半巫術式的宗教驅魔和彼時粗糙醫學知識和技術、維多利亞時期又像劊子手又像外科手術的人體（尤其是腦部）實驗，以及法西斯德國和紅色蘇聯奉科學及未來人類福祉之名的心智控制和改造云云。這是個一直進行中的題目，一路往更隱藏、更精巧、更難以警覺防堵的方向走去，惟始終沒有解除。當然，那些右派的、強調秩序的、只知醫學不知其他的人，總告訴我們這是慈悲的、是必要的，他們不用控訴性、定罪性的罪惡，而改用「不正常」、「疾病」云云的中性名稱，把某些人分割出去，再訴諸社會，尤其是中產階級式的自私、恐懼以及因為冷漠而來的殘酷，得到某種小彌爾所憂心不已並預言的多數暴政。

勒翰的《隔離島》對此事的態度究竟為何呢？非常曖昧，但也饒富趣味。我個人相信，這裡頭他用了心眼用了詭計，他在好萊塢要的規格裡，說了一部分他想講的話，勒翰息事寧人的馴服外表底下仍保有他的反骨，以顛覆來取代可能會以卵擊石的直接批判控訴。

這正是我們所說「處境」一事的意思。它構成書寫的某種背景和限制條件，但它不至於徹頭徹尾決定性的，回應它的方式也永遠不止一種。事實上，小說家的技藝高下、心智和人格高下，以及成就高下，便取決於他對自身書寫處境的反思、理解、處置以及必要的突圍。

更終極也更普遍的來說，小說書寫的自由和想像，也取決於對如斯處境的理解、周旋和掙脫；自由和想像不只像美國憲法第一修正案所保證的那樣是一種自明的、不可讓渡的天賦權利而已，在我們的生命路途上，尤其在我們志業路途上，它同時也是某種技藝，是爭來的、騙來的、想辦法保衛堅持下來的。

不只小說書寫者如此，我們所有人都如此，不是嗎？

# 序幕

## 錄自萊斯特・席恩醫師日記

一九九三年・五月三日

我好幾年沒看過這座島了。上一回見到，是從一個朋友的船上，當時船正艱險地駛入波士頓的外港區域，我可以望見小島在遠方，孤懸海外，籠罩在夏日霧氣中，襯著背後的藍天，像一塊不起眼的小油漆斑。

我已經至少二十年沒再踏上過這座島了，但愛蜜莉說（有時是開玩笑，有時是認真的），她其實懷疑我根本從沒離開過。她有回說，時間對我來說，只不過是一連串書籤，好讓我用來在自己人生的正文前後跳來跳去，一次又一次回到那些留下痕跡的事件；而在我那些比較敏銳的同事眼中，我好像擁有典型憂鬱症患者的一切特徵。

愛蜜莉或許沒說錯，她通常都沒錯。

很快地，我也將失去她了。艾索若德醫師在星期四告訴我們，只剩幾個月了。他建議我們就去旅行一趟吧，你們老在說的。到佛羅倫斯和羅馬，還有威尼斯的春天。因為啊，萊斯特，他補充道，你看起來也不怎麼健康哩。

我想應該是吧。這陣子我太常忘了東西放在哪兒，最常找不到的是我的眼鏡。還有車鑰匙。我走進店裡會忘記要買什麼，離開戲院就不記得剛剛看過的劇情。如果時間對我來說真的是一連串書籤，那麼我覺得好像有個人把這本書拿起來搖過，上頭黏著的黃色小紙條、破舊的紙板火柴外封、扁扁的咖啡攪拌棒都掉到地上，書頁的摺角也被撫平了。

於是我想把這些事情寫下來。不是因為要把書改寫成我比較喜歡的內容。不，不是這麼回事。他絕對不會允許如此的。在他與眾不同的獨特方式中，他比我所認識的任何人都要痛恨謊言。我只想保留書中的既有內容，從原有的儲存設備（這些設備顯然已經開始潮溼且出現裂縫了），轉到這些紙頁上。

艾許克里夫醫院坐落於島嶼西北邊的中央平原上，或許我該補充，位置十分良好。它看起來一點也不像專收「心神喪失的刑事犯」的醫院，更不像之前原來的軍營。事實上，這座醫院的外觀讓我們大部分人會聯想到寄宿學校。緊臨主園區圍牆的外部，是一棟雙斜坡屋頂的維多利亞式房屋，典獄長住在裡頭；還有一棟美麗的黑色都鐸式迷你城堡，原來住著南北戰爭時期北方聯邦軍東北海岸的司令官，現在成為我們住院總醫師的宿舍。圍牆內這頭是職員宿舍——幾間魚鱗板屋頂的古雅小屋是臨床醫師住的，三棟低矮的煤渣磚宿舍則是給醫院裡的雜役、警衛和護士。主園區內有一片片草坪和修剪成形的樹籬，還有綠蔭廣大的櫟樹、歐洲赤松，以及修整的楓樹、蘋果樹；每到深秋時節，蘋果會落到牆頂，或滾入草叢。牆內園區的中央，醫院主建築是一棟以炭灰色岩石和美觀的花崗岩所築成的巨大結構，兩端是殖民樣式的紅磚建築。圍牆之外是峭壁和潮汐來往的溼地，還有一片長長的谷地，裡面曾出現過一個集體農場，但在美國獨立革命後就關閉了。農民們當初種的樹倒是存活了下來——有桃、梨還有棠梨——但已經不會結果子了，夜晚的風呼號著竄入谷地，發出有如貓叫的尖鳴。

而那座堡壘，當然，早在第一批醫院職工來到之前便已存在，如今仍矗立在那兒，突出於南方的崖壁上。更遠處的燈塔則早在南北戰爭前就已經不再運作，被「波士頓燈塔」的燈光淘汰掉了。

從海上望去，那座島很不起眼。你得用泰迪．丹尼爾斯在一九五四年九月那個平靜早晨的眼光去想像它。一片灌木叢平原從外港區中央冒出來。你會覺得這麼一點點地方簡直算不上是個島嶼。這個島能有什麼用處呢？他可能也這麼想。能有什麼用處。

這個島上最龐大的動物族群就是鼠類。牠們在灌木叢間亂扒，夜間沿著海岸線麇集，爬上潮溼的岩石，有的就像比目魚那般大。自從一九五四年晚夏那奇異的四天之後，接下來幾年，我在俯視北海岸那座山丘上的一條小徑上研究鼠類。我很驚訝地發現，某些老鼠還會想游泳到佩達克島，那個小島不過是一小灘沙子中的一塊岩石，每天有二十二小時淹沒在水中。而當浪潮退到最低點的那一兩個鐘頭，小島終於露出水面時，有時就會有老鼠朝小島游去，數量從來不會超過一打，而且總是被滔滔潮水給捲了回來。

我說「總是」，但其實並非如此。我曾見過一隻辦到了。就那麼一次。一九五六年十月的中秋夜。我看到牠黑茸茸的身子衝上了那片沙。

或者我是這麼以為的。我在島上結識的愛蜜莉會說，「萊斯特，你不可能看見的。太遠了。」

她是對的。

但我知道我看到了。一隻肥茸茸的老鼠衝過那片沙，珍珠灰的沙，而且逐漸下沉在回漲的浪潮中；潮水吞噬了佩達克島，我想也吞噬了那隻老鼠，因為我從沒見牠再游回來。

但在那一刻，當我望著那隻老鼠匆匆跑上那片沙岸（我真的看到了，雖然遠得要命），這時我想到了泰迪。我想到泰迪，和他可憐的亡妻德蘿瑞絲．夏奈兒，還有那些雙生的恐怖人物瑞秋．索蘭度和安得魯．雷迪斯，以及他們為我們所有人帶來的那場大混亂。我想如果泰迪當時跟我坐在一起，他也會看見那隻老鼠，他會的。

然後，我還要告訴你們另一件事：

泰迪？

他會鼓掌的。

# 第一天

## 瑞秋

# 1

泰迪．丹尼爾斯的父親生前是漁夫。一九三一年，泰迪十一歲時，他父親的船被銀行沒收，此後餘生中，每逢別人船上有工作時，他父親就受雇上船，否則就在碼頭邊卸貨；工作一整夜下來，直到上午十點才回到家，然後他會坐在一張扶手椅上，瞪著雙手，偶或兀自低語，眼睛又大又黑。

父親曾帶泰迪去看那些島嶼，當時泰迪很小，在船上還幫不了什麼忙。唯一能做的就是解開纜繩，繫緊在鉤子上。他割傷過幾回，血濺指尖，染汙手掌。

他們在黑夜時分啟航，然後太陽出現，從大海盡頭升上來一枚冷冷的象牙白，而諸島在朦朧的幽暗中現身，圍攏在一起，像是想抓住什麼似的。

泰迪看到一座小島的沙灘上排列著粉彩的小棚屋，另一座小島上有一棟傾頹的石灰岩宅邸。他父親指出了鹿島上的監獄和喬治島上宏偉的堡壘。在湯普森島上，高高的樹上擠滿了鳥兒，啁啾叫聲像冰雹擊打玻璃的尖響。

經過了這些島嶼之後，他們稱之為「隔離島」的那個小島靜棲在海中，像是從古代西班牙大帆船上扔出來似的。當時是一九二八年春天，島上植物叢生，一片榛莽，那座堡壘矗立在島上最高點，外頭纏滿了藤蔓，還罩著厚厚的苔蘚。

「為什麼叫隔離島？」泰迪問。

他父親聳聳肩。「你又有問題了，老是滿肚子問題。」

「是啊，可是為什麼。」

「有些地方就是有人喊這樣的名字，一路用了下來。或許是因為海盜吧。」

「海盜？」泰迪喜歡這個詞兒聽起來的感覺。他可以看見他們——大塊頭男子戴著眼罩，穿著高高的靴子，手持閃閃發亮的長劍。

他父親說，「海盜以前就躲在這裡。」他的手揮過地平線。「這些島上。他們人躲在這裡，也把黃金藏在這裡。」

泰迪想像著一個個藏寶櫃，金幣滿溢而出。

後來他暈船了，反覆而劇烈，嘔吐物像一條黑繩似的，越過船側墜入海中。

他父親很驚訝，因為泰迪一直到啟航後好幾個小時才開始吐，此時海洋一片平靜，水面閃著金光。他父親說，「沒關係，這是你的第一次，沒什麼好難為情的。」

泰迪點點頭，用他父親給他的一塊布擦擦嘴。

他父親說，「有時海面有動盪，你感覺不到，但體內卻會受到影響。」

泰迪又是點頭，他沒辦法告訴父親，讓他翻胃的不是海上的動盪。

而是到處都是水，圍繞著他們延伸無盡；視野所見，整個世界只剩下水。泰迪相信那些水會吞噬天空，直到那一刻，他才曉得他們如此孤單。

他抬頭望著父親，眼睛又濕又紅，他父親說，「你沒事兒的，」泰迪努力想擠出笑容。

一九三八年夏天，他父親上了一艘波士頓的捕鯨船，從此一去不回。次年春天，那艘船的幾片殘骸被沖到泰迪從小長大的地方——赫爾鎮的南塔斯喀特灘。一條船的龍骨、一片底部蝕刻著船長名字的電爐板、幾個番茄罐頭和馬鈴薯湯罐頭，還有兩三個破了大洞且殘缺不全的捕龍蝦簍。

他們在聖特瑞莎教堂為四名漁人舉行了葬禮，教堂後就緊臨著那片曾奪去教區內眾多居民性命的大海；泰迪和母親站在一起，聽了些懷念船長、大副，還有三副的致詞；三副是一個經驗豐富的老水手，名叫吉爾．瑞斯塔克，他參加一次世界大戰返鄉後，就成了赫爾鎮各家酒吧害怕的棘手人物，戰爭毀掉了他一隻腳跟，還在他腦袋裡留下太多醜惡的畫面。但一個見識過他恐怖作風的酒保說，既然他死了，一切就都算了吧。

船主尼可斯．科斯塔承認自己跟泰迪的父親簡直不算認識，他是因為一名水手從卡車上摔下來斷了腿，才在最後一刻雇用了泰迪的父親。然而，船長對他的評價很高，說鎮上每個人都知道他能幹活兒，一個男人所能得到的最高讚美，不也就是如此了嗎？

站在教堂裡，泰迪想起在父親船上那天，因為後來他們再也沒有一起出海過了。他父親一直說要再帶他上船，但泰迪明白，他這麼說只是為了給兒子留面子。他父親從不知道那天是怎麼回事，但回程中，他們交換了一個眼神，當時他們經過了一連串島嶼，隔離島被拋在後方遠處，湯普森島還在前方，波士頓的城市天際線好近、好清楚，你簡直覺得自己可以抓著尖塔把整棟建築舉起來。

「這就是大海，」他父親說，一隻手輕撫著泰迪的背，靠在船尾。「有些人征服它，有些人被它征服。」

然後他望著泰迪的眼光，讓泰迪明白自己長大後大概會成為哪種人。

到了一九五四年，他們去隔離島，是在波士頓搭上渡輪，經過一連串其他小小的、被遺忘的島嶼——湯普森島和奇觀島、葡萄島和老士島、倫佛島和長島——這些島嶼以堅硬的沙地、強韌的樹，以及色白如骨的岩石，緊緊嵌附在大海表層。除了星期二和星期六載運補給品的渡輪之外，還有不定期的航班；主船艙裡的一切被拆得精光，只剩地板上一層薄薄的金屬板，還有窗子下方的兩排鋼製長椅，用螺絲拴在地板和兩端的黑色粗柱子上，一串串鐐銬和鎖鏈從柱子上紛紛垂掛下來。

不過今天這艘渡輪不是要送病患到島上的精神病院，乘客只有泰迪和他的新搭檔恰克・奧爾，另外還載了幾個裝著郵件的帆布袋、幾箱醫藥補給品。

泰迪是跪在廁所馬桶前展開這趟旅程的，他在引擎噗噗啪啪前進聲中朝馬桶嘔吐，鼻腔充滿了油氣和晚夏海洋的油膩氣味。吐了半天都淨是嘔出一小股一小股的水，但他喉嚨卻一直覺得好緊，胃不斷衝著食道底部往上翻，面前的空氣不斷旋轉，其中飄浮的塵埃閃爍如眨眼。

吐完最後一小股水，泰迪隨之又乾嘔出一團空氣，彷彿五臟六腑的一部分也跟著嘔了出來；然後他坐回金屬地板上，用手帕擦擦臉，想著一開始跟新搭檔合作就這樣，真是不妙。

他只能想像，恰克回家會告訴他太太——如果他有太太的話；泰迪連這點都還不知道——有關第一次跟傳奇的泰迪．丹尼爾斯見面的情形。「這傢伙太喜歡我了，竟然見了我就吐。」

自從童年的那趟航程後，泰迪就從不喜歡出海；像這樣一望無涯，看不見陸地，伸手觸不到任何實物，令他覺得毫無樂趣。他告訴自己沒事兒的——因為經過一大片水域之時，你只能這麼告訴自己——但其實並非如此。即使是大戰中砲火連天的海灘，從小艇衝上岸的那最後幾碼得艱難涉過深水，同時還有怪異的生物鑽過你兩腿間，也不會讓他覺得更可怕了。

不過，他還是寧可待在外頭甲板上，在新鮮的空氣中面對一切；而不是窩在後頭這裡，病態的溫熱，還搖搖晃晃個不停。

他確定自己吐完了，胃部不再翻騰，腦袋也不再暈眩，便洗洗手臉，對著水槽上方貼的那面小鏡子打量自己。鏡子大部分已被海鹽侵蝕，只剩中間一小團還算清晰，泰迪只能大略捉摸出自己的模樣，一名仍頗為年輕的男子，頂著一個典型美國大兵的平頭。但他的臉留下了戰爭和其後歲月刻劃的溝痕，他對於追逐與暴力的雙重執迷傾向顯現在雙眼裡，德蘿瑞絲曾稱之為「狗般的哀傷」。

我還年輕，泰迪心想，不該有這麼張操勞的臉。

他調整了腰部的皮帶，好讓手槍跟皮套正好貼在臀部。他從水箱頂拿起帽子戴回頭上，調整帽簷使之微微右斜。然後把領帶束緊了。那是條鮮豔的大花圖案領帶，花色大概已經退流行一年了，可是他照樣繫著，因為是她送的。有年生日他坐在客廳裡，她用領帶矇住他的眼睛，雙唇印上了他的喉結，一隻溫暖的手撫著他的臉頰。她舌上一股橘子味兒，滑坐在他腿上，拿掉領帶，泰迪仍閉著眼睛。只是聞著她的氣味，想像她的姿容。腦海裡設想著她的模樣，停留在那一刻。

現在他還是辨得到——閉上雙眼，看到她。但最近，白色斑點遮住了她某些部分——一邊耳垂、幾根睫毛、頭髮的輪廓。還不至於讓她完全模糊不清，但泰迪擔心時間會奪走她反覆碾磨他腦海中的那些圖框，將之碾碎。

「我想念你，」他說，然後走出主艙房，來到前甲板。

甲板上溫暖而清朗，但水面一片蒼灰，夾雜著絲絲紅褐色的暗影，水深處似有什麼愈來愈暗，愈來愈脹大。

恰克從隨身小扁瓶裡喝了一口酒，朝泰迪歪了歪脖子，揚起一道眉。泰迪搖搖頭，恰克把扁瓶收回西裝口袋，拉了大衣下襬蓋住臀部，朝外望著大海。

「你還好吧？」恰克問。「看你一臉蒼白。」

泰迪聳聳肩。「我很好。」

「你確定？」

泰迪點點頭。「還得適應一下船上的搖晃。」

他們沉默站了一會兒，周圍的海面起伏著，波浪低處有如天鵝絨又黑又光滑。

「你知道那裡曾是戰俘營嗎？」泰迪說。

恰克說，「那個島？」

泰迪點點頭。「南北戰爭的時候。他們在那裡建了一座軍事堡壘，還有一些軍營。」

「那現在堡壘用來做什麼？」

泰迪聳聳肩。「不曉得。這裡好幾個島嶼上都有軍事堡壘。戰爭期間大部分都用來當靶子讓大砲試射練習。現在沒剩幾個了。」

「那精神病院呢？」

「據我所知，是設在以前的軍事建築裡。」

恰克說，「就像是讓病人接受新兵訓練，嗯？」

「我們可不希望自己碰上這種事。」泰迪在欄杆上轉身。「你是怎麼來到這裡的，恰克？」

恰克露出微笑。他比泰迪矮一點、壯一點，大概五呎十吋左右，一頭整齊的黑色鬈髮，橄欖色的皮膚，修長細緻的雙手跟他整個人似乎很不搭調，好像是他真正的手送修了，暫時借別人的手來用。他左頰有個小小的彎弧形疤痕，他用食指碰了碰。

「我總是從這道疤開始說起，」他說。「通常大家遲早會問。」

「好吧。」

「不是打仗留下的，」恰克說。「我女朋友說我乾脆就這麼說算了，省得囉唆，可是……」

他聳聳肩。「不過，這道疤是因為玩戰爭遊戲留下的。我小時候的事情。我和另一個小孩在樹林裡用彈弓射來射去。我朋友的石頭沒射中我，所以我沒事了，對不對？」他搖搖頭。「石頭擊中了一棵樹，然後一塊樹皮彈到我臉頰上。就留下了這道疤。」

「玩戰爭遊戲留下的。」

「沒錯。」

「你從奧瑞岡州調來的嗎？」

「西雅圖。上個星期才來的。」

泰迪等著，但恰克沒有進一步解釋。

泰迪說，「你當聯邦執法官有多久了？」

「四年。」

「所以你一定知道這個圈子有多小。」

「當然囉。你想知道我為什麼被調職吧。」恰克點點頭，好像自己決定了什麼。「如果我說我厭煩了老下雨呢？」

泰迪雙掌在欄杆上攤開。「如果你這麼說的話……」

「不過就像你說的，這個圈子很小。每個執法官彼此都認得。所以到頭來，就會有——他們是怎麼稱呼來著？——小道消息。」

「是有這個說法沒錯。」

「布瑞克是你逮到的，對吧？」

泰迪點點頭。

「你怎麼知道他會去哪裡？有五十個人全都跑到克里夫蘭要去逮他。你偏偏跑去緬因州。」

「他小時候有個夏天跟家人去那裡避暑。他對那些被害者做的那件事？一般是用在馬身上的。我跟他一個阿姨談過，她告訴我，他唯一快樂的一次，就是在緬因州這個租來的度假別墅的馬廄裡。所以我就趕去那兒了。」

「射了他五槍，」恰克說，低頭看著船首的泡沫。

「五槍撂倒了他，」泰迪說。「否則我會再多射五槍。」

恰克點點頭，朝欄杆外啐了一口。「我女朋友是日本人。唔，其實她是出生在這裡的，不過你知道……她在集中營裡長大。在那些地方——波特蘭、西雅圖、塔科馬，現在狀況還是很緊張。沒有人喜歡我跟她在一起。」（譯註：二次世界大戰期間，美國在珍珠港事變後向日本宣戰，而美國和加拿大的日裔居民因被懷疑國家效忠問題，遂被沒收財產、集體強制送入集中營，直到二戰結束。）

「所以他們就把你調走了。」

恰克點點頭，又啐了一口，看著那口唾沫落入了翻騰的水沫中。

「他們說它會很大。」他說。

泰迪提起歇在欄杆的雙肘，伸直了。他一臉潮溼，嘴唇發鹹。有點驚訝海水什麼時候濺到他臉上，竟然毫無感覺。

他拍拍大衣的口袋，找他的切斯特菲茲牌香菸。「『他們』是誰？『它』又是什麼？」

「『他們』是報紙，」恰克說。「『它』是這場風暴，報上說會很大。非常大。」他手臂朝上揮了一下，天空就像船首攪起的水沫般蒼白。但在遠方，南邊的天空盡頭，有一道細細的紫色暈染線逐漸滲開，像是墨水漬。

泰迪嗅嗅空氣。「恰克，戰爭的狀況你還記得，對不對？」

恰克微笑的方式，讓泰迪猜想他們已經逐漸摸熟了對方的脾氣，懂得如何彼此奚落了。

「一點點，」恰克說。「我好像還記得瓦礫堆。很多瓦礫堆。大家都說瓦礫堆不好，但我說它有它的地位。我說它有一種審美上的美感。我說一切都在於旁觀者的眼光。」

「你講話像廉價小說裡的台詞。有人告訴過你這點嗎？」

「眼前就有一個。」恰克又朝著大海微微一笑，朝船首傾身，伸展背部。

泰迪拍拍長褲口袋，又找過西裝的內側口袋。「你還記得軍事調度常常都要仰賴氣象報告。」

恰克用手掌根搓著下巴的鬍樁。「啊，我記得，沒錯。」

「那你記不記得，那些氣象報告正確的機會有多少？」

恰克蹙起眉頭，好讓泰迪知道他是好好思考過這個問題的。然後他咂咂嘴說，「以我猜，大概百分之三十吧。」

「頂多。」

恰克點點頭。「頂多。」

「那現在，回到我們目前的狀況……」

「啊，回到目前的狀況，」恰克說。「安然無恙，我們還可以這麼說。」

泰迪忍著沒笑，更喜歡這個傢伙了。安然無恙，老天，這麼文謅謅。

「安然無恙，」泰迪同意。「那你現在憑什麼對氣象報告要比以前更有信心呢？」

遠方的水平線上，露出了一個小三角形斜向一邊的頂端，「這個嘛，」恰克說，「我不確定自己的信心比以前更多或更少。你要香菸嗎？」

泰迪第二回合的拍口袋搜查進行到一半，發現恰克正望著他，嘴角一扯咧嘴笑了，牽動疤痕下頭的雙頰。

「我上船時明明帶了。」泰迪說。

恰克回頭望了一眼。「那些公務人員，把你吃乾抹淨了。」恰克從他那包幸運牌香菸搖出一根，遞給泰迪，又掏出黃銅的吉波牌打火機替他點燃，煤油的臭味混著鹹鹹的海風，透入泰迪的喉頭。恰克闔上了打火機，然後又彈開來，手腕一擰，點燃自己的那根香菸。

泰迪呼出氣，那座小島的三角形尖端霎時消失在一縷煙霧中。

「在海外，」恰克說，「如果氣象報告可以決定你是不是要背著降落傘跳到空降地區，或出發去搶攻某個灘頭，那麼，問題就比較大了，對不對？」

「沒錯。」

「不過如果是在自己家裡，氣象報告造成的一點點信心危機，又有何妨？我的想法就是這樣，老大。」

那個小島現在看起來不再只是一個三角形的尖端了，尖端下方的部分逐漸出現，直到開闊的海面安歇在三角形底邊；他們可以看到三角形內彷彿用畫筆一一填上了色彩——恣意生長的植物構成了淺綠色，海岸線是一道棕褐色，小島北端的崖壁則是一片暗赭。而在這一切之上，當渡輪隨著翻騰的水沫駛近小島，他們開始可以看清幾棟建築物扁四方形的輪廓。

「真可惜，」恰克說。

「怎麼？」

「進步的代價，」他站在泰迪旁邊，靠著欄杆，一腳踏在船纜上；兩人一起望著小島愈來愈清楚。「心理治療的領域突飛猛進，而且呢，我們別自欺欺人了，現在每天都還在持續飛躍，於是這類地方將會逐漸消失。二十年之內，就會被當成落後野蠻的治療機構。他們會說，這是以往維多利亞時代影響之下不幸的副產品，淘汰掉是應該的。他們會說，團結合一將成為社會慣例，歡迎大家加入，我們會撫慰你、改造你。我們都是馬歇爾將軍。我們是一個新社會，再也不會有人被排斥，再也不會有人被放逐到海外孤島。」

剛剛那些建築物又消失在樹影後方，但泰迪可以看得出一個圓錐形高塔的輪廓，加上尖尖的塔頂，他想那就是舊日的軍事堡壘了。

「但我們是不是為了要確保未來，而喪失了自己的過往歷史？」恰克把菸蒂彈入下方的水沫中。「重要的是這點。泰迪，你掃地的時候，會失去什麼？灰塵，還有那些會引來螞蟻的碎屑。但還有她找不到的那只耳環呢？現在會不會也夾在垃圾裡頭？」

泰迪說，「『她』是誰？這個『她』是哪兒冒出來的？」

「我們生活裡總會有個『她』，不是嗎？」

泰迪聽到後方引擎的音調變了，船掉轉方向朝島的西端駛去，這會兒他看見小島南方崖壁上的堡壘更清晰了。大砲已經沒了，但泰迪仍可輕易看出原來的砲塔所在。堡壘後方是幾座山丘，泰迪猜想圍牆就在那裡，從他現在的角度看不清楚；再過去峭壁的後頭，就是艾許克里夫醫院，俯瞰著小島的西海岸。

「泰迪，你有個妞兒吧？結婚了嗎？」恰克說。

「結過，」泰迪說，腦中浮現出德蘿瑞絲；蜜月時她看他的那一眼，她轉過頭來，下巴幾乎抵著裸肩，脊椎旁皮膚下的肌肉移動著。「她死了。」

恰克抽身移開欄杆，脖子脹紅了。「喔，老天。」

「沒關係，」泰迪說。

「不不不，」恰克把雙掌舉到泰迪胸前。「其實是……我聽說過了。真搞不懂我怎麼會忘記。兩年前的事情了，對吧？」

泰迪點點頭。

「老天，泰迪。我覺得自己好像白癡。真的，我很抱歉。」

泰迪又看到她了，她背對著他，在公寓裡的門廳走遠了，身穿一件他的舊制服襯衫，哼著歌轉入廚房，然後他覺得一股熟悉的倦意透蝕入骨。他幾乎願意做任何事——甚至在這片水中游泳——只求不要談德蘿瑞絲，不要談她在人間三十一年便告終的事實。就好像那天上午他出門去工作，然後跳過了那個下午。

但他猜想，就像恰克的疤痕——這個故事得先交代過，他們才能繼續談下去，否則整件事會一直梗在他們中間。怎麼回事，在哪裡發生的，為什麼。

德蘿瑞絲死去兩年了，但夜裡她會在他的夢中復活；而且他有時候早上醒來，滿心以為她就在他們位於鈕釦樹街那戶公寓的廚房裡，或端著咖啡去了前廊。沒錯，這是個殘忍的心智騙局，但泰迪早就接受了其中的邏輯——畢竟，剛睡醒的狀態幾乎就像是剛出生。你醒來時一無記憶，接著眨眨眼睛，打兩個哈欠，收攏你的過去，把一堆碎片照時間順序排好，然後才能夠讓自己面對當下。

遠遠更殘酷的是，一份看起來不太合邏輯的物件清單，可以像一根劃亮的火柴般，觸發長駐他腦海中有關妻子的記憶。他永遠猜不到那些物件會是什麼——一個餐桌上的鹽罐子，擁擠街道上一名陌生女子走路的姿態，一瓶可口可樂，玻璃上的一抹唇膏漬，一個抱枕。

但所有觸發記憶的物件中，邏輯性最不相干、卻又能引起最強烈效果的，莫過於水——水龍頭漏出的細微涓滴，天空降下的嘩啦大雨，或就像現在，環繞他四面八方廣達數哩的一片汪洋。

他對恰克說：「我們那棟公寓大樓失火了。我當時在上班。死了四個人，她是其中之一。她是死於濃煙，而不是火。所以她死得並不痛苦。恐懼？或許吧。但沒有痛苦。這點很重要。」

恰克又從隨身小扁瓶喝了一口烈酒，再度遞向泰迪。

泰迪搖搖頭。「我戒了，火災之後就戒了。你知道嗎，她以前老擔心我喝酒。她說我們當軍人或當警察的都喝太兇了。所以……」他可以感覺恰克在他旁邊，依然滿心羞愧，然後他說，「你學會怎麼去背負這類事情，恰克。你別無選擇。就像你在戰爭中見識過的那些狗屎。你還記得吧？」

恰克點點頭，雙眼隨著回憶而眯起一會兒，出神了。

「你只能這樣，」泰迪輕聲說。

「當然，」恰克終於說，臉還是紅的。

碼頭彷彿眨眼間，光一閃就出現在他們眼前，從沙灘上延伸而出，從這個距離看去像一片口香糖，脆弱的一小片灰。

泰迪覺得自己因為在廁所吐過而脫水，或許還因為過去幾分鐘而有點筋疲力盡；無論他怎麼學會去背負那件事、背負她，那個重量仍時不時會壓得他好累。他頭部左側隱隱作痛，就在眼睛後方，好像有根舊湯匙的背面抵著那兒。現在還無法判斷那只是脫水的小小副作用，或是一般頭痛的開始，或是某種更糟糕的跡象——從青春期就開始折磨他的偏頭痛，好幾次嚴重到會讓他單眼暫時失去視覺，光線變成了焊槍上發出的狂烈繽紛光點；還有一次——感謝老天，只有那麼一次——讓他局部癱瘓了一天半。但他的偏頭痛從來不會在壓力或工作的時候出現，只會在事後，當一切都平靜下來，塵埃落定，追逐告終之後。然後，在基地營，或戰後在汽車旅館的房間，或沿著鄉間高速公路開車回家的路上——偏頭痛就開始發作。而對付的訣竅，泰迪很早就學會，那就是保持忙碌、保持專心。只要你不停地跑，它們就沒法抓住你。

他對恰克說，「你聽說過這地方的事兒嗎？」

「我只知道有個精神病院。」

「專收心神喪失的刑事犯，」泰迪說。

「嗯，如果不是的話，我們就不會來了。」恰克說。

泰迪看到他臉上又閃過那個諷刺的笑容。「誰曉得呢，恰克。我就不是百分之百精神穩定。」

「或許我該在這裡預訂個床位，為以後做準備，確保他們留個位置給我。」

「好主意，」泰迪說，此時引擎暫時熄火，船首往右側晃蕩，他們也隨著海浪搖晃，然後引擎又發動，渡輪重新對準碼頭駛去，泰迪和恰克很快又面對著開闊的海洋了。

「據我所知，」泰迪說，「他們專門研究一些徹底改革式的治療法。」

「車底？」

「不是車底，」他說。「是徹底。不一樣。」

「現在這種時代，誰曉得有什麼不一樣呢。」

「有時候的確如此。」泰迪贊同道。

「那這個脫逃的女人呢？」

泰迪說，「知道得不多。她昨天晚上溜掉的，我筆記本裡抄了她名字。至於其他，大概要等他們告訴我們吧。」

恰克看看周圍的海水。「她打算逃到哪裡？游泳回家嗎？」

泰迪聳聳肩。「顯然，這裡的病人會有種種幻覺。」

「精神分裂症患者嗎？」

「嗯，我猜想是這樣。無論如何，你不會在這裡看到一般的蒙古症患者。或者某些害怕人行道裂縫的人，或嗜睡的人。根據我從檔案上看到的，在這裡的每個人都是，你知道，**真正的**瘋子。」

恰克說，「不過，你想會有多少是裝的？這點我一直很好奇。你還記得在大戰中碰到過那些因為精神問題而被開除軍籍的人嗎？你想，到底有多少是真的發瘋了？」

「我服役時在亞耳丁森林區碰到過一個夥伴——」

「你在那邊待過？」

泰迪點點頭。「這傢伙，他有天醒來就倒著講話。」

「字母倒著拼，還是句子倒著講？」

「句子，」泰迪說。「他會說，『血多太有裡這天今，官長。』到了傍晚，我們發現他在一個散兵坑裡，頭朝著石頭猛撞。一遍又一遍撞個不停。我們慌得要命，過了一會兒才明白他已經抓出自己的眼珠了。」

「你在唬我。」

泰迪搖搖頭。「過了幾年，我才聽一個人說起，他在聖地牙哥的一家榮民醫院碰到了那個瞎眼的傢伙。他還是倒著講話，還有某種癱瘓狀況，任何醫生都診斷不出原因，他就整天坐在窗邊的輪椅上，不斷講著他的莊稼，說他得去照顧他的莊稼。問題是，這傢伙是在紐約市的布魯克林區長大的。」

「嗯，來自布魯克林的人認為自己是農夫，我想他符合精神失常被開除軍籍的條件。」

「沒錯，顯然如此。」

# 2

麥佛森副典獄長在碼頭接他們。以這個職位而言，他相當年輕，一頭金髮比標準髮型要長些，動作中有種瘦長靈活的優美姿態，讓泰迪聯想到德州人，或是從小在馬群裡長大的人。

他兩旁站了一群醫院的雜役，大部分是黑人，還有幾個木著臉的白人，好像他們小時候沒吃飽過，從此就發育遲緩，怏怏不樂。

那些雜役穿著白襯衫和白長褲，集體行動。他們幾乎沒看泰迪和恰克一眼，其實他們幾乎什麼都懶得看一眼，只是沿著碼頭走向渡輪，等著卸船上的貨。

泰迪和恰克應要求掏出了警徽，麥佛森不慌不忙地審視著，看看證件，又看看他們的臉，瞇著眼睛。

「我以前好像沒看過聯邦執法官的警徽，」他說。

「這回你一口氣就看到兩個，」恰克說。「真是個大日子。」

他朝恰克懶洋洋地一笑，把警徽輕輕擲還給他。

沙灘顯然最近幾夜被大海猛烈沖刷過；上頭散布著貝殼、漂流木、軟體動物的骨骸，還有被這一帶不曉得什麼食腐動物吃了一半的死魚。泰迪發現了一些肯定是從波士頓內港區颳過來的垃圾——罐頭和溼透的紙團，一面車牌被拋到生長著樹木的界限旁，被海水洗成了淡棕色，上頭的數字也被曬得顏色褪盡。樹木大部分是松樹和楓樹，細瘦憔悴，泰迪可以透過樹與樹間的缺口看見幾棟建築物，矗立在小山崗的頂端。

德蘿瑞絲喜歡日光浴，她大概會喜歡這個地方，但泰迪只能感覺到海洋的微風不斷吹拂，警告人們大海可以任意猛撲上來，把你吸入海底。

那些雜役搬著信件和醫藥箱回到碼頭，放上手推車，然後麥佛森在寫字板上簽收，再把寫字板遞還給渡輪上的警衛。那個警衛說，「那我們就開船了。」

麥佛森在陽光下眨眨眼。

「暴風雨快來了，」那個警衛說。「不曉得會有多厲害呢。」

麥佛森點點頭。

「我們要回去的時候，會再聯絡調查站來接我們。」泰迪說。

那個警衛點點頭。「暴風雨快來了，」他再度說。

「當然，當然，」恰克說。「我們不會忘記的。」

麥佛森領著他們走上一條緩坡往上的小徑，路兩旁是繁茂的林木。穿過樹林後，小徑橫接上一條開敞的柏油路，泰迪看見左右兩邊遠處各有一棟房子。左邊那棟式樣比較簡單，是褐紅色雙斜屋頂的維多利亞式建築，門窗的邊框是黑色的，小小的窗戶讓整棟建築看起來像個崗哨。右邊那棟則是都鐸式建築，矗立在隆起的山崗上，像一座城堡。

他們繼續往前走，爬上一道陡坡，一開始坡上一片恣意生長的濱海野草；然後土地逐漸變得鬆軟，綠意也更濃了；到了坡頂的平坦處，草長得比較短，變成了一片比較典型的草坪，往外延伸數百碼後，來到一片橙紅色磚牆，圍牆成弧狀彎向遠方，似乎環繞著整個島嶼。牆高十呎，頂端有一排鐵絲網，那副景象有個什麼觸動了泰迪。他忽然對牆那頭的所有人生出憐憫，他們知道那道細細的鐵絲網是什麼，明白這個世界多麼想把他們關在牆裡。泰迪看到幾個穿暗藍制服的男子緊靠著圍牆外頭站立，低頭凝視著地面。

恰克說，「精神病院的獄警。看起來好詭異，麥佛森先生，希望你不介意我這麼說。」

「這是一所最高度警戒的精神病院，」麥佛森說。「我們的主管單位有兩個——一個是麻薩諸塞州心理衛生局，另一個是聯邦監獄廳。」

「我明白，」恰克說。「不過我一直很好奇——你們晚餐桌上有很多話題可以聊嗎？」

麥佛森露出微笑，頭微微一搖。

泰迪看到一名黑髮男子，穿著跟其他警衛一樣的制服，但還外加了黃色的肩章和立領，而且徽章是金色的。他是人群中唯一走路抬頭挺胸的人，一手抵在背後昂首闊步，那個步伐讓泰迪想起自己在大戰中遇到過的那些上校，對他們來說，他們肩負指揮的重責大任，不但是出自軍事上的需要，也是源於上帝的囑託。他胸前緊抱著一本黑色小本子，朝他們的方向點個頭，然後往他們上來的那道坡走下去，黑髮在微風中文風不動。

「典獄長，」麥佛森說。「你們稍後會碰面的。」

泰迪點點頭，不明白為什麼他們不現在碰面，典獄長消失在小山崗的另一端。

一名雜役用鑰匙打開了圍牆中央的閘門，門晃開來，雜役們推著車進去，同時兩名警衛走向麥佛森，停在他兩側。

麥佛森站直了身子，擺出公事公辦的態度說，「我得告訴兩位這裡的一些基本規定。」

「沒問題。」

「我們會盡力款待二位，給予你們一切必要的協助。在你們停留期間，不管時間有多麼短，都必須遵守我們院內的既定規則，這樣明白嗎？」

泰迪點點頭，恰克說，「明白。」

麥佛森眼光盯著他們頭上方的某個點。「我相信，考利醫師會跟你們解釋這些既定規則的細節，但我得強調以下這點：本院禁止在沒有他人陪同下，跟病人私下接觸。這樣明白嗎？」

泰迪差點脫口而出說，是，長官，就像在軍隊裡一樣；但他忍住了，只說：「是。」

「院內的A監就是我背後右邊這棟建築，是男監。B監則是女監，在我的左邊。C監是原來的沃爾頓堡，位於這個園區和員工宿舍正後方的懸崖後頭。進入C監必須有書面許可，而且要有典獄長和考利醫師兩人同時親自陪同。明白嗎？」

兩人又是一陣點頭。

麥佛森伸出一隻巨大的手掌，彷彿是在向太陽祈求，「因此，請你們交出身上的手槍。」

恰克望著泰迪。泰迪搖搖頭。

泰迪說，「麥佛森先生，我們是被正式指派到這裡來的聯邦執法官。根據政府的規定，我們必須隨時帶著手槍。」

麥佛森的聲音像鋼纜射過空氣。「根據〈收容心神喪失刑事罪犯之監獄與機構聯邦法規〉第三九一條規定，治安人員攜帶武器的要求只有在以下狀況無效，就是在該人員當時的上司命令下，或是該刑罰機構或心理衛生機構的照管及保護人員的要求下。兩位，你們現在的狀況剛好符合以上的例外。你們不能帶著手槍走進這道門。」

泰迪望著恰克。恰克頭朝麥佛森伸出的手掌一歪，聳聳肩。

泰迪說，「我希望能記錄下我們曾表示反對。」

麥佛森說，「警衛，請記下丹尼爾斯和奧爾兩位執法官曾表示反對。」

「記下了，長官。」

「兩位，」麥佛森說。

麥佛森右邊那個警衛打開了一個小皮革袋。

泰迪拉開大衣，取出槍套內的佩槍。他手腕輕輕一抖，彈開旋轉式彈筒，然後把槍放在麥佛森手上。麥佛森把槍遞給那個警衛，讓他放進手中的皮革袋。接著麥佛森再度伸出手來。

恰克拿槍的動作有點慢，他笨手笨腳解開槍套，但麥佛森沒有顯露出任何不耐，靜心等待恰克把槍笨拙地放在他手上。

麥佛森把槍遞給那個警衛，警衛把槍收進那個皮革袋，然後走進門去。

「你們的武器會登記收進典獄長辦公室外側的保管室，」麥佛森輕聲說，語音有如樹葉沙沙作響，「就在園區中央的醫院主建築裡。等你們離開時，就可以取回了。」麥佛森放輕鬆了，牛仔式笑容忽然又回到他臉上。「好吧，正式手續大概就是這樣。我對你們一無所知，不過我很高興這件事解決了。我們現在去見考利醫師，你們說怎麼樣？」

然後他轉身帶頭走進閘門，門在他們身後關上。

牆內是一條主走道，用跟圍牆同樣的橙紅磚塊鋪成，走道兩旁是綿延廣闊的草坪。踝上繫著腳鐐的園丁們正在照料草皮、樹木、花床，甚至還有那排沿著醫院的噴泉所種的玫瑰叢。那些園丁身旁都跟著雜役，泰迪看到園內還另有些戴著鐐銬的病患，踩著鴨子式的奇特步伐行走。大部分都是男的，少數幾個是女的。

「第一批臨床醫師來到這裡的時候，」麥佛森說，「園內長滿了濱海野草和灌木叢。你們該去看看當時的照片。不過現在……」

醫院的左右兩方各矗立著一棟殖民樣式建築，門窗等邊框漆得亮白，窗戶上裝了鐵條，窗玻璃被含鹽的海風染得發黃。醫院主建築則是炭灰色的，磚牆被海風磨蝕得平滑，有六層樓高，頂端的屋頂窗往下俯視著他們。

麥佛森說，「這些建築是南北戰爭前不久蓋的，原來是當作軍營總部。有些設計顯然是配合軍事訓練設施的用途。然後眼看著戰爭逼近，又轉向朝軍事堡壘的功能。再後來，又把這裡改成了戰俘營。」

泰迪注意到他之前在渡輪上看過的那座塔，群樹頂端露出了島嶼另一頭的塔尖。

「那座塔是做什麼的？」

「舊燈塔，」麥佛森說。「但十九世紀早期就沒當燈塔使用了。我聽說南北戰爭時的北方聯邦軍在那邊布置了守望哨兵，但現在那裡是處理場所。」

「用來治療病患嗎？」

他搖搖頭。「處理汙水。你不會相信這些水裡有些什麼。從渡輪上看很漂亮，但幾乎全州每條河裡的每片垃圾都漂進了內港區，然後又穿過了港區中段，最後來到我們這裡。」

「好極了，」恰克說著點燃了一根香菸，從嘴裡拿出來，憋住了一個小小的哈欠，在陽光下眨眨眼。

「圍牆後頭，那邊——」他指著B監過去更遠處——「是原來的司令官宿舍。你們走上來的路上大概已經看到過了。當時花了不少錢蓋的，南北戰爭結束後，那位司令官就退役了。你們應該去看看那個地方。」

「現在給誰住？」泰迪問。

「考利醫師，」麥佛森說。「多虧了考利醫師和典獄長，才有這一切。他們在這裡開創了一些很獨特的東西。」

他們環繞著園區後方走，碰到了更多雜役和戴著鐐銬的園丁，其中很多鋤著後牆邊的黑色壤土。其中有個園丁是中年婦人，小麥色的頭髮一綹綹披散著，頭頂幾乎全禿了，她凝視著經過的泰迪，然後舉起一根食指豎在嘴唇上。泰迪發現她喉頭橫著一道暗紅色的疤，像甘草糖棒那麼粗。她露出微笑，朝他非常緩慢地搖著頭。

「考利是他那個領域的傳奇人物，」麥佛森說，此時他們繞回頭，往醫院前方走去。「在約翰・霍普金斯大學和哈佛大學念書時都是最頂尖的學生，二十歲就發表了第一篇關於妄想病理學的論文。英國的蘇格蘭場、軍情五處，還有美國的戰略情報局都諮詢過他無數次。」

「為什麼？」泰迪說。

「為什麼？」

泰迪點點頭。這個問題好像很合理嘛。

「唔……」麥佛森好像茫然了。

「戰略情報局，」泰迪說。「先從這個開始好了。他們幹嘛要找個精神科醫師當顧問呢？」

「戰時工作。」麥佛森說。

「對，」泰迪慢吞吞說。「可是，是哪方面的呢？」

「機密那類的，」麥佛森說。「我是這麼以為的。」

「如果我們還在這邊談的話，」恰克說，困惑的眼神跟泰迪的雙眼相遇，「那能有多機密呢？」

麥佛森在醫院前頭暫停，一腳踏在第一級台階上。他似乎被問倒了，眼光望著弧形的橙紅色圍牆片刻，然後說，「這個嘛，我想你們可以去問他。他現在應該出去開會了。」

他們走上階梯，穿過了一個大理石門廳，上方的天花板拱起，形成一個格子圓頂。他們走近一道閘門時，門嗡響一聲打開來；然後他們繼續往前走，來到一個很大的前廳，裡頭的右方有個雜役坐在一張書桌後頭，還有一個坐在前廳內左方；再往後又是一道閘門，鎖住一道長廊。他們再度掏出警徽給那名坐在往上樓梯旁的雜役，麥佛森在一面寫字板上簽了他們三個人的名字，同時那名雜役檢查過他們的警徽和證件，又遞還給他們。那名雜役身後有個鐵柵室，泰迪看見裡頭有名男子，一身類似典獄長的制服，身後的牆上掛著一個個串著鑰匙的鐵環。

他們上了二樓，轉入一條泛著木頭肥皂味兒的走廊，腳下的橡木地板泛著光澤，沐浴在遠端大窗照進來的白光中。

「真是戒備森嚴，」泰迪說。

麥佛森說，「我們採取了各種預防措施。」

「我相信，這要多虧社會大眾的關心，麥佛森先生。」

「你們要明白，」麥佛森回頭對泰迪說，此時他們正行經幾個辦公室，房門全都關著，上頭的銀色小名牌上有醫師的名字。「美國沒有其他機構像這裡一樣。我們只收最具破壞力的病人，來這裡的，都是其他機構無法駕馭的病患。」

「葛萊思就在這裡，對吧？」泰迪說。

麥佛森點點頭。「文森．葛萊思，沒錯，他在C監。」

恰克朝泰迪說，「葛萊思就是那個……？」

泰迪點點頭。「殺死了所有親人，把他們的頭皮剝下來，拿來當帽子戴。」

恰克迅速點了頭。「還戴著進城，對吧？」

「報上是這麼說的。」

他們在一道雙扇門外停了下來。右邊那扇門中央有面黃銅牌，上頭寫著「住院總醫師，J・考利醫師。」

麥佛森轉向他們，一手放在門鈕上，然後緊盯著他們，雙眼有一種無法捉摸的強烈感情。

麥佛森說，「在比較蒙昧的年代，像葛萊思這種病人會被處死。但在這裡，他們可以研究他，定義出其中的病徵，或許可以把他腦子裡頭那個引發行為異常、脫離一般可接受模式的部分給隔離開來。如果他們能辦到這點，那麼或許有一天，我們的社會就能徹底根除那類脫軌行為。」

他似乎等著回答，門鈕上的那隻手僵在那裡。

「心懷夢想是好事，」恰克說。「你不覺得嗎？」

# 3

考利醫師瘦到已經是枯槁的程度。不太像是泰迪二次大戰末期，在德國的達豪集中營所看過那一具具枯乾的骨頭和軟骨，但絕對需要好好吃上幾頓。他小小的黑眼珠深棲在眼窩裡，流洩的陰影擴及整張臉。他的雙頰凹陷得像是垮掉似的，周圍的皮膚因陳年粉刺而留下點點凹疤。他的雙唇和鼻子跟其他部分一樣細瘦，下巴平得彷彿不存在。剩下的頭髮跟他的眼珠和眼圈一樣黑。

但他有種燦亮的笑容，開朗而帶著一股強烈的自信，照亮了他的眼瞳；現在他臉上就帶著這個笑，繞過書桌來迎接他們，伸出了手。

「丹尼爾斯執法官和奧爾執法官，」他說，「真高興你們這麼快就趕來了。」

泰迪感覺自己握住的那隻手乾燥又光滑如雕像，而且手勁之大令人驚訝，泰迪的手骨被緊緊捏著，覺得那股壓力把他的前臂都給扯直了。考利的雙眼瞪亮了好一會兒，好像是在說，沒想到，對吧？然後他轉向恰克。

他稀鬆平常一副幸會狀跟恰克握了手，臉上的笑迅即消失，轉向麥佛森說，「那現在就這樣吧，副典獄長，謝謝。」

麥佛森說，「是，長官。幸會了，二位先生。」然後退出房間。

笑容又重返考利臉上，但這回是比較僵硬的版本，讓泰迪想到濃湯上頭凝結的那層薄膜。

「麥佛森，是個好人。熱切。」

「對什麼而言？」泰迪說，坐在書桌前一張椅子上。

考利的笑容再度凝結，扯高了半邊臉，僵在那邊片刻。「對不起？」

「他很熱切，」泰迪說。「但是對什麼熱切呢？」

考利坐在那張柚木書桌後方，張開雙手。「對工作。那是一種兼顧了法律與秩序以及臨床醫療的情操。才半個世紀前——在某些病例上更短，一般都認為，對於我們這裡所處理的這類病人，最好就是套上鐐銬，任由他們在穢物中臭爛掉。他們被有計畫地毆打，好像這樣可以驅走他們的精神病。我們把他們妖魔化，折磨他們。沒錯，我們把他們綁上拷問架，朝他們的腦子鑽洞。甚至還會把他們淹在水裡。」

「那現在呢？」恰克說。

「現在我們會以符合道德觀點的方式治療他們。我們試圖提供醫療，讓他們痊癒。如果不成功的話，至少我們會讓他們的生活達到某種程度的平靜。」

「那他們的受害者呢？」

考利揚起雙眉，等待著。

「這些人都是暴力罪犯，」泰迪說。「對吧？」

考利點點頭。「事實上，是非常暴力。」

「所以他們傷害了人，」泰迪說。「在很多案例上，是謀殺。」

「啊，大部分都是。」

「所以對他們的受害者來說，他們的平靜感受會很重要嗎？」

考利說，「因為我的工作是治療他們，而不是治療他們的受害者。我幫不了他們的受害者，任何人的工作都有極限，我的極限就在這兒。我只能考慮到我的病人。」他露出微笑。「參議員跟你們解釋過狀況了嗎？」

泰迪和恰克坐在那兒，彼此交換了一個眼神。

泰迪說，「我們不曉得什麼參議員。我們是州裡的外勤調查站派來的。」

考利雙肘撐在一張綠色吸墨紙上，十指交扣，下巴歇在上頭，越過眼鏡的上緣凝視著他們。

「那就是我弄錯了。所以你們已經知道些什麼了？」

「我們知道有一名女性囚犯不見了。」泰迪把筆記本放在膝蓋上，翻閱著。「瑞秋·索蘭度。」

「請稱呼她病患。」考利朝他們木然地微笑。

「病患，」泰迪說。「我道歉。據我們了解，她是在過去二十四小時內逃走的。」

考利輕輕點頭，下巴仍歇在雙手上。「昨天夜裡。十點到十二點之間。」

「到現在還沒找到她。」恰克說。

「是的，這位執法官……」他帶著歉意抬起一隻手。

「敝姓奧爾，」恰克說。

考利雙手扶著臉，使那張臉顯得更窄；泰迪發現有水滴濺在他身後的窗玻璃上。看不出來那些水珠是來自天空還是大海。

「你叫查爾斯？」考利說。

「對，」恰克說。（譯註：恰克〔Chuck〕為查爾斯〔Charles〕的一種暱稱。）

「我想你叫查爾斯沒錯，」考利說。「但姓奧爾就未必了。」

「我想那是好運氣吧。」

「怎麼說？」

「我們沒辦法選擇自己的姓名，」恰克說。「所以如果有人覺得你跟自己的姓或名很配，這樣滿好的。」

「你的名字是誰取的？」考利說。

「我爸媽。」

「那姓呢？」

恰克聳聳肩。「誰曉得？那得往上追溯二十代。」

「說不定追一代就夠了。」

恰克坐在椅子上，身子往前湊。「你說什麼？」

「你是希臘裔，」考利說，「或是亞美尼亞裔。哪個才對？」

「亞美尼亞。」

「所以奧爾（Aule）這個姓原來是……」

「阿納斯馬吉安（Anasmajian）。」

考利細細的雙眼望向泰迪。「那你的呢？」

「丹尼爾斯嗎？」泰迪說。「第十代的愛爾蘭人。」他朝考利微微咧嘴一笑。「還有醫師，是這個姓沒錯，我可以追溯回去。」

「可是名字呢？正式名是錫奧多（Theodore）？」

「愛德華（Edward）。」

考利在椅子上往後靠，原來撐著下巴的雙手放開了。他拿著一把拆信刀輕敲著桌緣，聲音輕緩持續，有如片片雪花降臨屋頂。

「我太太，」他說，「名叫瑪格麗特（Margaret）。可是除了我之外，沒有人這麼喊她。她一些最久的朋友喊她瑪歌（Margo），這還有點道理；但其他每個人都喊她佩姬（Peggy）。我從來不明白為什麼。」

「怎麼說？」

「佩姬這個暱稱是如何源自瑪格麗特的？可是很多人都這樣用。或者泰迪（Teddy）是怎麼從愛德華生出來的？Margaret沒有p，Edward也沒有t啊。」

泰迪聳聳肩。「那你的名字呢？」

「約翰（John）。」

「有人喊過你傑克（Jack）嗎？」

他搖搖頭。「大部分人都只是叫我『醫生』。」

水輕濺著窗戶，考利似乎在腦中回頭溫習了一次這段談話，雙眼晶亮又遙遠，然後恰克說，「你們認為索蘭度小姐算危險嗎？」

「我們所有的病患都有暴力傾向，」考利說。「所以他們才會在這裡，無論男女都是如此。瑞秋・索蘭度是戰士遺孀。她把三個小孩淹死在屋後的湖裡。一個接一個把他們帶到湖邊，把他們的頭按在水裡，直到他們溺死。接著她把屍體帶回房子裡，讓他們環繞餐桌坐好，大家一起吃飯，然後一個鄰居剛好路過來拜訪。」

「她殺了那個鄰居嗎？」恰克問。

考利揚起雙眉，輕輕嘆了口氣。「沒有。她邀鄰居進來坐，跟他們一起吃早餐。當然，他推辭了，然後去報警。瑞秋一直相信她的小孩還活著，正在等著她。這可能也解釋了為什麼她想逃走。」

「為了要回家，」泰迪說。

考利點點頭。

「她家在哪裡？」恰克問。

「在柏克郡的一個小鎮。離這裡大概有一百五十哩。」隨著頭稍稍一歪，考利示意後頭的窗戶。「往那個方向游過去，至少要十一哩才能碰到陸地。往北游的話，那就得一直游到紐芬蘭了。」

「你們已經搜查過島上了。」

「對。」

「很徹底嗎？」

考利花了幾秒鐘思索回答，把玩著書桌角落一個銀色的馬頭胸像。「典獄長帶著手下和一組醫院的雜役，花了一整夜和大半個早上，搜索整個島和院內的每棟建築。一點蛛絲馬跡都沒有。更令人想不透的是，我們無法判斷她是怎麼離開那間牢房的。門是從外頭上鎖的，唯一的窗戶裝了鐵條。鎖上也找不到被撬動過的痕跡。」他的視線從馬頭胸像轉開，瞥了泰迪和恰克一眼。「她就像是直接透過牆被蒸發了一樣。」

泰迪在他的筆記本匆匆寫下「蒸發」。「你們確定昨天夜裡熄燈時，她確實是在那個房間裡嗎？」

「是的。」

「怎麼能確定呢？」

考利的手從馬身上移開，按了對講機上的叫人鈕。「瑪麗諾護士？」

「是，醫師。」

「請甘頓先生進來。」

「馬上來，醫師。」

窗邊的小几上有一壺水和四個玻璃杯。考利過去倒了三杯水。一杯放在泰迪面前，一杯放在恰克面前，然後拿著他自己那杯回到書桌後面。

泰迪說，「你這裡該不會有阿斯匹靈吧？」

考利朝他微微一笑。「我想可以張羅出幾顆來。」他翻找著書桌抽屜，找到一瓶拜耳藥廠的瓶子。「兩顆還三顆？」

「三顆好了。」泰迪感覺他眼睛後頭的那股痛開始加劇。

考利把藥丸遞給桌子那頭的泰迪，泰迪扔進嘴裡，喝下水。

「執法官，你有頭痛的老毛病嗎？」

泰迪說，「有暈船的老毛病，很不幸。」

考利點點頭。「啊，脫水。」

泰迪點點頭，考利打開一個胡桃木香菸盒，朝泰迪和恰克遞。泰迪拿了一根，恰克搖搖頭，掏出自己的菸盒，三人點燃了香菸，考利把身後的窗子拉開。

他坐回位子上，從桌子那頭遞了張照片過來——一名年輕女人，很美，眼睛底下的黑眼圈就像她的黑髮那麼黑。眼睛睜得好大，好像有什麼東西從她的頭顱內把眼睛猛往外戳。不管她看到了什麼，除了相機鏡頭、除了攝影師、大概還除了這個已知世界的任何事物——都讓她大吃一驚。

她身上有種令人不安的熟悉之感，然後泰迪想起來了——他在集中營裡看過的一個年輕男孩，不肯吃他們給的食物。他在四月的陽光下靠牆而坐，眼睛裡就有這種神情，最終他眼皮閉上，他們把他扔到火車站的屍首堆上。

恰克低聲吹了個口哨。「老天。」

考利吸了口菸。「你這反應是因為她長得漂亮，還是因為她一副瘋樣？」

「都有，」恰克說。

那對眼睛，泰迪心想。即使凍結在時光的那一刻，那對眼睛仍在狂號。你會想爬進照片裡說，「不不不，沒事的，沒事的。噓──」你會想抱著她，直到她不再發抖，告訴她一切都會沒事的。

辦公室的門開著，一個高個子黑人進來，一頭灰斑濃重的頭髮，身穿白衣白褲的雜役制服。

「甘頓先生，」考利說，「這兩位就是我跟你提過的──奧爾和丹尼爾斯執法官。」

泰迪和恰克站起身跟甘頓握手，泰迪從這名男子身上感覺到一股強烈的恐懼，似乎跟執法人員握手讓他不太自在，擔心對方或許是帶著逮捕令要來抓他的。

「甘頓先生在這裡工作十七年了。他是這裡的雜役長，昨天晚上送瑞秋回房的人就是他。甘頓先生？」

甘頓腳踝交叉，雙手放在膝上，背略微前駝，雙眼瞪著自己的鞋子。「九點有個聚會。然後──」

考利說，「那是一個團體治療會，由席恩醫師和瑪麗諾護士帶領的。」

甘頓等著，直到他確定考利已經說完了，才又開口。「所以，沒錯。他們集體聚會，到十點結束。我送瑞秋小姐上樓去她房間。她進去之後，我從外頭鎖上門。熄燈之後，我們每兩個小時會巡邏檢查一次。我午夜十二點又到她房外，往裡看，她的床是空的。我猜想她或許在地板上。病患常常這樣的，睡在地板上。我打開門——」

考利又打斷：「是用你的鑰匙嗎，甘頓先生？」

甘頓朝考利點點頭，然後視線又回到自己的膝蓋上。「我用我的鑰匙開門，沒錯，因為門是鎖上的。我進去裡面，找不到瑞秋小姐。我關上門，檢查窗子和鐵條，都鎖得緊緊的。」他聳聳肩。「於是我就去叫典獄長了。」他抬眼望著考利，而考利朝他和藹地點點頭。

「兩位有什麼問題嗎？」

恰克搖搖頭。

原先看著筆記本的泰迪抬起頭。「甘頓先生，你說你進入那個房間，查明了病患不在裡頭。你是怎麼確定的？」

「先生？」

泰迪說，「房裡有衣櫃嗎？床底有空間可以讓她躲進去嗎？」

「都有。」

「那你都查過這些地方了嗎？」

「是的，先生。」

「當時房門還開著。」

「先生？」

「你說你進入那個房間，到處看了一圈，找不到病患。**然後**關上身後的門。」

「不，我……呃……」

泰迪等待著，又吸了口考利給他的香菸。味道很順，比他的切斯特菲茲牌要濃郁，煙的氣味也不一樣，簡直是發甜。

「總共只花了五秒鐘而已，先生，」甘頓說。「衣櫃上沒有門，我看看那兒，又看看床底下，然後關上房門。她不可能躲起來，房間很小。」

「那貼牆的地方呢？」泰迪說。「就在房門的左邊或右邊？」

「不可能。」甘頓搖搖頭，而泰迪第一次感覺到一絲憤怒，那是一種原始的忿恨，藏在他下垂的雙眼和「是的，先生」以及「不，先生」背後。

「不太可能的，」考利對泰迪說。「執法官，我明白你的意思；但只要你看過那個房間，你就會了解，不管病人站在四面牆之內的**任何地方**，都很難不被甘頓先生發現。」

「是啊，」甘頓說，此時他坦然直視著泰迪，而泰迪看得出來，眼前這名男子對自己的工作倫理懷抱強烈的自尊，泰迪提出的問題形同侮辱。

「謝謝你，甘頓先生，」考利說。「那暫時就到此為止了。」

甘頓站起身，目光在泰迪身上逗留了幾秒鐘，然後說，「謝謝你，醫師，」隨即走出房間。

他們安靜了一會兒，抽完各自的香菸，掐熄在菸灰缸裡，然後恰克說，「我想現在該去看看那個房間了，醫師。」

「當然，」考利說，從書桌後方走出來，手上拿著一個串著鑰匙的鐵環，大小跟汽車的輪圈蓋差不多。「跟我來吧。」

那是個小房間，門是整塊鋼板製成，往右朝裡開，鉸鏈加過充分的潤滑油，一推就朝右牆猛撞過去。他們的左手邊是一道窄牆，牆角有個小木櫃，裡面的塑膠衣架上掛了幾件長罩衫，還有幾件腰部串著細繩的長褲。

「你們剛剛的推論沒錯，」泰迪承認。

考利點點頭。「只要站在門口，她躲在哪裡都不可能看不到的。」

「這個嘛，還有天花板，」恰克說，然後三個人一起朝上看，考利還露出笑。

考利關上身後的門，泰迪立刻感覺到脊椎升起一股被拘禁的感覺。他們可以把這裡稱為一個房間，但其實這是個囚室。窄床後頭高高的窗戶上裝著鐵條。一個小小的抽屜櫃靠著右牆而立，水泥地板和水泥牆都是單調的白色。房裡擠進了他們三個人，就沒什麼空間了，走動很難不被絆到。

泰迪說，「還有誰可以進入這個房間？」

「夜裡那段時間嗎？很少人有理由進入監樓。」

「那當然，」泰迪說。「不過誰可以呢？」

「雜役們，那是不用說的了。」

「那醫師們呢？」恰克說。

「嗯，護士可以，」考利說。

「醫師們沒有這個房間的鑰匙嗎？」泰迪問。

「有，」考利說，語氣裡有一股隱隱的惱怒。「可是晚上十點之前，所有醫生都已經簽名離開了。」

「而且也交還鑰匙了嗎？」

「對。」

「這些都有記錄嗎？」泰迪說。

「不歸我管。」

恰克說，「醫師，我們想問的是，他們拿走鑰匙或歸還時，是不是都得簽名登記？」

「那當然。」

「那我們可以查昨天晚上的登記簿，」泰迪說。

「當然，沒問題。」

「登記簿應該是放在一樓我們剛剛看到的那個鐵柵室，」恰克說。「裡面有個警衛，他背後的牆上掛著鑰匙對不對？」

考利朝他迅速點了頭。

「那員工的人事檔案，」泰迪說，「就是醫療人員和雜役、警衛的。我們得查閱。」

考利盯著泰迪，活像他臉上忽然冒出一堆小黑蟲似的。「為什麼？」

「醫師，有個女人從一個上鎖的房間裡消失了啊。她在一個小島上脫逃了，竟然沒有人能找到她？我無論如何都得考慮到可能有人幫她。」

「再說吧，」考利說。

「再說？」

「是的，執法官。我得先跟典獄長和其他住院醫師商量。我們知道你的請求是基於——」

「醫師，」泰迪說。「這不是請求。我們是政府派來的，而這個聯邦機構裡有個危險的囚犯——」

「是病患。」

「有個危險的病患，」泰迪說，盡量壓著嗓子。「逃走了。如果你拒絕協助兩名聯邦執法官逮捕這個病患，那麼醫師，很不幸，你就是——恰克？」

恰克說，「就是妨礙司法。」

考利望著恰克，好像期望得到同情，但恰克不為所動。

「好吧，」考利說，聲音失去了活力，「我只能說，我會盡一切力量，達成你的請求。」

泰迪和恰克迅速交換一個眼色，又轉而再度審視著這個空蕩的房間。考利可能不習慣在表達不悅之後，還有人繼續質疑他，所以他們給他一點時間適應一下。

泰迪看著那個小衣櫃內部，裡面有三件白色長罩衫，兩雙白鞋子。「你們發給每個病患幾雙鞋子？」

「兩雙。」

「那她是赤腳離開這個房間的嗎？」

「對。」他扶正了醫師袍底下的領帶，然後指著放在床上的一張大紙。「我們在抽屜櫃後頭發現了這個，搞不懂裡頭的意思，一直希望有人能解答出來。」

泰迪拿起那張紙，翻過來，發現另一面是醫院的視力檢查表，愈下排的字母愈小，形成一個金字塔形。他又把紙翻過來，舉高了給恰克看：

**4的法則**

**我是47**

**他們曾是80**

**＋你們是3**

**我們是4**

**但是**

**誰是67？**

泰迪連拿著這張紙都不樂意。紙的邊緣抵著他的手指，讓他感覺微微刺痛。

恰克說，「媽的我哪看得懂。」

考利走到他們身邊。「跟我們的臨床推論頗為類似。」

「我們是3，」泰迪說。

恰克瞪著那張紙。「啊？」

「我們可以是3，」泰迪說。「我們現在有3個人，站在這個房間裡。」

恰克搖搖頭。「她怎麼有辦法預測呢？」

泰迪聳聳肩。「我是硬湊的。」

「就是嘛。」

考利說。「你是牽強附會沒錯，但瑞秋玩這一套很精明。她的妄想——尤其是讓她相信三個小孩都還活著的那些妄想——是建立在一種非常脆弱但錯綜複雜的建築上。為了維持這個架構，她精心設計出一連串純屬虛構的複雜故事，構成了自己的人生。」

恰克緩緩轉過頭來，看著考利。「醫師，我沒什麼學問，聽不懂你在講什麼。」

考利低聲笑了。「想想你小時候跟父母親撒過的謊，編得有多麼複雜精巧。你不肯簡單解釋你為什麼沒去學校或忘了做家事，反而是加油添醋，讓整件事變得很奇幻，對不對？」

恰克想了想，點點頭。

泰迪說。「當然，刑事犯人也會這樣的。」

「一點也沒錯。撒謊的動機是要模糊化。讓聽的人覺得困惑，搞到最後他們筋疲力盡，再也不相信任何事實了。現在你再想想，如果你把這些謊話告訴自己，會有什麼結果。瑞秋就是如此。四年來，她一直不曉得自己住在精神病院裡。以她的想法，她是住在柏克郡自家房子裡，我們只是路過的送貨員、郵差、送牛奶的而已。不論真相是什麼，她就全憑意志的力量，加強了自己的幻覺。」

「但怎麼可能不跟現實抵觸呢？」泰迪說。「我的意思是，她人在精神病院裡啊。她怎麼會從沒注意到呢？」

「啊，」考利說，「這就是最嚴重的精神分裂症，現在我們要談到這種妄想架構中真正令人毛骨悚然的精妙之處了。兩位，如果你們相信自己是唯一掌握真相的人，那麼其他人就一定是在撒謊。而如果每個人都在撒謊……」

「那麼他們所說的任何實話，」恰克說，「就一定是撒謊。」

考利翹起大拇指，食指對準恰克，像把手槍一樣。「答對了。」

泰迪說，「而你講的這個，跟這些數字有關嗎？」

「一定有關。這些數字一定代表些什麼。瑞秋的種種思緒，都不可能沒有目的或無關緊要。她必須在腦中維持那個架構，防止它崩塌；為了達到這個目的，她必須無時不刻都在思考。這個——」他輕彈著那張視力檢查表——「就是紙上的架構。我真心相信，這個東西會告訴我們她去了哪裡。」

有那麼一會兒，泰迪感覺到它在跟他說話，愈來愈清晰。他確定，是頭兩個數字——「47」和「80」——他可以感覺到那兩個數字中有個什麼在搔動他的大腦，像是收音機用完全不同的音調播放著一首歌，讓他想不起記憶中的旋律。「47」是最簡單的線索，就在他眼前。太簡單了，那是……

然後所有邏輯的可能性和橋樑忽然垮掉，泰迪覺得腦袋轉為一片空白。他知道它又溜走了——那個線索、那個連結、那座橋——他把那張紙放回床上。

「瘋了，」恰克說。

「你指什麼？」考利問。

「她呀，」恰克說。「我是這麼認為的。」

「喔，那還用說。」考利說。「我想可以確定是這樣沒錯。」

# 4

他們站在房間外頭。門外的長廊被一道樓梯從中一分為二。上了樓梯往左，沿走廊往前走到半途，右手邊就是瑞秋的房門。

「這是這層樓唯一的出口嗎？」泰迪說。

考利點點頭。

「不能通往屋頂嗎？」恰克說。

考利搖搖頭。「上屋頂的唯一通道，就是防火梯，位於這棟建築的南端。那兒有一道防火門，向來都是鎖上的。當然，員工有鑰匙，但病患沒有。要上屋頂的話，她就得先下樓，出了這棟建築，然後用鑰匙打開防火門，再爬上屋頂。」

「但是你們檢查過屋頂了？」

考利又點點頭。「還有這棟監樓裡所有的房間。我們一發現她不見了，就馬上檢查過。」

泰迪指著樓梯前坐在一張小桌子旁的雜役。「那裡二十四小時都有人守著嗎？」

「對。」

「所以昨天晚上那裡也有人了。」

「事實上，就是甘頓先生。」

他們走向樓梯，恰克說，「這麼說……」抬起雙眉望著泰迪。

「這麼說，」泰迪同意道。

「這麼說，」恰克說，「索蘭度小姐離開那間上鎖的房間，進入這個走廊，下了這道樓梯。」他們自己也走下樓梯，恰克朝著二樓的樓梯間平台上那位等著他們的雜役歪豎著大拇指。「她在這裡經過了另一個雜役，我們不知道是怎麼辦到的，或許是隱身法或什麼，然後她走下樓，來到……」

他們走下最後那層樓梯，迎面是一個開闊的大房間，貼牆放著幾張沙發，中央是一張很大的折疊桌，還有一些折疊椅，凸窗透進來的白色光線充滿了整個房間。

「這裡是大起居間，」考利說。「大部分病患晚上都在這裡打發時間。昨天晚上這裡舉行過團體治療會。你們待會兒會看見護理站就在穿過門廊那邊。熄燈之後，雜役們會聚集在這裡。他們應該是要拖地、擦窗子之類的，但有時候我們會撞見他們在這裡玩牌。」

「那昨天晚上呢？」

「根據昨天晚上值班的人說，牌戲進行得很熱烈。七個人，就坐在樓梯盡頭這兒，玩撲克牌。」

恰克雙手放在臀部，嘴巴呼出一口長氣。「顯然，她又再度隱形了，然後往左或往右移動。」

「往右就會經過用餐區，然後進入廚房；再下去是一道鐵閘門，晚上九點等廚房工作人員離開後，就會設定警鈴。往左則是護理站和員工休息室，沒有門通到外面。唯一出去的路，就是大起居間另一頭的那扇門，或者這道樓梯後方的走廊盡頭。昨天晚上兩道門都有人看守。」考利看了手錶一眼。「兩位，我有個會要開。如果你們有任何問題，歡迎詢問任何員工，或去找麥佛森。他負責到目前為止的搜索行動。他應該會有你們所需要的一切資訊。員工六點整在雜役宿舍地下室的餐廳用餐。之後，我們會在這裡的員工休息室集合，到時候你們可以跟任何一個昨天晚上事件發生時值班的員工談話。」

他匆匆走向前門，他們望著他左轉後消失了。

泰迪說，「這檔子事兒裡，有哪點感覺上不像是內賊幹的嗎？」

「我還是比較喜歡我的隱形理論。她可以把神藥放在瓶子裡，你懂我意思嗎？說不定她現在就正在看我們，泰迪。」恰克迅速別過頭，然後又轉回來看著泰迪。「很難說唷。」

那天下午他們加入了搜索隊，沿海岸朝內陸搜索，微風變得更大更暖。好多地方都草木生長過剩，一片片原野上叢生著野草和高大茂密的牧草，中間還夾雜著古老櫟樹上的蔓生植物和一身是刺的青藤。在大部分地方，就算用某些警衛帶著的開山刀，都無法開出路讓人通過。瑞秋・索蘭度不會有開山刀，就算有，這座島嶼似乎本質上就是會把所有來訪者推回岸邊。

這趟搜索讓泰迪覺得很散漫，好像除了他和恰克外，沒有一個人是真正有心尋找。那些人垂著雙眼、拖著腳步，沿著海岸線的內圈迂迴而行。在某個地方，他們繞過一道黑色岩石間的崖路，迎面對著一座往外伸降入海中的懸崖。在他們的左邊，隔著一大片繁茂交纏的苔蘚和荊棘和紅色漿果，經過幾座矮丘後，降入最底部的一片沼澤低地。那些矮丘連綿隆起，一個比一個高，最後連上了那片彎曲的懸崖，泰迪可以看見懸崖邊緣的山丘和橢圓形洞穴間，有許多小路。

「洞穴呢？」他對麥佛森說。

他點點頭。「有幾個。」

「你們搜過了嗎？」

麥佛森嘆了口氣，雙掌圈起擋住風，好劃亮火柴點燃一根細雪茄。「她有兩雙鞋，執法官。兩雙都在她房間裡。她要怎麼走過我們剛剛經過的那些地方，穿過這些岩石，然後爬上那片懸崖？」

泰迪指著那片林間空地之外，最低的那座矮丘。「她挑了最長的一條路，一路從西邊爬上來嗎？」

麥佛森也伸出手指懸在泰迪的旁邊。「你看到那塊低地了嗎？就是你指的那塊沼澤地。那些矮丘的底部長滿了毒藤、活櫟、鹽膚木，大概有一千種不同的植物，上頭的刺都有我的老二那麼粗。」

「這表示刺很大還是很小？」領先他們幾步的恰克回頭說。

麥佛森笑了。「應該是居中吧。」

恰克點點頭。

「我的意思是，兩位先生，她別無選擇，只能緊靠著海岸線移動，不管她往東還是往西繞，繞到一半就沒有海灘了。」他指著那座斷崖。「她會碰到這類玩意兒。」

一個小時後，在小島的另一端，他們碰到了圍籬。裡頭是那座舊日堡壘和燈塔，泰迪看得到燈塔另有一道專屬的圍籬圈起來，兩個警衛站在柵門邊，胸前端著步槍。

「汙水處理廠嗎？」他說。

麥佛森點點頭。

泰迪看著恰克，恰克雙眉揚起。

「汙水處理廠？」泰迪又說了一遍。

晚餐時沒有人跟他們同桌。他們單獨坐在那兒，不小心濺上的雨水弄得他們身上發潮，溫暖的微風已經開始夾雜著海洋的水氣。室外，小島開始在黑暗中喧鬧不休，微風轉成了強風。

「一個上鎖的房間，」恰克說。

「赤腳，」泰迪說。

「經過三處室內崗哨。」

「還有一屋子的雜役。」

「而且是赤腳，」恰克同意道。

泰迪攪了攪他的食物，是某種牧羊人派之類的，裡頭的碎肉黏呼呼的。「爬過一道牆，上頭還有通電的保全鐵絲網。」

「或者是穿過一道人力操控的閘門。」

「然後走到外頭那兒去，」風吹著整棟樓，在黑暗中搖撼。

「赤腳。」

「沒有人看到她。」

恰克嚼著食物，喝了口咖啡。「如果有人死在這個島上——一定有過，對吧？——那要怎麼處理他們？」

「埋起來。」

恰克點點頭。「你今天看到過墓園嗎？」

泰迪搖頭。「也許在哪個有圍籬的地方。」

「比方那個汙水廠。沒錯。」恰克推開盤子，往後一靠。「之後我們要跟誰談？」

「員工。」

「你認為他們幫得上忙嗎？」

「你不認為嗎？」

恰克咧嘴笑了。他點燃一根香菸，雙眼望著泰迪，輕笑變成溫和的大笑，煙霧隨著一聲聲笑往外吐。

泰迪站在房間中央，員工成圓形圍繞著他。他雙手放在一把金屬椅子頂端，恰克懶洋洋靠在身旁一根柱子上，雙手插在口袋裡。

「我想，各位都知道我們為什麼會集合在這裡了，」泰迪說。「你們昨夜有人逃走。我們只知道，這位病患消失了。沒有任何證據可以讓我們相信：這位病患是在無人協助的情況下離開這個病院的。麥佛森副典獄長，你同意嗎？」

「同意。就我看來，眼前做這個評估相當合理。」

泰迪正要繼續說下去，此時坐在護士旁一張椅子上的考利開口了，「兩位能不能自我介紹一下？我們有些員工還不認識你們。」

泰迪站直了身子。「我是聯邦執法官愛德華・丹尼爾斯。這位是我的搭檔，聯邦執法官查爾斯・奧爾。」

恰克舉起手朝大家輕揮一下，隨即又插回口袋。

泰迪說，「副典獄長，你帶人搜索過島上各處了嗎？」

「是的。」

「你們發現了什麼？」

麥佛森坐直了身子。「我們沒發現有人脫逃經過的痕跡。沒有被扯破的衣服碎片，沒有腳印，沒有植物被壓彎。昨天晚上浪很大，而且是漲潮，沒有辦法游泳的。」

「不過她有可能試試看啊。」說話的是凱芮．瑪麗諾護士，她是個苗條女子，一走進房間後，就鬆開頭頂上的髻，又拆下脊椎上方的另一個髮夾，把一頭紅髮放下來。她的帽子置於膝蓋上，手指懶懶梳著頭髮，看起來很疲倦，但房裡每個男人都在偷看她，她疲倦的梳髮姿勢表明她亟需睡眠。

麥佛森說，「什麼意思？」

瑪麗諾的手指停在髮間，然後放回膝蓋上。

「我們怎麼知道她會不會是想下水游泳，結果最後被淹死呢？」

「那她現在就會被沖回岸上了。」考利朝著拳頭打了個呵欠。「想想看那個潮水嘛。」

瑪麗諾舉起一隻手，好像是在說，喔，抱歉啦各位，然後說，「我只是覺得該提一下。」

「很謝謝你，」考利說。「執法官，請繼續提問吧。今天大家都很累了。」

泰迪瞥了恰克一眼，恰克也微微斜乜著回望他一眼。一個曾經有施暴經驗的女人失蹤了，在小島上自由逍遙，但每個人卻都只是想去睡覺而已。

泰迪說，「甘頓先生已經告訴過我們，他在半夜十二點去巡視索蘭度小姐的房間時，發現她不見了。她房裡窗上的鐵條和門上的鎖都沒有人撬過。甘頓先生，在昨天晚上十點到十二點之間，你是不是隨時都盯著三樓的走廊？有沒有稍微放鬆過一刻？」

幾個人轉頭望著甘頓，泰迪看到某些人臉上出現了促狹的表情，覺得很困惑，泰迪感覺自己好像是個三年級老師，正在對全班最快樂的小孩提問。

甘頓低頭看著自己的雙腳說，「我唯一沒盯著走廊的時候，就是我進去她房間、發現她不見了那會兒。」

「那應該花了三十秒吧。」

「比較接近十五秒。」他眼光轉向泰迪。「那個房間很小。」

「除此之外呢？」

「除此之外，每個人都在十點前就鎖進房裡了。她是最後進房的。然後我坐在樓梯中段的平台上，兩個小時內都沒看見任何人。」

「你始終沒有離開過崗位嗎？」

「是的，先生。」

「沒有去倒杯咖啡之類的？」

甘頓搖搖頭。

「好吧，各位，」恰克說著，身子離開那根柱子。「我在這裡得做個大膽的跳躍。這是純粹為了討論，不是蓄意要對這位甘頓先生不敬。我們姑且假設，索蘭度小姐不知怎地爬過了天花板之類的。」

群眾裡有幾個人低聲笑起來。

「然後她來到樓梯平台，下了二樓，那她會經過誰？」

一個膚色乳白、滿頭橘紅頭髮的雜役舉起手。

「請問大名？」泰迪說。

「我叫葛連。葛連・米蓋。」

「好吧，葛連，你整夜都堅守在崗位上嗎？」

「呃，沒錯。」

泰迪說，「葛連。」

「是？」他本來低頭摳著指甲上的肉刺，現在抬起眼來。

「我要聽實話。」

葛連回頭看了考利一眼，然後又轉過來望著泰迪。「是，我講的都是實話。」

「葛連，」泰迪說。「少來了。」

葛連迎上了泰迪的目光，自己的眼睛開始睜大，然後他說。「我去過洗手間。」

考利身子往前傾。「你離開的時候，誰替補你的位置？」

「我只是很快去撒泡尿，」葛連說。「對不起，先生，是小便。」

「去了多久？」泰迪說。

葛連聳聳肩。「頂多一分鐘吧。」

「一分鐘。你確定嗎？」

「我又不是駱駝。」

「的確。」

「我進去一下就出來了。」

「你違反了規定，」考利說。「老天哪。」

「長官，我知道。我——」

「這是幾點的事情？」泰迪說。

「十一點三十分。大概是。」葛連對考利的恐懼轉成了對泰迪的怨恨。被問了幾個問題後，他變得很具敵意。

「謝謝你，葛連，」泰迪說，然後頭朝恰克略略一歪，示意他接手。

「十一點三十分，」恰克說，「或者大約這個時候，大家還繼續在玩撲克牌嗎？」

有幾個人面面相覷，然後又轉頭望著恰克，然後一個黑人率先點點頭，接著其他雜役也點了頭。

「當時在玩的有誰？」

四個黑人和一個白人舉起手。

恰克對著帶頭的那個，就是第一個點頭、第一個舉起手的。那是個圓圓胖胖的傢伙，剃光的頭在燈光下閃閃發亮。

「大名？」

「我叫崔，先生。崔・華盛頓。」

「崔，當時你坐在哪裡？」

崔指著地板。「大概就在這裡，房間中央。正對著樓梯。一面看著前門，一面可以提防後門。」

恰克走到他身邊，轉著脖子朝前後門、樓梯各看了一回。「好位置。」

崔低聲說。「不光是要盯著病患。我們也要提防醫師們，還有一些看我們不順眼的護士。那個時間我們不該玩牌的，所以要有辦法看到誰走進來，趕緊抓起拖把。」

一陣低笑。「我敢說你動作也很快。」

「你見過八月的閃電嗎？」

「見過啊。」

「比起我抓拖把的速度還不夠看。」

這話打破了眾人的沉寂，瑪麗諾護士憋不住笑了，泰迪注意到有幾個黑人彼此指指戳戳。於是他明白，在這個島上期間，恰克將會扮演白臉的「好警察」，他有跟眾人打成一片的本事，似乎跟任何人都能處得很好，不論膚色或甚至語言。泰迪不懂西雅圖調查站的人在搞什麼鬼，怎麼會放他走，有個日本裔女朋友有什麼大不了的？

反之，泰迪則是天生的硬漢型個性。只要手下搞清這一點，就能跟他處得很好；尤其在戰時，你非得趕緊適應不可。但在沒有適應之前，跟他在一起總是會很緊張。

「好了，好了。」恰克舉起一隻手讓大家安靜，但自己還是咧嘴笑著。「那麼，崔，你一直在這道樓梯下頭，玩牌。那你是什麼時候發現情況不對勁的？」

「就是艾克——啊，我是指甘頓先生——開始往下喊，『快叫典獄長來。出紕漏了。』」

「當時是幾點？」

「十二點零二分三十九秒。」

恰克抬起雙眉。「你是鐘啊？」

「不，先生，不過我被訓練得一有狀況就會去看鐘。任何事都可能會變成你們所謂的『事故』，然後我們所有人就得去填『事故報告』。上頭問的第一個就是事故開始的時間。等你填多了事故報告，一碰到有麻煩的跡象，你的直覺就是去看鐘。」

他說的時候，幾個雜役連連點頭，還有幾個人咕噥著「對啊」和「沒錯」，像是在參加布道會似的。

恰克看了泰迪一眼，意思是：夠瞧吧？

「所以當時是十二點零二分，」恰克說。

「三十九秒。」

泰迪對甘頓說，「十二點過了兩分鐘，這應該是因為你到索蘭度小姐房間**之前**，先去檢查了其他幾個房間，對不對？」

甘頓點點頭。「她在走廊上的第五個房間。」

「典獄長是幾點趕到現場的？」泰迪說。

崔說，「希克斯維爾——他是一名警衛——是第一個走進前門的。我想他當時負責在門口站崗。他在十二點零六分二十二秒進門。又過了四分鐘之後，典獄長帶著六個人進來。」

泰迪轉向瑪麗諾護士。「你聽到了這些騷動，結果……」

「我鎖上了護理站，大概在希克斯維爾走進前門時，我也來到了娛樂廳。」她聳聳肩，點燃一根香菸，其他幾個人見狀也紛紛點了菸。

「任何人要進入護理站，都一定要經過你。」

她一手托著下巴，隔著一道鐮刀狀的煙霧望著他。「經過我到哪裡？通往水療室的那扇門？你進去裡頭，只會被鎖在一個水泥箱子裡，陪著一堆管子和幾個小水池。」

「那個房間檢查過了嗎？」

「檢查過了，執法官，」麥佛森說，現在口氣很疲倦。

「瑪麗諾護士，」泰迪說，「你昨天晚上參加了團體治療會。」

「對。」

「有什麼不平常的事情發生嗎？」

「不平常的定義是什麼？」

「什麼？」

「執法官，這裡是精神病院，專收心神喪失的刑事犯。我們的生活中，『平常』的部分並不多。」

泰迪朝她點個頭，靦腆一笑。「那我換個說法好了。昨天晚上的團體治療中，發生了什麼比較難忘、比較不，唔……」

「正常？」她說。

考利露出微笑，還有幾個零星的笑聲。

泰迪點點頭。

她想了一會兒，發白的菸灰往下彎。她發現了，彈進了菸灰缸裡，抬起頭來。「很抱歉，沒有。」

「索蘭度小姐昨天晚上有發言嗎？」

「有，我想是兩三次吧。」

「關於什麼？」

瑪麗諾看著考利。

他說，「有關病患的隱私，我們暫時不必對這兩位執法官保密。」

她點點頭，不過泰迪看得出她不太情願。

「我們是在討論憤怒的情緒管理。最近發生了幾件情緒浮動的例子。」

「哪一類的？」

「病人彼此大吼，打架，這類的事情。沒有太過反常的，只是最近幾星期有一些小小的情緒高漲，大概主要是跟天氣熱有關。所以昨天晚上，我們就討論了各種表達焦慮和不滿的方式，適當和不適當的都有。」

「索蘭度小姐最近有憤怒方面的問題嗎？」

「瑞秋？沒有。瑞秋只有在下雨的時候會變得激動。她昨天晚上談的就是這方面的。『我聽到雨，我聽到雨。不在這裡，但是快來了。我們的食物該怎麼辦？』」

「食物？」

瑪麗諾掐熄了她的香菸，點點頭。「瑞秋討厭這裡的食物，常常抱怨。」

「她的抱怨有好理由嗎？」泰迪說。

瑪麗諾正要笑，努力憋住了。她低下眼睛。「這麼說吧，她抱怨的理由或許可以理解。對於任何理由或動機，我們不會套上好或壞這類道德判斷。」

泰迪點點頭。「那昨天晚上有個席恩醫師也在這裡，主持這個團體治療會。他人呢？」

沒有人吭聲。幾名男子在座椅間的直立式菸灰缸裡掐熄了菸蒂。

終於，考利說，「席恩醫師搭早上的渡輪走了。就是你們過來那班的回程。」

「為什麼？」

「他已經排好要休假一陣子。」

「可是我們必須跟他談啊。」

考利說，「我有他那場團體治療會的總結記錄，也有他所有的筆記。他昨天晚上十點離開主建築，回到他的宿舍。今天早上離開。他的假期已經延期了很久，也老早就計畫好了。我們沒有理由把他留下來。」

泰迪望著麥佛森。

麥佛森點點頭。

「你也贊成嗎？」

「現在是全面監禁封鎖狀態，」泰迪說。「因為有病人脫逃了。你們怎麼可以允許有人在這種時候離開呢？」

麥佛森說，「我們夜裡已經查明了他的行蹤，覺得沒問題了，實在想不出任何理由留下他。」

「他是**醫師**啊，」考利說。

「老天，」泰迪輕聲說。這違反了刑罰機構的標準運作程序，是他所見過最嚴重的，但每個人卻表現得好像沒什麼大不了。

「他去哪兒了？」

「什麼？」

「度假，」泰迪說。「他去哪兒了？」

考利看著天花板努力回想。「我相信是紐約。紐約市。他家就在那兒。公園大道。」

「我要他的電話號碼，」泰迪說。

「我不明白為什麼——」

「醫師，」泰迪說。「我要他的電話號碼。」

「我們會給你的，執法官。」考利仍然看著天花板。「還需要別的嗎？」

「沒錯。」泰迪說。

考利的下巴低垂下來，雙眼迎上了泰迪的目光。

「我需要一具電話。」泰迪說。

護理站的那具電話裡聽不到任何聲音，只有一陣嘶嘶空響。這座監樓裡還有其他四具電話，都鎖在玻璃櫃裡，一打開玻璃櫃，電話裡頭發出的聲響都一樣。

泰迪和考利醫師走到醫院主建築一樓的總機室。進門時，接線生抬起頭來，黑色的頭戴式耳機掛在他脖子上。

「先生，」他說，「我們斷訊了。連無線電都不通。」

考利說，「天氣的狀況沒那麼糟啊。」

接線生聳聳肩。「我會繼續試。不過斷訊主要不是因為這裡的狀況，而是要看對岸那邊的天氣如何。」

「你繼續試吧，」考利說。「一接通就趕快直接來跟我報告。這位先生必須打一個非常重要的電話。」

接線生點點頭，轉過身子去，把耳機戴回頭上。

到了外頭，空氣滯重得簡直讓人喘不過氣來。

「如果你們不打電話回去通報，他們會怎麼樣？」考利問。

「外勤調查站那邊嗎？」泰迪說。「他們的夜班報告會記錄。但通常要過了二十四小時，他們才會開始擔心。」

考利點點頭。「也許到時候風暴就會平息了。」

「平息？」泰迪說。「現在都還沒開始哩。」

考利聳聳肩，開始朝大門走。「我會在住處準備些飲料，或許還有雪茄。九點，看你和你同事要不要過來。」

「啊，」泰迪說。「到時候我們可以談談嗎？」

考利停下腳步，回頭看他。圍牆另一頭的黑暗樹影不斷搖晃低語。

「我們不就一直在談嗎？執法官。」

恰克和泰迪走進黑暗的園區，從空氣中感覺到環繞著他們的風暴正迅速脹大，好像整個世界懷孕了，肚子愈來愈大。

「太扯了，」泰迪說。

「是啊。」

「他媽的爛到骨子裡去了。」

「我是浸信會教友，我要告訴你：『阿門，兄弟。』」

「兄弟？」

「浸信會都是這麼說的。我在密西西比州待過一年。」

「是嗎？」

「阿門，兄弟。」

泰迪又跟恰克要了一根香菸，點燃了。

恰克說，「你打電話回調查站了？」

泰迪搖搖頭。「考利說總機斷訊了。」他舉起一隻手。「因為風暴，你知道。」

恰克吐掉了舌頭上沾的菸草。「風暴？哪裡啊？」

泰迪說，「你感覺得到快來了。」他望著黑暗的天空。「不過還沒影響到他們的總指揮部。」

「總指揮部，」恰克說。「你還沒從軍隊退伍嗎？或者你就是習慣這麼講話？」

「我指的是總機，」泰迪手上的香菸朝那邊。「隨便怎麼稱呼吧。無線電也不通。」

「他媽的無線電也不通？」恰克瞪大了眼睛。「無線電耶，老大。」

泰迪點點頭。「很慘，沒錯。讓我們困在一個小島上，尋找一個女人，她從上了鎖的房間裡逃出來。」

「經過四道有人看守的關卡。」

「還有一屋子正在打撲克牌的雜役。」

「爬上了十呎高的磚牆。」

「上頭有通了電的鐵絲網。」

「然後游泳十一哩——」

「——渡過怒漲的潮水——」

「——到另一岸。怒漲，我喜歡。而且很冷。你看有多冷？或許攝氏十二度？」

「頂多十六度。不過夜裡呢？」

「那還是十二度吧。」恰克點點頭。「泰迪，這整件事，不太對勁。」

泰迪說，「而且席恩醫師不見了。」

恰克說。「你也覺得不對勁，是吧？我不確定，你逼考利醫師好像還逼得不夠心狠手辣，老大。」

泰迪笑了，聽著自己的笑聲在夜風中消散，被遠處的浪濤聲淹沒，彷彿從沒存在過，彷彿這個小島和海洋和鹽把你以為存在過的一切奪走……

「……如果我們只是個幌子呢？」恰克正在說。

「什麼？」

「如果我們只是個幌子呢？」恰克說。「如果我們來這裡，只是為了讓他們表面上更沒有破綻呢？」

「別跟我打啞謎了，大偵探。」

恰克又露出微笑。「好吧，老大，你得專心聽我講。」

「我會的啦。」

「我們假設，某個醫生迷上了某個病患。」

「索蘭度小姐。」

「你看過她的照片嘛。」

「她很有吸引力。」

「吸引力。泰迪，她是大兵衣物櫃裡貼的那種美女照片。所以她對我們這位席恩老兄下工夫……你懂我意思吧？」

泰迪把菸蒂彈入空中，望著菸蒂在風中濺出點點火花，掠過他和恰克。「然後席恩上鉤了，覺得自己沒有她就活不下去。」

「關鍵字是『活』。他們要在真實世界裡，當一對自由的戀人。」

「於是他們落跑，離開這個小島。」

「說不定這會兒他們正在聽爵士音樂會呢。」

走到員工宿舍另一頭時，泰迪停下腳步，面對著那面橙紅色的磚牆。「可是為什麼他們不找人去追捕呢？」

「這個嘛，他們的確找了人，」恰克說，「這是標準程序。他們得找人來幫忙查，而像這種地方有人脫逃，他們就會找我們來。可是如果他們想掩護牽涉在內的員工，那我們來這裡，只是更證實了他們的說法——證明他們一切都按照規定沒錯。」

「好吧，」泰迪說。「但他們為什麼要掩護席恩？」

恰克一腳抵住圍牆，彎著膝蓋點菸。「不曉得，還沒想到那裡。」

「如果席恩的確把她帶走，那就是買通了一些人。」

「一定的。」

「還買通了不少。」

「至少是幾個雜役，還有一兩個警衛。」

「外加某個渡輪上的人，說不定不只一個。」

「除非他不是搭渡輪走的。說不定他自己有船。」

泰迪想了想。「有錢好辦事。考利說他老家在公園大道。」

「所以囉，他們順利離開——搭他自己的船。」

泰迪的目光沿著圍牆往上，望著圍牆頂的細鐵絲網，周圍的空氣壓迫著他們，像氣泡緊附著玻璃。

「這回答了很多，帶來的問題也一樣多。」過了一會兒泰迪說。

「怎麼說？」

「那些密碼為什麼會出現在瑞秋・索蘭度的房間裡？」

「唔，因為她瘋了嘛。」

「可是為什麼要給我們看？我的意思是，如果找我們來是為了要掩飾，那為什麼不用簡單一點的方式把我們打發掉？讓我們在報告上寫『雜役睡著了』或『我們沒注意窗戶上的鐵條生銹了』，然後我們就可以回家了。」

恰克一手撐著牆。「也許他們很寂寞，所有人都是。他們需要外頭的人來作伴。」

「是喔，所以他們編了個故事，好把我們弄來這兒？讓他們有新話題可以聊？這還真有說服力呢。」

恰克轉身望著艾許克里夫醫院。「先不管玩笑了……」

泰迪也轉身，兩人一起望著醫院。「好……」

「泰迪，這裡開始讓我覺得緊張了。」

# 5

「他們把這裡稱為『巨室』，」考利說著，帶他們穿過了鋪著拼花地板的門廳，來到了雙扇橡木門前，門上的黃銅門鈕有鳳梨那麼大。「真的，我太太在閣樓裡發現了一些前任屋主史皮威上校沒有寄出去的信，裡頭不斷談到他正在建造的『巨室』。」

考利抓住一個鳳梨往後拉，打開了那扇門。

恰克輕呼出一聲口哨。泰迪和德蘿瑞絲在鈕釦樹街曾有一戶令朋友羨慕的公寓，因為很大，中央走道似乎就跟美式足球場的長度一樣，但那公寓頂多只有這個房間的四分之一大。

地板是大理石的，上頭處處鋪著東方地毯。壁爐比大部分成年男子都要高。光是那些窗簾——每扇窗都遮著三碼長的暗紫色天鵝絨，而這個房間總共有九扇窗——就得花掉泰迪不止一年薪水，說不定還要兩年。一張撞球台佔據了角落，上方掛著幾幅油畫，一幅是穿著北方聯邦軍正式制服的男子；另一幅是穿著鑲褶邊白洋裝的女人；第三幅油畫則是那名男子和女子在一起，兩人腳邊還有一隻狗，背景中就畫著房裡的那個巨大壁爐。

「是那位上校嗎？」泰迪說。

考利隨著他的目光看過去，然後點點頭。「那些畫完成後不久，他就卸下了軍職。我們是在地下室發現這些畫的，另外有一張撞球桌、一堆地毯，還有大部分的椅子。執法官，你真該去看看那個地下室。那裡可以裝得下馬球球場。」（譯註：此處馬球球場〔Polo Grounds〕應指一九一一至一九五七年紐約市的職棒球隊巨人隊〔Giants〕之主場。）

泰迪聞到菸斗的菸草味，他和恰克同時轉身，明白了房裡還有一個人。他背對著他們面朝壁爐坐在一張高背的翼式安樂椅中，一腳翹在另一隻膝蓋上，有本打開的書撐在那兒。

考利在他們前頭走向壁爐，朝爐前那圈椅子指了指，同時自己經過壁爐到一個小酒櫃前。「兩位要喝什麼穿腸毒藥呢？」

恰克說，「黑麥威士忌，如果有的話。」

「我想我們還有一點。丹尼爾斯執法官呢？」

「蘇打水加冰。」

那個陌生人抬頭望著他們。「你不享受一下喝酒的樂趣嗎？」

泰迪往下看著那個傢伙。小小的紅髮腦袋安在矮胖的身軀頂端，像顆櫻桃似的。他身上透出一股纖細的感覺，讓泰迪覺得他一定是每天早晨花了太多時間在浴室裡，猛朝身上撒爽身粉和香油。

「請問你是？」泰迪說。

「這位是我的同事，」考利說。「傑若邁・奈爾林醫師。」

那人眨眨眼表示見過他們了，不過沒伸出手來，於是泰迪和恰克也就沒有表示要握手。

「我很好奇，」奈爾林說，此時泰迪和恰克挑了奈爾林左邊的兩張椅子坐下。

「好極了，」泰迪說。

「你為什麼不喝酒。在你們這行，喝酒不是很常見的嗎？」

考利把飲料遞給泰迪，他接過後站起來，經過書架前，來到壁爐右側。「的確很常見，」他說。「那你呢？」

「什麼？」

「在你那一行啊，」泰迪說。「我老聽說酒鬼多得不得了。」

「我倒沒注意到。」

「你眼力不太好，嗯？」

「我不太懂你的意思。」

「你杯子裡那個，是什麼？冷茶？」

泰迪從書架前轉過身來，望著奈爾林瞥了自己的杯子一眼，柔軟如蠶的嘴唇扯出了一抹微笑。「厲害啊，執法官。你的防禦技巧真是出色。想必你對偵訊很拿手。」

泰迪搖搖頭，他發現考利的藏書中，有關醫學的不多，至少這個房間裡是如此。有幾本醫學書沒錯，但其他大部分都是小說，還有幾本薄薄的書，泰迪覺得應該是詩集，另外有幾格歷史書和傳記。

「不是嗎？」奈爾林說。

「我是聯邦執法官。我們只負責抓人回來，如此而已。大部分狀況下，訪談都是其他人負責的。」

「我說『偵訊』，你卻說是『訪談』。沒錯，執法官，你的防禦技巧的確是了不起。」他把裝著蘇格蘭威士忌的玻璃杯底輕扣桌子幾次，像在鼓掌似的。「暴力之人總是吸引我。」

「什麼之人？」泰迪走向奈爾林的椅子，往下看著那個小個子男子，搖著自己杯裡的冰塊。

奈爾林頭往後仰，喝了口蘇格蘭威士忌。「暴力。」

「醫師，這種假設太過分了吧。」說話的是恰克，他一臉毫不保留的憤慨，泰迪從沒看他這麼生氣過。

「我沒有假設，沒有的。」

泰迪又搖搖杯子，喝光了，看到奈爾林左眼旁抽動著。「我同意我搭檔的說法，」他說著坐回位子上。

「不——」奈爾林拖著聲音說出這個字。「我剛剛說你們是暴力之人。意思並不是指控你們很暴力。」

泰迪朝他露出大大的微笑。「那教教我們吧。」

站在他們後方的考利在唱機上放了張唱片，唱針搔刮出零星的爆擦音和嘶嘶聲，讓泰迪想到剛剛他沒打通的那些電話。然後撫慰人心的弦樂和鋼琴取代了嘶聲。是古典音樂，泰迪只知道這麼多。普魯士古典音樂。泰迪回憶起國外的小餐館，還有他在達豪集中營一個副指揮官辦公室看到的唱片收藏，那個副指揮官聽著音樂，朝自己嘴裡開槍。當泰迪和四個美國大兵進入辦公室時，那位副指揮官還沒死，喉嚨發出咕嚕聲，槍掉到地上了，他沒辦法撿起來再開第二槍。輕柔的音樂有如眾多蜘蛛爬行在室內。他又拖了二十分鐘才死，泰迪和大兵們掠奪房內時，其中兩個人還問那位德國副指揮官痛不痛。泰迪從那個傢伙的膝上拿起一張鑲框照片，裡面是他太太和兩個小孩；泰迪拿起時，那個傢伙睜大眼睛，伸手想搶回來。泰迪往後站，看看照片，又看看那個傢伙，前後反覆不斷看著，直到那個傢伙死了。而在這段時間，音樂始終不斷流瀉著。

「布拉姆斯嗎？」恰克問。

「馬勒。」考利在奈爾林隔壁的位置坐下。

「你要求我教你們，」奈爾林說。

泰迪雙肘撐在膝蓋上，十指往外一攤。

「從小在學校，」奈爾林說，「我敢說你們兩個就從不曾避開肢體衝突。倒不是說你們喜歡，而是你們絕對不會考慮躲避，對不對？」

泰迪朝恰克看去。恰克朝他輕輕一笑，有點尷尬。

恰克說，「我從小被養大的經歷，可沒有逃跑這回事。」

「啊，沒錯——養。撫養你的人是誰？」

「熊，」泰迪說。

考利眼睛瞪亮了，朝泰迪微微點個頭。

不過奈爾林似乎無法領略幽默。他理了理膝蓋處的褲子。「信神嗎？」

泰迪大笑。

奈爾林身子往前湊。

「啊，你是認真的囉？」泰迪說。

奈爾林等著。

「醫師，你見過死亡集中營嗎？」

奈爾林搖搖頭。

「沒見過？」泰迪自己的身子也往前弓。「你英語講得很好，幾乎毫無瑕疵。不過子音還是發得有點吃力。」

「執法官，合法移民也有罪嗎？」

泰迪露出微笑，搖搖頭。

「那就回到神吧。」

「等你哪天見過死亡集中營，再回來告訴我你對神的感想吧。」

奈爾林緩緩點著頭閉上眼睛，然後睜開眼皮，望向恰克。

「那你呢？」

「我沒見過死亡集中營。」

「你信神嗎？」

恰克聳聳肩。「好長一段時間以來，我都不太想到神了。」

「自從你父親過世後嗎？」

恰克現在身子也往前湊，清澈的雙眼瞪著那個小胖子。

「你父親過世了，對吧？還有丹尼爾斯執法官，令尊也過世了吧？我敢打賭，兩位都在十五歲生日之前，就失去了你們生命中最重要的男性人物。」

「黑桃五？」泰迪說。

「什麼？」奈爾林身子往前湊得更低了。

「你不是在變魔術嗎？」泰迪說。「你要告訴我，我手上拿著什麼牌。或者，不，——你要把一個護士大卸八塊，從考利醫師的頭上抓出一隻兔子。」

「這些不是變魔術。」

「那你聽聽看這個，」泰迪說，真想把那顆櫻桃腦袋從他粗胖的肩膀上擰下來。「你教了一個女人穿牆術，讓她在一整棟樓的雜役和獄警頭上飄過去，接著還一路飄洋過海。」

恰克說。「這個厲害。」

奈爾林又慢吞吞眨著眼睛，那個表情讓泰迪聯想到餵飽後的家貓。

「又一次，你的防禦技巧真是——」

「喔，又來了。」

「了不起。但我們現在的問題——」

「現在的問題，」泰迪說，「就是這個醫院昨天夜裡發生了九個嚴重的警戒違規。有個女人不見了，但你們卻沒人去找——」

「我們一直在找。」

「找得認真嗎？」

奈爾林往後一靠，他望著考利的眼神，讓泰迪搞不懂真正當家作主的人是誰。

考利對上了泰迪的目光，下頷底下有點變紅了。「奈爾林醫師有很多職務，其中之一就是擔任我們監事委員會的總聯絡人。我今天晚上請他來這裡，是為了要回答你們稍早的請求。」

「哪個請求？」

奈爾林一手圈成筒狀護住菸斗，用火柴重新點燃。「我們不會把醫療員工的人事檔案給兩位的。」

「席恩，」泰迪說。

「任何人都一樣。」

「你這分明是在給我們設絆腳石。」

「我不太熟悉那個辭彙。」

「你出去多走點路，就會碰到了。」

「執法官，接下來的調查我們會盡力協助你們，但是——」

「不了。」

「什麼意思？」考利這會兒身子也往前湊，四個人都弓著背，頭往前伸。

「不了，」泰迪又說了一次。「這個調查結束了。我們明天搭第一班渡輪回市區。我們會把報告交上去，我想案子會轉給聯邦調查局總部。但我們退出了。」

奈爾林的菸斗仍拿在手上。考利喝光了酒。馬勒的樂音仍輕聲流瀉，室內某處有時鐘滴答。外頭的雨已經變大了。

考利把空杯子放在他椅子旁邊的小几。

「那就隨你吧，執法官。」

他們離開考利的屋子時，外頭正下著傾盆大雨，雨水潑濺在石板瓦屋頂和紅磚內院裡，也潑濺在外頭等著他們那輛車的黑色車頂上。泰迪看得見一大片斜斜的雨絲切穿黑暗。考利家的前門廊離車子只要幾步路，但他們還是淋得溼透，麥佛森繞過車前，跳進駕駛座，甩甩頭抖掉雨水，濺溼了儀表板，然後發動那輛派卡車廠出產的汽車。

「真美好的夜晚，」他在啪啪的雨刷聲和鼓鳴般的雨聲中扯著嗓門。

泰迪透過後車窗望出去，還看得見形影模糊的考利和奈爾林站在門廊上，目送他們離去。

「人獸不宜外出，」麥佛森說著，一根被吹斷的樹枝掠過他們的擋風玻璃。

恰克說，「麥佛森，你在這裡工作多久了？」

「四年。」

「以前有過脫逃事件嗎？」

「天哪，沒有。」

「那違規呢？你知道，比方有個人失蹤一兩個小時這類的？」

麥佛森搖搖頭。「連這樣都沒有的。除非你是，呃，操他媽發瘋了。不然你能逃去哪裡？」

「那席恩醫師呢？」泰迪說。「你認得他嗎？」

「當然認得。」

「他在這裡做多久了？」

「我想是比我早一年來的吧。」

「所以是五年囉。」

「應該是。」

「他常常替索蘭度小姐治療嗎？」

「據我所知沒有。她精神治療的主治醫師是考利醫師。」

「住院總醫師去當一個病人的主治醫師，這種事算平常嗎？」

麥佛森說，「這個嘛……」

他們等待著，雨刷繼續發出啪啪聲，黑暗樹影被吹得朝他們彎曲。

「要看狀況，」麥佛森說，此時派卡車穿過大門，他朝警衛揮揮手。「當然，考利醫師擔任C監很多病患的主治醫師。另外，沒錯，其他監樓有幾個病患的主治醫師也是他。」

「除了索蘭度小姐，還有誰？」

麥佛森停在男宿舍的門外。「我就不出去替你們開車門了，你們不介意吧？好好睡一覺吧。我確定明天早上考利醫師會很樂意回答你們一切疑問的。」

「麥佛森，」泰迪打開他那邊車門時說。

麥佛森回頭望著他。

「你這方面不太拿手。」泰迪說。

「哪方面？」

泰迪給了他一個陰沉的微笑，下車走入雨中。

他們和崔・華盛頓以及另一個名叫畢比・魯司的雜役住同一個房間。房間很大，有兩張雙層床，還有一個小小的活動區，他們進門時，崔和畢比正在打撲克牌。雙層床上層有人替他們準備好一疊白毛巾，泰迪和恰克拿毛巾擦乾頭髮，然後拉了椅子加入牌局。

崔和畢比的賭注是以一分錢為單位，如果有人硬幣用完了，大家就講好用香菸來代替。玩的是七張樁牌撲克，泰迪唬倒他們三個人一次，又以一次梅花的同花順贏了五塊和十八支香菸。他把香菸收進口袋，從此打得比較保守了。

不過結果證明，真正的高手是恰克，他始終表情愉快，難以猜透，面前堆起了一疊硬幣和香菸，最後還加上幾張鈔票，他瞥了一眼那堆錢的底部，好像很驚訝面前怎麼會有這麼大一堆。

崔說，「執法官，你有那種X光眼是吧？」

「我猜是幸運吧。」

「放屁。操他娘的幸運？他是搞了什麼巫毒魔法了。」

恰克說，「或許某些操他娘的不該拉自己的耳垂。」

「啊？」

「你拉耳垂，華盛頓先生。每回你拿到的牌小於葫蘆，就會拉耳垂。」他又指著畢比。

「還有這個操他娘的——」

其他三個人全都爆出大笑。

「他……他——不，聽我說，聽我說——他……他有那種松鼠的眼神，每次他準備唬人，就開始看每個人的籌碼。不過如果拿到一手好牌呢？他就很鎮靜，什麼都不鳥。」

崔放聲大笑，劃破空氣，然後拍著桌子。「那丹尼爾斯執法官呢？他是怎麼露出馬腳的？」

恰克咧嘴笑了。「要我出賣搭檔？不不不。」

「喲！」畢比隔著桌子指著他們兩個。

「辦不到。」

「我明白，我明白了。」崔說，「白人總是聯合起來對付黑人嘛。」

恰克臉色一沉，雙眼瞪著崔，瞪得整個房間安靜下來。

崔的喉結上下滑動，舉起一隻手正要道歉，然後恰克說，「當然囉，不然還會是為什麼？」然後那個笑容擴張到整張臉，變成好大一個笑。

「操──他娘的！」崔的手揙開恰克的手指。

「操他娘的！」畢比說。

「操他娘的，」恰克說，然後他們三個人咯咯猛笑，像一群小女孩似的。

泰迪也考慮過要跟著他們講黑人的街頭腔調，但還是做不到。可是恰克呢？恰克不知怎地就是有辦法。

「所以讓我露出馬腳的是什麼？」他們躺在黑暗中，泰迪問恰克。房間那頭，崔和畢比的鼾聲此起彼落，外頭的雨在這半個鐘頭變小了，好像是要喘口氣，等著更多援軍到來。

「打牌的時候嗎？」睡在下層的恰克說。「別問了吧。」

「不，我想知道。」

「到現在你還認為自己厲害得很，對不對？承認吧。」

「我不認為自己很糟。」

「你是不糟啊。」

「你把我宰得很慘。」

「我不過是贏了幾塊錢。」

「你老爸是賭徒，對不對？」

「我老爸是渾球。」

「喔，對不起。」

「不是你的錯。那你的呢？」

「我老爸？」

「不，你舅舅。廢話，當然是問你老爸。」

泰迪在黑暗中試圖勾勒他的影像，卻只見到他的雙手，上頭有一條條疤痕。

「他是個陌生人，」泰迪說。「對每個人都是，甚至我老媽。老天，我懷疑他連對自己都很陌生。他就是他的船，而一旦失去了那艘船，他就逐漸漂走了。」

恰克什麼話都沒說，過了一會兒，泰迪猜想他睡著了。他忽然可以看見他父親了，整個人都看得見，沒有工作的日子裡坐在那張椅子上，被牆壁、天花板、整個房間給吞噬。

「嘿，老大。」

「你還醒著。」

「你真的打算走人嗎？」

「是啊，你覺得驚訝？」

「倒不是怪你，我只是，不曉得耶……」

「怎麼？」

「我從來沒有半途而廢過。」

泰迪靜靜躺在那兒一會兒。最後，他說，「我們始終沒聽到過實話。這事情沒有辦法解決，也沒有什麼可以仰仗，就是沒有辦法讓這些人說實話。」

「我知道，我知道，」恰克說。「這個理由我也同意。」

「不過呢？」

「不過，我就是從來沒有半途而廢過。」

「瑞秋．索蘭度不可能在沒有幫助的情況下，赤腳溜出那個上鎖的房間。而是有很多人幫她，整個醫院都在幫她。以我的經驗，如果有些話你非說不可，但整個團體的人都不肯聽，那你是不可能突破心防的。尤其我們只有兩個人。最好的發展是：我的威脅奏效，考利這會兒正坐在他的宿舍裡頭，重新考慮他的整個態度。或許到了明天早上……」

「所以你是在虛張聲勢了。」

「這我可沒說。」

「老大，我剛剛才跟你打過牌耶。」

他們靜靜躺了一會兒，然後泰迪傾聽著海濤聲。

「你會皺起嘴唇，」恰克說，他的聲音開始因為發睏而變調。

「什麼？」

「你拿到好牌的時候。只會皺一秒鐘，但你總是會皺起來。」

「喔。」

「晚安，老大。」

「晚安。」

# 6

她沿著門廳走向他。

德蘿瑞絲眼中金光怒閃，平克勞斯貝在公寓裡某處柔聲唱著〈天國之東〉，或許是廚房吧。她說，「耶穌啊，泰迪。耶穌基督啊！」她一手握著JTS Brown牌波本威士忌的空瓶，是他的空瓶。泰迪明白被她發現了藏酒的地方。

「你有沒有清醒過？你他媽不喝酒會死嗎？你說啊。」

但泰迪辦不到，他沒法說話。他甚至不確定自己身在何處。他可以看見她沿著那條長長的主走道一路走向他，但卻看不到自己的形體，甚至感覺不到。德蘿瑞絲背後的大廳另一頭有面鏡子，裡頭沒有他的影像。

她往左轉入客廳，她的背部燒焦了，還有點冒著煙。她手裡的酒瓶不在了，陣陣小束煙霧從她的頭髮間冒出來。

她停在一扇窗前。「啊，你瞧。他們這樣好漂亮，在漂浮。」

泰迪站在她身邊的窗前，她的身體已不再焚燒，全身浸溼了；現在他看得見自己了，他一手放在她肩頭，手指覆著她的鎖骨，她轉過頭來匆匆吻了下他的手指。

「你在做什麼？」他說，連自己為什麼問都不確定。

「看著他們在那兒。」

「寶貝，你怎麼全身都溼透了？」他說，但她沒回答，他也不感到意外。

窗外的景象非他所預期。那不是他們鈕釦樹街那戶公寓窗外的景觀，而是他們待過的另一個地方——一棟獨戶木屋外的景色。外頭有個小池塘，裡頭漂浮著幾小根原木，泰迪發現那些原木好光滑，幾乎看不出在滾動；在月光下，池水閃閃發光，有的地方轉為白色。

「那個涼亭真好，」她說。「好白，你可以聞到新鮮的油漆味兒。」

「是很好。」

「所以啊，」德蘿瑞絲說。

「戰爭中死了好多人。」

「你為什麼喝酒。」

「或許吧。」

「她在這兒。」

「瑞秋？」

德蘿瑞絲點點頭。「她從沒離開過。你幾乎看懂了，你幾乎辦到了。」

「四的法則。」

「那是密碼。」

「當然，可是，是什麼密碼？」

「她在這裡。你不能離開。」

他雙臂從後方環住她，臉埋進她脖子旁。「我不會離開了。我愛你，我好愛你。」

她腹部湧現出一道滲流，那液體流過他雙手。

「我是盒子裡的一堆骨頭，泰迪。」

「不。」

「我真的是骨頭。你得醒來。」

「你在這裡。」

「不是的。你必須面對這個。她在這裡。你在這裡。他也在這裡。算算床的數目。他在這裡。」

「誰？」

「雷迪斯。」

那個名字蠕動著行經他皮膚，爬過他骨頭。

「不。」

「是的。」她頭往後彎，仰視著他。「你早知道了。」

「我不知道。」

「你知道的。你不能離開。」

「你老是太緊繃了。」他按摩她的肩膀，她輕吐出一聲詫異的呻吟，令他勃起了。

「我再也不緊繃了，」她說。「我到家了。」

「這裡不是家，」他說。

「這裡當然是家。我的家。她在這裡。他也在這裡。」

「雷迪斯。」

「雷迪斯，」她說。然後：「我得走了。」

「不。」他大喊。「不。留下。」

「啊，天哪。」她往後倚在他懷裡。「讓我走。讓我走吧。」

「求求你別走。」他的淚水往下濺到她身上，融入她腹部湧出的液體中。「你得讓我再抱你一會兒。只要再一會兒。求求你。」

她咕嚕發出一小串聲音——半是嘆息，半是哀號，那種痛苦心碎又磨人——然後她吻了他的指節。

「好吧。抱緊我，盡可能抱緊我。」

然後他緊擁著自己的妻子。抱著她，緊緊抱著她。

清晨五點，大雨仍下著，泰迪從上層床爬下來，掏出外套口袋裡的筆記本。他坐在前一晚打撲克牌的桌前，打開筆記本，翻到他抄下瑞秋·索蘭度的「四的法則」那一頁。

崔和畢比仍鼾聲不斷，跟雨聲比大小。恰克則睡得很安靜，趴在床上，一拳塞在耳邊，彷彿那拳頭正在低語著祕密。

泰迪低頭看著那一頁。一旦你懂得怎麼解讀，就會很簡單。這密碼說穿了，不過是小孩子把戲。不過它仍是密碼，泰迪磨到六點才破解出來。

他抬起頭，看到恰克側躺在床上，一拳撐住下巴正望著他。

「老大，我們要離開了嗎？」

泰迪搖搖頭。

「這鬼天氣，沒有人走得了，」崔說著爬下床，拉開窗簾，露出了一片珍珠灰的雨中風景。「根本休想。」

夢中的一切忽然留不住了，隨著窗簾被拉起，隨著畢比乾咳一聲，隨著崔伸懶腰打了個又大又長的哈欠，她的氣味驀地消散了。

不是第一次，也並非出於明知不可為的空想，泰迪好奇著自己思念她是否已到了超過負荷的地步。如果能讓時光倒流幾年，回到那個火災的上午，他願意把她的屍體換成他自己的。毫無問題，他一直期望能如此。但隨著時光流逝，他對她的思念沒有減少，反而更深，而他對她的渴念便成了一道結不了疤的傷口，不斷滲著血。

那時我抱著她，他想告訴恰克和崔和畢比。那時我抱著她，平克勞斯貝的歌聲從廚房的收音機傳來，我還聞得到她身上的香味，還有鈕釦樹街的公寓，還有我們那個夏天避暑的湖畔，她的嘴唇吻過我的指節。

我曾抱著她。這個世界沒有辦法給我這個。這個世界只會提醒我，什麼是我不再擁有、再也無法擁有，而且已經失去許久的。

我們理當一起變老的，德蘿瑞絲。一起生兒育女，在老樹下散步。我想看著你的皮膚上一一逐漸出現皺紋，知道每一條是何時出現的。我想跟你一起死去。

而不是現在這樣，不是這樣。

那時我抱著她，他想說，如果我能確定，只有自己一死才能再抱住她，那我會等不及把槍舉向自己的腦袋。

恰克瞪著他，等待著。

泰迪說，「我破解瑞秋的密碼了。」

「啊，」恰克說。「就這樣嗎？」

# 第二天

## 雷迪斯

# 7

考利在B監的門廳跟他們會合。他的衣服和臉都溼透了，看起來像是在巴士站的長椅上度過一夜。

恰克說，「醫師，祕訣在於一躺下來就睡覺。」

考利用手帕擦擦臉。「啊，這是祕訣嗎，執法官？我就知道我忘了什麼。你說睡覺，那就沒錯了。」他們爬上了黃色階梯，朝站在第一個樓梯平台的雜役點點頭。

「奈爾林醫師今天上午還好吧？」泰迪問。

考利朝他疲倦地抬了下雙眉。「那件事我要道歉。傑若邁是個天才，但社交技巧還有待加強。他打算寫一本書，討論貫穿歷史的男性戰士文化。所以他老是把這方面的執迷帶到談話裡，想把別人套進他先入為主的模式中。再說一次，很抱歉。」

「你們常常這樣嗎？」

「常常怎樣？」

「坐在一起喝酒，然後，呃，刺探別人？」

「我想，這是職業傷害吧。換一個燈泡需要幾個心理醫師？」（譯註：「換一個燈泡需要幾個×××」是美國常見的諷刺笑話，「×××」可以為各種職業、民族、性別、身分等，笑點在於其後的解釋。）

「不曉得。幾個？」

「八個。」

「為什麼？」

「喔，別再分析下去了。」

泰迪和恰克互看一眼，兩個人都大笑起來。

「心理醫師的幽默，」恰克說。「誰猜得到呢？」

「兩位知道近年來精神醫學的發展狀況嗎？」

「完全沒概念，」泰迪說。

「戰爭，」考利說著，潮溼的手帕掩著嘴打了個哈欠。「意識形態的、哲學的戰爭，還有沒錯，甚至是心理學的戰爭。」

「你們是醫師耶，」恰克說。「你們應該乖乖的玩，跟大家分享玩具才對呀。」

考利微笑了，他們經過了二樓平台上的雜役。底下某處傳來一個病患的喊叫聲，回音竄上樓梯，傳到他們耳裡。那是個悲傷的嚎叫，但泰迪聽得出其中的絕望，無論喊的人渴望些什麼，他都確定自己不會得到。

「老派的，」考利說，「相信對最溫馴的病人進行休克治療、局部腦葉切除手術、水療。我們稱這一派叫做精神外科。新派則非常相信精神藥物學，認為這是未來的趨勢。或許是吧，不曉得。」

他暫停下來，一手放在欄杆上，站在二樓和三樓中間，泰迪感覺到他的疲倦就好像一個獨立的活物，跟他們站在一起。

「精神藥物學如何應用呢？」恰克問。

考利說，「又有一種藥物已經證明——名叫鋰劑——可以讓精神病患放鬆，有些人會說，能夠馴服他們。束縛的鐐銬將會變成歷史。鍊子、手銬，甚至是鐵窗都會消失，至少樂觀的人是這麼說的。老派的人當然辯稱精神外科是無法取代的，可是我想新派更強大，而且背後有金錢支援。」

「哪裡來的錢？」

「當然是藥廠了。兩位，趕緊去買藥廠股票，這樣等你們退休時，就會擁有自己的小島了。新派，老派。老天，我有時候還真能吹呢。」

「你是哪一派的？」泰迪輕聲問。

「信不信由你，執法官，我相信談話療法，基本的人際相處技巧。我有一種全盤革命式的想法，如果你以尊重對待一個病人，傾聽他想告訴你的事情，那麼你或許就可以影響他。」

又是一聲哀號。泰迪很確定，是同一個女人發出的。聲音傳到樓梯上，似乎引起了考利的注意。

「那**這些**病患呢？」泰迪說。

考利微笑了。「唔，沒錯，這裡很多病患需要用藥物治療，某些還需要加上鐐銬。我沒話說。但這是個險坡，一旦你把毒藥投入井裡，要怎麼從水裡拿出來？」

「沒辦法了，」泰迪說。

他點點頭。「沒錯。本來應該是最後手段的，現在卻逐漸成了制式反應。而且，我知道，我把隱喻搞混了。都是睡覺不夠，」他對恰克說。「沒錯，我下回會試試你的建議。」

「我聽說效果很神奇喔。」恰克說。然後他們爬上最後一層樓。

到了瑞秋房間，考利重重坐在她床邊，恰克靠門而立。恰克說，「嘿，換一個燈泡需要幾個超現實主義者？」

考利望著他。「我投降，幾個？」

「魚，」恰克說，然後朗聲大笑起來。

「你還沒長大對吧，執法官？」考利說。

「我自己也常這麼想。」

泰迪把那張紙舉在自己胸前，拍一拍讓其他兩人注意。「再看一遍吧。」

過了一分鐘，考利說，「我太累了，執法官。對我來說，眼前這些全是不知所云。對不起。」

泰迪望著恰克。恰克搖搖頭。

4的法則
我是47
他們曾是80
＋你們是3
我們是4
但是
誰是67？

泰迪說，「是那個加號讓我開始的，我因此又好好看了一次。看看『他們曾是80』底下的那條線。我們應該把兩行加起來。結果是多少？」

「一百二十七。」

「一，二，七。」泰迪說。「好，現在你們加上三。不過是分開的。她希望我們把整數分開。所以一加二加七加三。得出多少？」

「十三。」考利在床上坐得挺了些。

泰迪點點頭。「十三跟瑞秋・索蘭度有什麼特殊關連嗎？她是生於十三日？在十三日結婚？或是在十三日殺死她的小孩？」

「我得去查，」考利說。「不過對精神分裂症患者來說，十三往往是個重大的數字。」

「為什麼？」

他聳聳肩。「就像對很多人一樣。這個數字是凶兆。而大部分的精神分裂症患者都活在一種恐懼的狀態中，這種現象很普遍。所以大部分精神分裂症患者也都很迷信。十三就因此對他們有意義。」

「那就很合理了。」泰迪說。「我們再來看看下一個數字。四。一加三就得出四。但如果一和三各自分開呢？」

「十三。」恰克不再靠牆，抬起頭望著那張紙。

「然後最後一個數字，」考利說。「六十七。六加七等於十三。」

泰迪點點頭。「這不是『四的法則』，而是十三的法則。瑞秋・索蘭度（Rachel Solando）這個名字有十三個字母。」

泰迪望著考利和恰克心中默默計算著字母總數。考利說，「說下去。」

「一旦我們接受這點，就可以發現瑞秋留下了一大堆線索。這份密碼遵循著最基本的數字與字母對應法則。一等於A。二等於B。這樣聽得懂吧？」

考利點點頭，幾秒之後恰克也點了頭。

「她名字的第一個字母是R。R的對應數字是十八。A是一。C是三。H是八。E是五。L是十二。十八，一，三，八，五，十二。兩位，加總起來，結果總和是多少？」

「耶穌啊。」考利輕聲說。

「四十七，」恰克說，瞪大了眼睛，瞪著泰迪胸前的那張紙。

「就是指那個『我』，」考利說。「她的名。現在我懂了。但『他們』指的是什麼呢？」

「她的姓，」他說。「也是他們的姓。」

「誰的？」

「她丈夫及其祖先的姓。不是她原來娘家的姓。或者指的是她的小孩。不管是指誰，反正都不重要，重要的是為什麼。那是她的姓，索蘭度。把這些字母所對應的數字加起來，然後，相信我，得出來的總和是八十。」

恰克瞪著泰迪的雙眼一會兒。「你是什麼——他媽的愛因斯坦嗎？」

「執法官，你以前破解過密碼嗎？」考利說，眼睛仍瞪著那張紙。「在大戰的時候？」

「沒有。」

「那你怎麼……」恰克說。

泰迪拿得手酸了，於是把那張紙放回床上。

「不曉得。我玩過很多縱橫字謎。我喜歡玩拼圖。」他聳聳肩。

考利說。「不過你在海外的時候，是在陸軍情報部，對不對？」

泰迪搖搖頭。「就是一般陸軍部隊而已。倒是你，醫師，你在戰略情報局待過。」

考利說。「不，我只是做過一些顧問工作。」

「什麼樣的顧問？」

考利露出他那種浮動的笑容，幾乎是一閃即逝。「絕對不能說的那種。」

「可是這個密碼，」泰迪說，「相當簡單啊。」

「簡單？」恰克說。「你剛剛才解釋過，到現在我的頭還在發疼呢。」

「但對你呢，醫師？」

考利聳聳肩。「我能說什麼，執法官？我沒當過解碼員。」

考利垂下頭，摩挲著下巴，把注意力轉回密碼上。恰克滿腹疑惑地望著泰迪的雙眼。

考利說，「所以我們弄明白了——唔，是你弄明白的——四十七和八十。我們也搞清了所有的線索都是十三這個數字的變形。那『三』呢？」

「又一次，」泰迪說，「要嘛指的就是我們，如果這樣的話，那她就是未卜先知了。」

「不太可能。」

「不然就是指她的小孩。」

「這個我相信。」

「把瑞秋加上三……」

「就得到下一行，」考利說。「『我們是四』。」

「那誰是六十七？」

考利望著他。「你該不是在吊我們胃口吧？」

泰迪搖搖頭。

考利的手指沿著那張紙的右邊往下劃。「沒有哪些數字加起來是六十七嗎？」

「沒有。」

考利一隻手掌蓋在頭頂上抹直了頭髮。「你也沒有什麼推論？」

泰迪說，「我破解不了的就是這個。不管這一行牽涉的是什麼，總之不是我熟悉的，所以我想，它牽涉的可能是這個島上的事物。你呢，醫師？」

「我怎樣？」

「有什麼推論嗎？」

「沒有。我在第一行都過不了關。」

「你剛剛說過，你很累什麼的。」

「非常累，執法官。」他盯著泰迪的臉說，然後眼光轉到窗子，望著外頭的傾盆大雨，雨幕厚得讓他們看不見遠處的景色。「你昨天夜裡說你打算離開。」

「搭第一班渡輪走，」泰迪說，繼續虛張聲勢。

「今天不會有渡輪了。這點我很確定。」

「那就明天吧。或者後天。」泰迪說。「你還認為她就在那裡，在這小島上嗎？」

「不，」考利說。「我不認為。」

「那在哪裡？」

他嘆了口氣。「我不知道，執法官。這不是我的專長。」

泰迪從床上拿起那張紙。「這是一個範本，是供我們未來解碼的指南。我敢拿一個月的薪水賭。」

「如果是呢？」

「那她就不是打算逃走，醫師。她把我們帶來這兒，我想她還留下了更多線索。」

「不在這個房間裡，」考利說。

「的確。但或許在這棟樓，或者是在島上其他地方。」

考利鼻子重重吸了口氣，一手撐著窗台，他站在那兒像是行屍走肉，泰迪不禁好奇昨夜讓他睡不著的到底是什麼。

「她把你們帶到這兒來？」考利說。「有什麼目的呢？」

「你告訴我啊。」

考利閉上雙眼良久，久得泰迪都開始懷疑他是不是睡著了。

他再度睜開眼睛，望著他們兩個人。「我今天的行程整個排滿了，有員工會議、跟監事的預算會議，還有預防這個風暴來襲的緊急維修會議。想必你們會很高興，我替兩位安排了一些病人訪談，包括索蘭度小姐失蹤那晚參加團體治療的所有病人。訪談預定在十五分鐘後開始。兩位，很感激你們來這裡，真的。不論你們怎麼想，我已經盡力滿足兩位的要求了。」

「那就把席恩醫師的人事檔案給我們。」

「我辦不到。絕對不行。」他的頭往後靠著牆。「執法官，我已經請接線生繼續試著接通他的電話。但現在我們誰都聯絡不上。我們只知道，整個東海岸都籠罩在大雨裡。兩位請務必有耐心，這是我唯一的要求。我們會找到瑞秋，或者會查清她到底發生了什麼事。」他看看錶。「我遲到了，你們還有什麼事嗎？或者能不能等稍後再談？」

他們站在醫院外頭的雨篷下，視野所見，是一片片像火車的車廂那麼大的雨幕猛掃過去。

「你認為他知道六十七是什麼意思？」恰克說。

「對。」

「你認為他在你之前就已經先破解了密碼？」

「我想他待過戰略情報局。我想他在那裡學到了一兩招。」

恰克擦擦臉，朝著地面彈手指。「他們這裡有多少病患？」

「很少，」泰迪說。

「是啊。」

「多少，或許二十個女人，三十個男人？」

「不多。」

「是啊。」

「總之不是六十七個人。」

泰迪轉身，望著他。「不過呢……」他說。

「是啊，」恰克說。「不過。」

於是他們望著遠方的樹形，還有更遠處矗立在風雨呼號中的堡壘頂端，形狀變得模糊難辨，彷彿掛在煙霧瀰漫房間裡的一張炭筆素描。

泰迪想起德蘿瑞絲在夢中說過的話——算算床的數目。

「依你看，這裡關了多少人？」

「不曉得，」恰克說。「我們得去問那位很幫忙的醫師。」

「是喔，他只會滿嘴說『幫忙』，不是嗎？」

「嘿，老大。」

「嗯。」

「你這輩子，有沒有見過這麼浪費國有財產的地方？」

「怎麼說？」

「兩個監樓只收了五十個病患？你想這些樓裡可以容納多少病人？再多收兩百個？」

「至少吧。」

「還有員工和病患的比例。看來是二比一不到，兩個員工只要照顧不到一個病患，你見過這種事情嗎？」

「我得說沒有。」

他們看著籠罩在大雨中發出嘶嘶聲的大地。

「操他媽這是個什麼樣的地方啊？」恰克說。

他們在自助餐廳裡進行訪談，恰克和泰迪坐在後頭一張桌子後。兩名雜役分別坐在喊聲可及的距離內，崔・華盛頓負責帶病患到他們面前，等他們問完再把人帶走。

第一個是個滿臉鬍碴、極度瘦弱的男子，面部痙攣，不斷眨眼。他弓背縮身坐在那裡，像一隻鱉，不斷搔著手臂，而且不肯直視他們。

泰迪低眼看著考利所提供檔案的第一頁——只是考利憑記憶寫的一些粗略敘述，不是真正的病患檔案。這傢伙列在第一個，名叫肯恩・蓋吉，他會來到這裡是因為在一家街角雜貨店的走道上攻擊一名陌生人，用豆子罐頭打被害人的頭部，而且從頭到尾不斷壓著嗓子說，「別再偷看我的信了。」

「好，肯恩，」恰克說，「你好嗎？」

「我著涼了。我的腳著涼了。」

「很遺憾。」

「走路好痛，真的。」肯恩摳著手臂上一個痂的邊緣，一開始小心翼翼，好像是在替那個痂築起護城河。

「前天晚上，你參加了團體治療會嗎？」

「我的腳著涼了，走路好痛。」

「你要襪子嗎？」泰迪試著問道。他發現那兩名雜役遠遠望著他們，正在竊笑。

「要，我要襪子，我要一些襪子，我要一些襪子。」他低聲說，低著頭微微前後搖晃。

「好，馬上就給你。不過我們必須知道你是不是——」

「實在太冷了。我的腳，天氣好冷，走路好痛。」

泰迪望著恰克。恰克聽到了那兩個雜役的偷笑聲傳過來，轉過去望著他們微笑。

「肯恩，」恰克說。「肯恩，你能不能看著我？」

肯恩仍低著頭，前後微微搖晃。他的指甲摳破了手臂上的痂，滲出了一條小血流。

「肯恩？」

「我沒法走路。這樣我沒法走路，沒辦法。太冷了，好冷，好冷。」

「肯恩，來，看著我。」

肯恩兩手握拳敲在桌子上。

兩名雜役站起身，肯恩說，「不該痛的。不該的。可是他們偏要這樣，他們把空氣弄得好冷。充滿我的膝蓋骨。」

雜役走過他們桌前，隔著肯恩望著恰克。「你們問完了吧？還是你們想聽更多他兩腳的事情？」

「我的腳好冷。」

那個黑人雜役抬起一邊眉毛。「沒事的，肯恩。我們帶你去水療室讓你暖和一點。」

白人雜役說，「我在這裡五年了。話題沒變過。」

「從來沒有？」泰迪說。

「走路好痛。」

「從來沒有，」那個雜役說。

「走路好痛，因為他們把寒氣灌到我腳裡……」

下一個病患彼得・布林，二十六歲，金髮，矮胖。喜歡咬指甲，習慣把指節按得劈啪響。

「你為什麼會在這裡，彼得？」

彼得瞪著一雙彷彿長年潮溼的眼睛，望著桌子對面的泰迪和恰克。「我老是很害怕。」

「怕什麼？」

「各種東西啊。」

「好吧。」

彼得左踝翹到右膝上，一手握著那腳踝，身子往前湊。「聽起來很蠢，但我很怕錶。那個滴答聲，鑽到你頭裡。還有老鼠也讓我害怕。」

「我也是，」恰克說。

「真的？」彼得面露喜色。

「要命，是真的。那些吱吱叫的渾帳，只要看一眼，我都會嚇得發抖失禁。」

「那你晚上可別到圍牆那邊去，」彼得說。「那裡擠滿了老鼠。」

「謝謝你的情報。」

「鉛筆，」彼得說。「那個筆芯，你知道嗎？在紙上的沙沙聲。我也怕你。」

「我？」

「不，」彼得說，下巴朝泰迪一指。「他。」

「為什麼？」泰迪問。

他聳聳肩。「你塊頭好大。平頭看起來好兇。你可以掌握自己，你指節上有疤。我父親也是這樣。他沒有疤。但他看起來也很兇。他的手很光滑。他老是把我揍很慘。」

「我不會揍你的，」泰迪說。

「但是你可以。難道你不明白嗎？你有那種力量。我卻沒有。這讓我有弱點，很容易受傷害，我因此會覺得害怕。」

「你害怕的時候會怎樣？」

彼得握著腳踝，前後搖晃，他的瀏海掉下來蓋著前額。「她人很好，我沒有別的意思。可是她的大胸脯讓我害怕，她穿著那件白洋裝走路的樣子，每天來我們房子。她看我的眼神就像……你知道那種對著小孩露出的微笑嗎？她就是那樣對著我笑。可是她跟我年紀一樣。啊，好吧，或許大了幾歲，不過還是二十來歲而已。而且她有好多性知識。她眼睛裡面明顯表露出來。她喜歡光著身子，她會吸那話兒。然後她問我能不能給她一杯水。她跟我單獨在廚房裡，裝作沒什麼大不了的樣子？」

泰迪把檔案斜過去，好讓恰克看考利的筆記。

**病患用破玻璃杯攻擊他父親的護士。被害人身受重傷，留下永久性疤痕。病患否認他應為此行動負責。**

「就是因為她把我嚇壞了，」彼得說。「她要我掏出那話兒，好讓她嘲笑。好讓她告訴我說我永遠找不到女人、永遠不會有自己的小孩、永遠當不了男子漢？要不是這樣的話，你們知道嘛，看我的臉就曉得了——我連一隻蒼蠅都不會傷害的。我不是那樣的人。可是如果我害怕的時候呢？啊，心智啊。」

「心智怎麼樣？」恰克用哄人的聲音說。

「你想過嗎？」

「你的心智？」

「所有人的心智。」他說。「我的，你的，任何人的。本質上，心智是個發動機。非常精緻、錯綜複雜的馬達。裡頭有一大堆零件，一大堆齒輪和螺栓和鉸鏈。我們連其中一半在做什麼都不懂。但如果有個齒輪鬆脫了，只要一個……你想過嗎？」

「這陣子沒想過。」

「你該想想的。就像一輛車。沒有差別的。一個齒輪鬆脫了，一個螺栓斷掉了，整個系統就會一片混亂。你明白嗎？」他敲敲太陽穴。「一切都困在這裡，你卻無法觸及，也無法真正控制它。而是它控制你，不是嗎？如果有天它決定不想好好運作呢？」他身子往前傾他們看得到他脖子上的肌腱抽緊了。「唔，那你就會被搞得一團糟，對不對？」

「很有趣的觀點，」恰克說。

彼得往後靠坐在椅子上，忽然變得無精打采。「最讓我害怕的就是這個。」

泰迪的偏頭痛宿疾讓他更能夠了解一個人如何難以控制心智，他也大致可以贊同彼得的觀點，但他最想做的，卻只是掐住那個小渾蛋的脖子，把他按在自助餐廳後方的爐子上，問問他有關那個被他割傷的護士。

彼得，你可曾記得她的名字？你想她害怕什麼？啊？你，她怕的就是你。她只是想好好工作，賺錢維生。或許她有小孩，有丈夫。或許他們努力想存錢，日後才能送一個小孩上大學，讓他過更好的日子。一個小小的夢想。

可是，不，有個有錢人家的操他媽公子哥兒神經病渾球決定，她不能擁有那個夢。抱歉，但是不行。小姐，你不能過正常生活，再也不能了。

泰迪看著桌子那頭的彼得．布林，想狠狠朝他的臉揍上幾拳，打碎他的鼻骨，讓他永遠無法修復。他要重重打他，讓他永遠無法忘記他拳頭揍人的聲音。

然而，他只是闔上檔案說，「前天晚上，你和瑞秋．索蘭度一起參加了團體治療，對不對？」

「是的，我想沒錯，先生。」

「你看著她上樓進房嗎？」

「沒有。男的先走，我走的時候，她還跟布里姬．柯恩斯和蕾諾拉．葛蘭特，還有那個護士在那裡。」

「哪個護士？」

彼得點點頭。「紅髮那個。有時候我喜歡她，她好像很誠懇。但另外一些時候，你知道吧？」

「不，」泰迪說，口氣盡可能保持像恰克那樣平穩，「我不知道。」

「唔，你們見過她了，對不對？」

「當然。她叫什麼名字來著？」

「她不需要名字，」彼得說。「像那種女人？不用名字的。髒女孩。她就叫這名字。」

「可是，彼得，」恰克說。「你不是說過你喜歡她嗎？」

「我什麼時候說過？」

「就剛剛啊。」

「才不呢。她是垃圾，黏黏軟軟的。」

「那我再問你別的問題好了。」

「髒，髒，髒。」

「彼得？」

彼得抬頭望著泰迪。

「我能不能問你一個問題？」

「啊，當然可以。」

「那天晚上的團體治療中，有什麼不尋常的事情發生嗎？瑞秋．索蘭度有說過什麼、或做過什麼跟平常不一樣的事嗎？」

「她一個字都沒說。她是隻老鼠。她只是坐在那兒。她殺了她的小孩，你知道。三個小孩。你相信嗎？什麼樣的人會做這種事？這世上竟有這種操他媽病態的人，先生，請別介意我這麼說。」

「很多人有問題，」恰克說。「有些人的問題比別人嚴重。就像你說的，他們有病，他們需要治療。」

「他們需要毒氣啦，」彼得說。

「什麼？」

「毒氣，」彼得跟泰迪說。「毒死那些智障，毒死那些凶手。殺了自己的小孩？毒死那個婊子。」

他們沉默坐著，彼得眼神炯炯，彷彿要為他們照亮整個世界。過了一會兒，他拍拍桌子站起來。

「幸會了，兩位。我要回去了。」

泰迪手裡拿著鉛筆，心不在焉亂塗著檔案的封面，彼得停下腳步，回頭望著他。

「彼得，」泰迪說。

「怎麼？」

「我——」

「你能不能不要那樣？」

泰迪在那張硬紙板上描著他的姓名字首縮寫，緩慢描著長長的筆畫。「不知道你——」

「拜託，可不可以拜託你……？」

泰迪抬頭，鉛筆仍在檔案封面上拖著。「拜託什麼？」

「——**不要那樣？**」

「什麼事？」泰迪抬頭望著他，再低頭看看檔案。他舉起鉛筆，揚起一邊眉毛。

「對了，拜託，就那個。」

泰迪把鉛筆扔在檔案封面上。「好一點了嗎？」

「謝謝。」

「彼得，你認得一個病患，名叫安得魯．雷迪斯的嗎？」

「不認得。」

「不認得？這裡沒有人叫這個名字？」

彼得聳聳肩。「A監沒有。他可能在C監。我們不跟他們來往的。他們是操他媽的瘋子。」

「唔，謝謝你，彼得，」泰迪說，然後拾起鉛筆，繼續亂畫。

彼得．布林之後，他們接下來訪談的是蕾諾拉．葛蘭特。蕾諾拉相信自己是瑪麗．畢克福，恰克是道格拉斯．范朋克，而泰迪則是查理．卓別林。她認為這個自助餐廳是一個位於好萊塢日落大道的辦公室，他們在這裡是要討論聯美公司股票上市的問題。她不斷撫摸恰克的手背，還問誰要負責記錄。（譯註：瑪麗．畢克福〔Mary Pickford〕是好萊塢默片時代的天后女星，曾與男星道格拉斯．范朋克〔Douglas Fairbanks〕結婚。卓別林〔Charlie Chaplin〕是他們的至交好友，三人曾合夥創立聯美電影公司〔United Artists〕。）

最後，兩個雜役不得不把她的手從恰克的手腕上拖開，而蕾諾拉則不斷用法語叫著，「再會，我親愛的。再會。」

走出自助餐廳的半途，她掙脫了兩名雜役，又回頭朝他們衝過來，攫住了恰克的手。她說，「別忘了餵貓。」

恰克望著她的雙眼說，「我記住了。」

下一個是亞瑟．圖米，他堅持要他們喊他喬。那天晚上的團體治療會上，喬都在睡覺，原來他有嗜睡症。他在他們眼前也睡著了兩次，第二次他們就沒喊醒他了。

就在這個時候，泰迪感覺到他頭骨後方的那一處。那種感覺讓他的頭髮發癢，而儘管他同情除了布林之外的所有病患，但他仍不禁好奇，怎麼可能有人受得了在這裡工作。

崔慢吞吞帶著一名小個子女人回來，她一頭金髮，臉形像個墜子。她的雙眼閃動著清澈的光芒，但不是那種精神錯亂的清澈，而是一名聰明女子身在一個不那麼聰明的世界裡所會有的、正常人的清澈。她露出微笑，坐下時朝他們羞怯地輕揮了一下手。

泰迪看了下考利的筆記——布里姬．柯恩斯。

「我永遠不會離開這裡了，」他們靜坐了一會兒後，她開口說了。她香菸才抽了一半就擰熄了，聲音柔軟而自信，才十一二年前，她用一把斧頭殺了她丈夫。

「我不確定自己應該離開，」她說。

「為什麼？」恰克說。「我的意思是，很抱歉我得這麼說，柯恩斯小姐——」

「太太。」

「柯恩斯太太。對不起，但在我看來，你似乎，呃，很正常。」

她往後靠坐在椅子上，幾乎比他們在此處所遇見的任何人都要安心自在，然後她輕聲低笑起來。「我想是吧。剛來這裡的時候，我可不是現在這樣。啊老天。我真高興他們當初沒拍照。我被診斷出有躁鬱症，我也沒理由質疑。我的確有陰暗的時候，我想每個人都有吧。差別在於大部分人不會用斧頭殺了自己的丈夫。醫生告訴我，我跟我父親之間有很深的、無法解決的衝突，我也同意這點。我不認為我會再出去殺人，但這種事情誰曉得呢。」她用香菸頭朝他們指了指。「我想如果有個男人揍你，又操了他所見到的半數女人，而且沒有人會幫你，那麼用斧頭殺了他，就不是那麼難以理解的事情了。」

她迎上泰迪的目光，她的瞳孔裡有個什麼——或許是女學生羞怯的輕佻吧——讓他笑了起來。

「怎麼？」她說，跟著他一起大笑。

「或許你**不該**出去。」他說。

「你會這麼說，是因為你是男人。」

「一點也沒錯。」

「好吧，我也不怪你。」

在遇到過彼得．布林之後，能笑一笑真是個解脫，泰迪想著自己是不是也真有點在調情。跟一個精神病患，一個用斧頭殺人的凶手。**事情就是變成這樣，德蘿瑞絲**。但他的感覺並不那麼糟糕，彷彿在歷經這兩年黑暗的哀悼之後，他或許也有資格做點無害的機靈反應了。

「如果我出去的話，該做些什麼？」布里姬說。「我已經不曉得外面的世界是什麼樣了。我聽說有炸彈，可以把整個城市炸成灰燼。還有電視，他們是這麼稱呼的，對吧？謠傳每個監樓都會有一架電視，我們可以看到這個小盒子裡在演戲。我不曉得自己會不會喜歡這樣。從一個盒子裡傳出各種聲音，看到很多臉。我每天已經聽到夠多聲音、看到夠多臉了。我不需要更多噪音了。」

「能不能跟我們談談瑞秋．索蘭度？」恰克問。

她暫停了一下。其實感覺上比較像是被絆了一下，泰迪看著她的雙眼稍稍往上翻了一下，似乎是在腦中搜尋正確的檔案，於是泰迪在自己的筆記本上寫了「撒謊」，一寫完就用手遮住字。

她的措詞更加謹慎，而且感覺上像是死記硬背的。

「瑞秋人很和氣。她不太跟別人來往，話裡常常談起雨，但大部分時候都完全不講話。她相信她的小孩還活著。她相信她仍住在柏克郡，我們都是鄰居和郵差、送貨員、送牛奶的。她讓人很難了解。」

她低頭說著，講完之後，她不敢直視泰迪的眼睛，只是目光掃過他的臉，然後審視桌面，又點了一根香菸。

泰迪想了想她剛剛說的話，發現她對瑞秋的妄想症所作的描述，幾乎和考利昨天告訴過他們的一模一樣。

「她在這裡有多久了？」

「啊？」

「瑞秋。她跟你一起在B監有多久了？」

「三年？我想差不多吧。我已經失去時間的線索了。在這個地方很容易這樣。」

「那在此之前，她在哪裡？」泰迪問。

「我聽說是C監。她是轉過來的，我相信是這樣。」

「可是你不確定。」

「嗯。我……再說一次，你會失去線索的。」

「那當然。你最後一次看到她時，有什麼不尋常的事情發生嗎？」

「沒有。」

「那是在團體治療的時候。」

「什麼？」

「你最後一次看到她，」泰迪說。「是在前天晚上團體治療會上。」

「喔，對。」她點了好幾次頭，在菸灰缸邊緣刮了刮菸灰。「在團體治療的時候。」

「你們所有人是一起上樓回房的嗎？」

「沒錯，跟甘頓先生一起。」

「那天晚上席恩醫師的狀況怎麼樣？」

她抬頭望，泰迪看到她臉上的困惑，或許還有些恐懼。「我不懂你的意思。」

「那天晚上席恩醫師在場嗎？」

她看著恰克，然後又望著泰迪，上唇往內一吸，咬住了。「沒錯，他在場。」

「他的狀況怎麼樣？」

「席恩醫師嗎？」

泰迪點點頭。

「他還好。他人不錯。很帥。」

「很帥？」

「是啊。他是……就像我媽常說的，眼神不兇。」

「他跟你調情過嗎？」

「沒有。」

「吃過你豆腐嗎？」

「不不不，席恩醫師是個好大夫。」

「那天晚上呢？」

「那天晚上？」她想了一下。「那天晚上沒有發生什麼不尋常的事情。我們談到，呃，憤怒的情緒管理？瑞秋抱怨下雨。席恩醫師在團體治療會一解散就離開了，然後甘頓先生帶我們回各自的房間，接下來我們就睡了，就這樣。」

「就這樣嗎？」

泰迪在自己的筆記本「撒謊」的字樣底下，寫下「教過的」，然後闔上封面。

「對。第二天早上，瑞秋就不見了。」

「第二天早上？」

「對啊。我早上醒來，就聽說她逃走了。」

「可是那天晚上呢？大約是在午夜十二點——你有聽到，對吧？」

「聽到什麼？」她掐熄了香菸，揮揮菸蒂冒出來的餘煙。

「騷動啊。就是有人發現她不見了的時候。」

「沒有。我——」

「有人大喊大叫，各處的警衛紛紛跑進來，還有警鈴聲。」

「我還以為是在做夢。」

「做夢？」

她很快點點頭。「是啊，以為是惡夢。」她望著恰克。「能不能給我一杯水？」

「沒問題。」恰克站起來，四周張望，看到了自助餐廳後方一個鋼製飲料機旁堆著玻璃杯。

一名警衛從位子上半起身。「執法官？」

「只是去倒杯水，沒問題的。」

恰克走到機器旁，拿了個玻璃杯，花了幾秒鐘判斷哪個出水口會流出牛奶，而哪個出水口會流出水。

他拉起一根看起來像是金屬腳的粗把手，讓水流出來，此時布里姬．柯恩斯抓起泰迪的筆記本和筆。她望著他，用眼神示意他別動，然後翻到一頁空白頁，在上頭草草寫了字，然後又闔上封面，把筆記本和筆推回給他。

泰迪疑惑地望著她，但她已經低下眼睛，木然地撫摸著她那包香菸。

恰克端著那杯水回來坐下。他們望著布里姬喝掉了半杯水，然後她說，「謝謝。你們還有別的問題嗎？我有點累了。」

「你見過一個名叫安得魯・雷迪斯的病患嗎？」泰迪問。

她一臉空白，什麼表情都沒有，那張臉彷彿變成了雪花石膏雕像。她雙手平放在桌面上，彷彿手一移開的話，桌子就會浮上天花板。

泰迪不明白為什麼，但他敢發誓她快哭出來了。

「沒有，」她說。「從沒聽說過。」

「你覺得有人教過她？」恰克說。

「你不認為嗎？」

「好吧，聽起來有點像是被迫的。」

他們位於艾許克里夫醫院通往B監的有頂通道上，上方的頂蓋擋住了風雨，只有滴落的雨水濺在他們身上。

「有點？她有些地方的用詞和考利一樣。我們問她團體治療的主題是什麼，她停頓了一下，然後說『憤怒的情緒管理』？一副不確定的口氣，就好像她在參加測驗，昨天還開夜車惡補過。」

「我要知道才怪呢，」泰迪說。「我只得到一堆問題。每半個小時就來一個，感覺上前面還有三十個問題。」

「所以這代表什麼？」

「我同意，」恰克說。「嘿，我有個問題要問你——誰是安得魯・雷迪斯？」

「被你發現了，嗯？」泰迪點燃一根他打撲克牌贏來的香菸。

「我們談過的每個病患，你都會問起。」

「我沒問肯恩或蕾諾拉・葛蘭特。」

「泰迪，他們連自己活在哪個星球都不曉得了。」

「那倒是真的。」

「老大，我是你的搭檔耶。」

泰迪靠在石牆上，恰克也跟進。他轉頭望著恰克。

「我們才剛認識而已，」他說。

「啊，你信不過我。」

「我信得過你，恰克。真的。但眼前我是違規，當初這案子一到外勤辦公室的時候，我就特別爭取要來辦。」

「所以呢？」

「所以我的動機並不完全公正無私。」

恰克點點頭，自己也點了根菸，思索了好一會兒。「我女朋友，茱莉——她姓竹富——跟我一樣是美國人，半句日文都不會說。見鬼，她父母已經是來到這個國家的第三代了。可是他們照樣把她關進集中營，然後……」他搖搖頭，把香菸彈進雨中，拉出他的襯衫，露出右臀上方的皮膚。「你看一眼，泰迪。看看我另外一個疤。」

泰迪看了，長長的暗色疤，看起來像果凍，有拇指那麼寬。

「這也不是打仗留下的疤，而是當執法官的時候留下的。我在塔科馬衝進一扇門，我們要抓的那個傢伙用一把刺刀割破我肚子。你相信嗎？一把操他的刺刀。我在醫院待了三星期，好讓他們把我的腸子縫回去。泰迪，這是為了聯邦執法官署，為了我的國家。然後他們把我調離家鄉，只因為我愛上了一個美國女人，而她有東方皮膚和眼睛？」他把襯衫塞回去。「操他們的。」

「雖然跟你不熟，」過了一會兒，泰迪說，「不過我想你是真的愛那個女人。」

「就算為她而死，」恰克說。「我也不會有怨言。」

泰迪點點頭。這是他所知世上最純潔的情感了。

「別放棄，小子。」

「我不會放棄的，泰迪。絕對不會。但你得告訴我，我們為什麼來這裡。他媽的安得魯・雷迪斯到底是誰？」

泰迪把菸蒂扔到石頭走道上，用腳後跟碾碎。

德蘿瑞絲，他心想，我得告訴他。我沒法一個人完成這件事。如果在我做錯了這麼多事之後——一再喝酒、一再丟下你孤單一人、一再讓你失望、一再讓你心碎——

如果我有辦法彌補一二，那麼現在或許就是時候，這是我最後的機會了。我想把這件事情做對，甜心。我想要彌補。別人也許不懂，但你應該最明白。

「安得魯．雷迪斯，」他對恰克說，話哽在喉頭。他吞嚥著，讓嘴巴溼潤些，再試一次……

「安得魯．雷迪斯，」他說，「是我太太和我住的那棟公寓大樓的維修工。」

「了解。」

「他也是個縱火狂。」

恰克聽了，審視著泰迪的臉。

「所以……」

「安得魯．雷迪斯，」泰迪說，「放火造成了火災——」

「操他媽該死的。」

「——害死了我太太。」

# 8

泰迪走到通道的邊緣，頭探出頂蓋，讓臉和頭髮浴在雨水中。他可以在雨滴中看見她，在大雨衝擊下消融。

她那天早上不希望他去上班。在她生命中的最後一年，她莫名其妙變得愈來愈怯懦，常常失眠，導致她顫抖和腦袋糊塗。那天早上鬧鐘響了之後，她給他呵癢，然後建議他們拉上百葉窗，把白天擋在外面，不要下床了。她抱住他，抱得太緊又太久，泰迪可以感覺到她的臂骨壓迫著他的脖子。

他沖澡時，她進來了，可是他在趕時間，已經遲到了，而且就像那陣子常發生的，他還宿醉。他的頭溼透了，而且痛得要命。她的身體靠緊他摩挲著，感覺像砂紙似的。蓮蓬頭淋下來的水硬得就像BB彈一般擊痛他的頭。

「留下嘛，」她說。「一天而已。一天能有什麼差別呢？」

他輕輕把她抱開，伸手去拿肥皂，試著露出微笑。「親愛的，不行。」

「為什麼不行？」她手伸進他兩腿間。「這裡。肥皂拿來，我幫你洗。」她的手掌滑下他的睪丸，牙齒輕輕咬著他的胸膛。

他試著不去推開她，盡可能輕柔地抓住她的肩膀，把她往後抬了一兩步。「別鬧了，」他說。「我真的得出門。」

她又笑了，想再挨緊他，但他從她眼中看得出她愈來愈絕望。為了要快樂，為了不被孤單拋下，為了要讓古老時光復返——回到他工作太多、喝酒太多之前，回到她某天早上醒來發現整個世界似乎太明亮、太吵、太冷之前。

「好嘛，好嘛。」她往後靠，於是他看得到她的臉，水從他的肩膀濺出，濡溼她的身體。「跟你談個條件。不要一整天了，寶貝。不要一整天。一小時就好。只要晚一個小時就行。」

「我已經——」

「一小時，」她說，又在他身上撫摸，手上現在沾了肥皂。「一個小時之後，你就可以走了。我想體會你在我裡面的感覺。」她踮起腳來吻他。

他匆匆啄了一下她的唇說，「親愛的，沒辦法，」然後轉身把臉對著蓮蓬頭的水花。

「他們會徵召你入伍嗎？」她說。

「啊？」

「去打仗啊。」

「去打那麼一丁點大的小國家？親愛的，我還沒綁好鞋帶，戰爭就會結束了。」

「不曉得，」她說。「我連我們為什麼會去那邊都不曉得。我的意思是——」

「因為北韓人民軍不是憑空變出武器的，親愛的。他們是從史達林那邊得到軍備。我們必須證明我們從慕尼黑學到了教訓，當時我們就該阻止希特勒的；所以我們將要阻止史達林和毛澤東。就是現在，在韓國。」

「你會去。」

「如果他們徵召我？那我就得去。但他們不會徵召我的，親愛的。」

「你怎麼知道？」

他在頭上擦洗髮精。

「你有沒有想過，他們為什麼這麼恨我們？我指的是共產黨？」她說。「他們為什麼不能給我們點清靜？這個世界就要炸毀了，我卻連為什麼都不曉得。」

「世界不會炸毀的。」

「會。你看看報紙就曉得——」

「那就別再看報了。」

泰迪沖掉頭髮上的泡沫，她的臉貼在他背上，雙手繞著他的腹部游移。「我還記得第一次在椰林夜總會遇見你。你穿著制服。」

泰迪好恨她這樣，記憶小巷。她無法適應現在，無法接受他們現在的狀況，無法面對種種缺點，於是她沿著迂迴的小巷回到昔日，好讓自己覺得溫暖。

「你好帥。琳達．考克斯說，『我先看到他的。』可是你知道我說什麼嗎？」

「我遲到了，親愛的。」

「我怎麼會這麼說呢？不。我說，『你或許先看到他，琳達，但我會是最後看到他的。』她認為你近看樣子很兇，可是我說，『親愛的，你看到他眼睛裡面沒有？那裡頭可一點也不兇。』」

泰迪關掉蓮蓬頭的水，轉身，發現他太太身上也沾了些肥皂。一片片泡沫沾在她身上。

「要不要再把水打開？」

她搖搖頭。

他在腰際圍了條毛巾，到洗臉槽刮鬍子，德蘿瑞絲靠牆望著他，肥皂泡在她身上乾成白色。

「你要不要擦乾淨？」泰迪說。「穿上浴袍？」

「現在不見了。」她說。

「我不是講肥皂。」她說。

「不會不見的，看起來像一堆白色的水蛭，黏得你滿身都是。」

「那不然是什麼？」

「椰林。你們在那兒時，整個燒光了。」

「是啊，親愛的，我聽說了。」

「就在那兒，」她輕聲唱起來，想提振心情。「就在那兒……」

她的嗓子向來就極好。他從戰場返鄉那一夜，他們花了大錢在帕克屋飯店訂了個房間，做完愛之後，他第一次聽到她唱歌，當時他躺在床上，她在浴室裡——〈水牛城女郎〉的歌聲隨著蒸汽從門下方透出來。

「嘿，」她說。

「怎麼？」他在鏡中看到她左半邊的身體。她身上的肥皂大半乾了，其中有個什麼讓他很煩。感覺好像是違反了什麼，但他卻說不上來到底是哪樁。

「你外頭有別人嗎？」

「什麼？」

「有嗎？」

「操他媽你在鬼扯什麼？我要上班耶，德蘿瑞絲。」

「我剛剛碰你的屌，就在——」

「別說那個字。耶穌基督啊。」

「淋浴的時候，你連硬起來都沒有？」

「德蘿瑞絲。」他從鏡前轉過身來。「你剛剛在談炸彈，還有世界末日。」

她聳聳肩，像是那些跟現在的話題毫無關連。她一腳往後撐在牆上，一隻手指把大腿內側的水指掉。「你再也不操我了。」

「德蘿瑞絲，我說真的——在這個家裡不要這樣講話。」

「所以我就認為，你是在操她。」

「我沒有操任何人，還有拜託你別再說那個字了好嗎？」

「哪個字？」她一手覆在深色陰毛上。「操？」

「對。」他舉起一隻手。用另一隻手刮鬍子。

「所以那個字不好囉？」

「你自己明明曉得的。」他一路刮過喉嚨，聽到了刀片在泡沫裡刮過鬍子的聲音。

「這麼說，哪個字是好字？」

「啊？」他把刮鬍刀浸到水裡一下，甩了甩。

「我身體哪個部位的字眼，不會讓你握緊拳頭的？」

「我沒有握緊拳頭。」

他繼續刮乾淨喉嚨處，在一張小毛巾上擦乾淨刀子。然後把刀子平放在左鬢角下方。

「不，親愛的，我沒有。」他在鏡中看著她的左眼。

「我該說什麼？」她一手順著頭頂的頭髮，另一手摸著下方的髮梢。「我的意思是，你可以舔它、可以吻它，卻不肯操它。你可以看著一個嬰兒從裡頭出來，可是卻不能說那個字眼？」

「德蘿瑞絲。」

「屄。」

刮鬍刀一滑，深深劃進泰迪的皮膚，他懷疑都劃到下頷骨了。他睜大眼睛，左半邊臉亮了起來，然後刮鬍膏滲進傷口，一道暗紅傷痕顯現，血從白色泡沫中湧出，滴進水槽。

她拿著毛巾湊過來，但他推開她，從牙縫間吸氣，感覺到那股痛意鑽進他雙眼，刺痛他的大腦，血滴進水槽，他好想哭。不是因為痛，不是因為宿醉。而是因為他不知道自己的太太怎麼了，那個他在椰林夜總會跳第一支舞的女孩。他不知道她變成什麼樣了，也不知道這個世界隨著那些小小的、骯髒的戰爭所造成的損害，還有那些強烈的敵意、華盛頓和好萊塢的間諜、校舍裡的防毒面具、地下室的水泥防空洞，又變成了什麼樣。而這一切，不知怎地全都彼此連結——他太太、這個世界、他的酗酒、他打過的那場戰爭——因為他堅信戰爭將會終結這一切……

他的血流進水槽，德蘿瑞絲說，「對不起，對不起，對不起，」她再度遞毛巾給他，他接了過來，但沒辦法碰她或看她。他聽得出她聲音裡有淚意，知道她眼裡和臉上有淚，他好恨這個世界的一切都變得如此混亂可憎。

報上登出了他跟太太所說過的最後一句話，就是他愛她。

那是撒謊。

他真正說的最後一句話？

他手放在門鈕上，第三條毛巾按著下巴，她的雙眼正搜尋著他的臉：

「耶穌啊，德蘿瑞絲，你得振作起來。你身上有責任耶。偶爾你也想想這些吧——行嗎？——還有把你那個操他媽腦袋給搞好吧。」

這就是他太太從他那兒所聽到的最後幾句話。他關上門，走下樓梯，在最後一級階梯停下。他考慮要回去，想著爬回樓上進公寓裡，把事情給處理好。或者，如果沒辦法處理好，那至少處理得溫和些。

溫和些。要是這樣就好了。

那個喉嚨有道甘草糖棒般疤痕的女人邁著鴨子似的步伐，在通道上走向他們，她手腕和腳踝都有鐐銬，左右手邊各有一名護衛。她表情愉快，發出鴨子的叫聲，還想拍動手肘。

「她做了什麼？」恰克說。

「這位？」那個雜役說。「這位是老瑪姬。我們喊她瑪姬．月亮派。她剛做完水療。不過對她可不能掉以輕心。」

瑪姬停在他們面前，兩名雜役不太認真地想逼她繼續走，不過她手肘往後一撞，腳跟立定站好，一個雜役翻了翻眼睛嘆氣。

「她又改變信仰了，聽到沒？」

瑪姬瞪著他們的臉，頭昂向右邊，動作就像烏龜從殼裡探出頭來嗅著去向。

「我就是道路，」她說。「我就是光。我不會烤你們的操他媽的派。我不會的。明白嗎？」

「明白，」恰克說。

「沒問題，」泰迪說。「沒有派。」

「你人在這裡。你會留在這裡的。」瑪姬嗅嗅空氣。「這是你的未來和你的過去，這是輪迴，就像月亮繞著地球旋轉。」

「是的，夫人。」

她湊近嗅嗅他們。先是泰迪，然後是恰克。

「他們藏著祕密，讓這個地獄足以支撐下去。」

「這個嘛，就是祕密和派。」恰克說。

她朝他們露出微笑，一時之間，好像某個神智清明的人進入了她的身體，掠過她瞳孔後方。

「笑吧，」她對恰克說。「這對靈魂有好處。笑吧。」

「好，」恰克說。「我會的，夫人。」

她彎起手指碰碰他的鼻子。「我想記住你那個樣子——笑著。」

然後她轉身開始走路。兩個雜役也跟上去，沿著通道從一扇側門進入醫院。

恰克說，「妙女郎。」

「就是你會帶回家給老媽看的那種。」

「然後她會殺了老媽，埋在外頭的小屋裡，不過呢……」恰克點燃一根香菸。「雷迪斯。」

「殺了我太太。」

「你剛剛說過了，怎麼殺的？」

「他是縱火狂。」

「這你也說過了。」

「他也是我們那棟大樓的維修工人。他跟房東吵架，房東就把他給炒魷魚了。當時我們只知道火災起因是遭人縱火。**某個人**放的火。雷迪斯也是嫌疑犯之一，不過警方花了好一陣子才找到他，然後他有個不在場證明。該死，我當時甚至不確定是他放的火。」

「那後來怎麼又改變想法的呢？」

「一年前，我打開報紙，看到了他在上頭。他燒掉了一個他工作過的學校校舍。情節都一樣——他們解雇了他，然後他回去，在地下室放火，裡頭有鍋爐，所以會爆炸。作案手法完全一模一樣。校舍裡沒有學生，不過校長在加班。她死了。雷迪斯被起訴，說他有幻聽，因此無法控制自己的行為，於是他被送進了夏特克精神醫院。他在那裡發生了一些事——我不曉得是什麼——總之六個月前，他被轉到這裡。」

「可是沒人見過他。」

「A監或B監都沒人見過。」

「這表示他在C監。」

「對。」

「不然就是死了。」

「有可能。我們又多了個理由去找墓園了。」

「不過我們先假設他沒死好了。」

「好……」

「泰迪，如果你找到他，你打算怎麼辦？」

「不知道。」

「老大，別在我面前鬼扯了。」

兩個護士朝他們走來，鞋跟喀噠響，為了躲雨而緊挨著牆走。

「你們都溼了，」其中一個說。

「**全都**溼了？」恰克說，緊緊貼牆而行的那個短黑髮小個子護士笑了。

他們過去之後，黑髮護士回頭看了他們一眼。「你們執法官平常都這麼輕浮嗎？」

「看狀況，」恰克說。

「看什麼狀況？」

「員工素質囉。」

兩名護士一時停下腳步，然後明白了，黑髮護士把臉埋進另一個護士的肩膀，兩人大笑著走向醫院的門。

老天，泰迪真羨慕恰克。他對自己講的話擁有充分的自信。他對那些愚蠢的調情有自信，對那種輕鬆的美國大兵式迅速、無意義的雙關語有自信。但最令人羨慕的，是那種對魅力的收放自如。

魅力對泰迪來說，向來就不是能輕易擁有的。戰爭之後，更困難了。德蘿瑞絲之後，一切魅力都不存在了。

魅力是那些仍相信事物基本對錯的人所擁有的奢侈品，他們仍相信純潔和保守善良的價值觀。

「你知道，」他對恰克說，「我跟我太太在一起的最後那個早上，她提到了椰林夜總會的大火。」

「是嗎？」

「我們就是在那裡認識的。椰林。她跟一個很有錢的室友一起去的，我會去是因為軍人有打折。那時我正要上船去海外。我跟她跳了一整夜的舞，還跳了狐步。」

倚在牆上的恰克伸出了脖子，望著泰迪的臉。「你會跳狐步？我很努力想像，不過……」

「嘿，老大，」泰迪說，「要是你那一夜看到我老婆的樣子？只要她開口，你會像隻兔子在舞池裡跳來跳去。」

「所以你是在椰林遇見她的。」

泰迪點點頭。「然後那裡燒掉了，當時我人在——義大利？沒錯，那時候我在義大利，接下來她發現這事情……不曉得，我想是對她有影響吧。她從此就很怕火。」

「可是她是死於火災，」恰克柔聲說。

「太絕了，不是嗎？」泰迪忍著沒提起她最後那個早晨的一個畫面，她舉起一腿抵著浴室牆壁，裸著身子，身上濺了一堆死白的泡沫。

「泰迪？」

泰迪望向他。

恰克雙手攤開。「這件事我挺你，無論如何都挺你。你想找到雷迪斯，殺了他？我覺得很正點啊。」

「正點。」泰迪露出微笑。「這個字眼我好久沒——」

「不過呢，老大，我得知道往下可能會發生什麼事。我是說真的。我們得打開天窗說亮話，不然我們最後的下場就會是那種全國矚目的參議院聽證會之類的。現在每個人都盯著我們，你知道嗎？盯著我們所有人。瞪大眼睛。世界愈來愈小了。」恰克把蓋住前額的那堆濃髮往後撫。「我想你對這個地方很熟。我想你知道一些事情卻沒有告訴我。我想你來這裡是要搞破壞的。」

泰迪一隻手拍拍胸口。

「我說真的，老大。」

泰迪說，「我們已經溼了。」

「所以呢？」

「我的意思是，再去弄得溼一點怎麼樣？」

他們從圍牆大門出去，走到海邊。大雨覆蓋一切。大如房屋的海浪拍擊岩石，一波波衝得老高後浪花四濺，接著讓位給後浪。

「我不想殺他，」泰迪在轟天浪濤聲中吼道。

「是嗎？」

「沒錯。」

「我不太相信。」

泰迪聳聳肩。

「如果換了是**我的**太太？」恰克說。「我會殺他兩次。」

「我已經厭倦殺人了，」泰迪說。「在那場戰爭中，我失去感覺了。怎麼可能呢，恰克？但我就是如此。」

「不過，那是你老婆耶，泰迪。」

他們發現了沙灘後方有一道尖銳的黑色露頭岩脈，朝岸邊的樹叢延伸，他們翻爬了過去。

「我說真的，」泰迪說，他們來到一片小小的高地，周圍環繞著一圈高高的樹，擋掉了一些風雨，「我還是把工作擺在第一位。我們要查出瑞秋．索蘭度的下落。如果查的中間剛巧碰上了雷迪斯呢？好極了。我會告訴他，我知道他殺了我太太。我會告訴他，他出獄的那天，我會在本土那一岸等著他。我會告訴他，只要我還活著，他就別想呼吸到自由的空氣。」

「就這樣嗎？」恰克說。

「就這樣。」

恰克用衣袖擦擦眼睛，把前額的頭髮撥開。「我不相信你，我就是不相信。」

泰迪別開臉，望向那圈樹的南方，看到了艾許克里夫醫院的頂端，那扇彷彿監視一切的屋頂窗。

「難道你以為考利不知道你來這裡的真正目的嗎？」

「我來這裡的**真正**目的，就是要找瑞秋・索蘭度。」

「可是他媽的，泰迪，如果那個殺你老婆的傢伙被關在這裡，那——」

「他服刑不是因為那件事。沒有人會把我跟他聯想在一起，什麼憑據都沒有。」

恰克坐在一塊突出的岩石上，低頭避著雨。「那我們去找墓園。既然我們人都到了這裡，何不先去看能不能找到他的墳墓？只要看到刻著『雷迪斯』的墓碑，我們就知道半場戰爭結束了。」

泰迪望著那圈樹之外，一片深黑。「好。」

恰克站起來。「順帶問一下，她跟你說了什麼？」

「誰？」

「那個病患。」恰克指頭一彈。「布里姬。她故意讓我去端水，然後跟你說了些話。我知道。」

「沒有。」

「沒有？你撒謊。我知道她——」

「她是用寫的，」泰迪說著，拍拍軍用雨衣的口袋，想找他的筆記本。

他最後在內側口袋找到，然後掏出來翻著。

恰克站起身來，開始邊吹口哨、邊在柔軟的泥土上踢正步。

泰迪找到了那一頁，然後說，「希特勒，你也踢夠了吧。」

恰克湊過來。「你找到了？」

泰迪點點頭，朝恰克歪了歪筆記本，好讓他看清楚，上頭只寫了兩個字，用力寫在紙上，字跡已經在雨中開始暈散：

快跑

# 9

石板灰的雲層遮蔽天空，使得天色急速轉暗，此時他們在往內陸半哩之處發現了那些石頭。他們翻過了潮溼的陡峭海岸，崖上的濱海野草在雨中變得柔軟而滑溜，兩人一路攀爬又絆倒了幾次，弄得渾身是泥。

他們下方是一片平野，平得就像雲層的底部，一片光禿，只有一兩叢零星的灌木、風暴吹颳過來一些厚厚的樹葉，以及許多小石堆，泰迪原來以為那些小石堆是跟樹葉一起被吹來的。不過從峭壁遠端一路往下的半途中，他又多看了幾眼。

那些小小的、緊密的石堆散布在平野上，每堆間距約六吋，泰迪手搭在恰克肩上，指著石堆。

「你算有幾堆？」

恰克說，「什麼？」

泰迪說，「那些石頭。你看到了沒？」

「看到了。」

「一堆堆都是各自分開的。你算有幾堆？」

恰克看了他一眼，好像覺得他被風暴吹昏頭了。「那是石頭耶。」

「我是認真的。」

恰克又用那個眼神看了他一會兒，然後才把注意力放在平野上。一分鐘之後，他說，

「我算是十堆。」

「我算也是。」

恰克腳下的泥巴滑開，他腳底一溜，整個人猛往後摔，泰迪抓住他一隻手臂撐著，好讓恰克重新站穩身子。

「可以下去了嗎？」恰克說，朝泰迪微微皺出個氣惱的鬼臉。

他們吃力往下走，泰迪走到了那些石堆旁，發現它們排成了上下兩行。有的石堆比其他的小很多。其中少數只有三四顆石頭，但其他有的超過十顆，說不定還有二十來顆。

泰迪走在兩排石堆之間，然後停下來望向恰克說，「我們算錯了。」

「怎麼會？」

「比方在這兩堆之間，這裡？」泰迪等著恰克過來，然後他們一起往下看。「這裡只有一顆石頭。單獨成為一堆。」

「在這種大風下？不。那是從其他堆吹下來的。」

「它跟相鄰兩堆之間的間距相等，離左邊那堆半呎，離右邊那堆也是半呎。然後下一

行，同樣的狀況又發生了兩次。單獨一顆石頭形成一堆。」

「所以呢？」

「所以，恰克，這裡有十三堆石頭。」

「你認為這是排的，你真這麼認為。」

「我想是有人排的。」

「又一個密碼。」

泰迪在石堆旁蹲下來。把軍用長雨衣拉高了蓋住頭，兩側下襬拉到身體前方，遮住他的筆記本免得淋溼。他像隻螃蟹橫著移動，在每一堆前面停下來，數石頭有幾個，然後記下來。他算完之後，得到了十三個數字：十八—一—四—九—五—四—十九—一—十二—四—二十三—十四—五。

「也許這是個組合數字密碼，」恰克說，「用在全世界最大的掛鎖上。」

泰迪闔上筆記本，放回口袋。「猜得妙。」

「謝謝，謝謝。」恰克說。「我每天會在卡茲奇山表演兩次。拜託你出來行嗎？」

泰迪把軍用長雨衣拉回身上，站了起來，再度感覺到雨水猛撲過來，也再度聽到呼嘯的風聲。

他們往北走，沿著岸邊峭壁往右彎，左方遠處的艾許克里夫醫院在風雨猛襲之下顯得模糊不清。接下來半小時，情況更大幅惡化，他們肩膀緊靠在一起才能聽得到對方說的話，兩個人搖搖晃晃像醉鬼似的。

「考利曾問你是不是待過陸軍情報部。你跟他扯謊了嗎？」

「是，同時也不是。」泰迪說。「我是從一般陸軍部隊裡退伍的。」

「那你剛加入時呢？」

「新兵訓練後，我被送到無線電學校。」

「然後呢？」

「去戰爭學院參加一個速成班，之後，沒錯，就去了情報部了。」

「那你最後怎麼會跑到一般部隊裡呢？」

「我搞砸了。」泰迪得用吼的才能蓋過風聲。「我解錯了一份密碼。有關敵軍位置座標的。」

「有多嚴重？」

泰迪仍聽得見無線電裡傳來的聲音。嘶喊、靜電干擾、哭聲、靜電干擾、機槍開火後，隨即是更多嘶喊和更多哭聲和更多靜電干擾。然後是一個男孩的聲音，在眾多吵雜聲中的背景近處，說著，「你知道我身體其他部分在哪兒嗎？」

「大約半個營，」泰迪在風中大吼。「把他們像肉糕端上了敵人的餐桌。」

好一會兒，他耳邊只有強風陣陣的聲音，然後恰克大吼，「對不起，真是太可怕了。」

他們爬上了一個土墩，頂端的強風差點把他們又吹下去，可是泰迪抓住了恰克的手肘，兩人猛往前衝，低頭走了一陣子。他們保持那個姿勢，頭壓低，身體弓起，因此一開始他們根本沒看到那些墓碑。他們又繼續往前跋涉，雨水模糊了他們的雙眼，然後泰迪絆到了一塊石板，那石板往後一翻，扭離了原來埋身的土穴，背朝下平躺在地上，就在他們眼皮底下。

**傑可布・普魯夫**
**帆纜手**
**一八三二——一八五八**

一棵樹在他們左邊倒下，斷裂聲聽起來像是斧頭敲穿了錫屋頂，恰克大喊，「耶穌基督啊，」然後一段樹被風吹了起來，掠過他們眼前。

他們雙手舉起遮著臉，走進了墓園，泥土和樹葉和被吹落的樹木碎片滿天亂飛還帶電，他們摔倒了幾次，簡直是盲目地往前走，泰迪看到了前方有個寬闊的炭灰色形影，於是朝那裡指，嘶吼聲被風吹得聽不見。一大塊不曉得什麼東西掠過他頭頂，近得他都能感覺到輕觸過他的頭髮；他們在風雨中往前奔跑，感覺狂風猛襲雙腿，捲起的大塊泥土不斷攔擊膝蓋。

一座陵墓。門是鋼製的，但鉸鏈已經斷掉，地基裡生出了叢叢野草。泰迪把門拉開，一陣狂風吹來，把他和門往左邊掃，他跌在地上，門從原來斷掉的下方鉸鏈上脫落，轟然往後摔回牆上。泰迪滑陷在泥巴裡，他站起身來，但猛颳著他雙肩的風又讓他撐不住而單膝落地，然後他發現黑魆魆的門洞就在前方，於是往眼前那堆淤泥猛撲過去，爬進了門內。

「你見識過這種情景嗎？」恰克說，兩人站在門口，望著整個小島瘋狂旋轉。狂風中夾帶了大量的泥土和樹葉、樹枝和石頭，還有下個不停的雨；風雨扯碎大地時所發出的尖嘯聲，像是一群野豬狂嚎。

「從沒見過，」泰迪說，他們往後退離門口。

恰克在外套內側口袋發現了一包火柴還是乾的，一口氣劃了三根，同時努力用身體擋著風，於是他們看到了位於房內中央的那塊水泥石板是空的，上頭沒有棺材或屍體，大概埋葬後這許多年間，已經被偷走或搬走了。石板另一側的牆上築出了一張長石凳，火柴熄滅時，他們也走到了石凳旁。他們坐下，風繼續在門口狂掃，吹得那扇門不斷往牆上擂擊。

「還真夠瞧的，嗯？」恰克說。「大自然發瘋了，看看天空的顏色……你看到那塊墓碑是怎麼後空翻的嗎？」

「我也幫忙推了一把，不過沒錯，的確很不得了。」

「哇噢。」恰克擰乾自己的褲腳，腳底下形成了兩個小水坑，他又拉著抖抖自己溼透的襯衫。「我們好像不該離家太遠的。說不定我們就得在這個地方度過風雨。」

泰迪點點頭。「我對颶風了解不多，不過我感覺這才是剛開始而已。」

「風會轉向對吧？待會兒墓園那邊的風就會吹過來了。」

「不過我還是寧可待在這裡，而不是那裡。」

「那當然，不過在颶風中尋找高地？他媽的我們有多聰明？」

「是不太聰明。」

「來得太快了。這一秒還只是大雨而已，下一秒我們就變成了飛往綠野仙境的桃樂絲了。」

「那個故事裡是龍捲風。」

「哪個？」

「《綠野仙蹤》的背景在堪薩斯州。」

「喔。」

呼嘯的風聲音調更高了，泰迪聽得到狂風正猛襲著他背後的厚牆，像拳頭擂擊般，他的後背都被震得微微顫抖。

「只是剛開始，」他又說了一次。

「你想那些瘋子現在都在幹嘛？」

「朝著風雨吼回去啊。」他說。

他們沉默無語坐了一會兒，各自抽著菸。泰迪想起了在他父親船上那天，他第一次明白大自然根本不把他放在眼裡，而且力量比他強大得多，然後他想像著風就像某種鷹臉尖喙的東西，朝下猛然撲擊這個陵墓，還發出烏鴉般的嘎嘎叫聲。這個憤怒的大風把海浪變成高塔，把房屋嚼碎成火柴棒，還可以把他抓起來，丟到中國去。

「我一九四二年在北非，」恰克說。「碰到過兩次沙暴。不過還是不像這個。只不過，這種事情你事後就忘了，說不定其實一樣可怕。」

「這個我受得了，」泰迪說。「我的意思是，我現在不會出去走動，不過這個比冷還要可怕。在亞耳丁森林區，耶穌啊，你嘴裡呼出來的氣都凍結了。到現在我還能感覺到那種冷。冷到我覺得自己的手指頭好像在燒。你能想像嗎？」

「在北非，我們碰到的是熱。好多人都被熱垮了。前一分鐘他們還站在那兒好好的，下一分鐘就忽然倒下來。有的人被熱到心臟病發。我射殺過一個人，他的皮膚被熱得好柔軟，他還轉身看著子彈從他身體另一面穿出去。」恰克手指扣扣石凳。「望著子彈飛出去，」他輕聲說。「我發誓是真的。」

「那是你唯一殺過的人嗎？」

「唯一近距離的。你呢？」

「我相反。殺了一大堆，大部分都是看著他們。」泰迪頭往後靠著牆，往上看著天花板。「如果我有兒子的話，真不曉得要不要讓他去參戰。即使是像那場我們別無選擇的戰爭。我不確定應該要求任何人去做那樣的事。」

「什麼事？」

「殺人。」

恰克抬起一邊膝蓋，抵在胸前。「我父母，我女朋友，還有一些沒通過體檢的朋友，他們全都會問我，你知道嗎？」

「是啊。」

「那是什麼滋味？他們想知道。你會想說，『我不曉得那是什麼滋味。那是發生在別人身上的事情。我只是從上面目睹之類的。』」他伸出雙手。「我沒法再解釋得更好了。這樣說有沒有一點道理？」

泰迪說，「在達豪集中營，納粹黨衛軍向我們投降，總共有五百人。那時已經有記者在場，可是他們也看到了堆在火車站的大批屍體。他們聞到的氣味跟我們相同。他們看著我們，希望我們去做我們做過的事情。而我們也非常確定我們想做。於是我們把那群操他媽的德國佬每一個都處決了。先讓他們繳械，讓他們背對著牆，然後殺掉。一口氣對著三百個人開機關槍。一排排檢查，朝每一個還在呼吸的人腦袋再餵顆子彈。如果有戰爭罪行的話，那就是了，對吧？可是，恰克，那是我們**至少**能做的。那些操他媽的記者當時都鼓掌。集中營裡的囚犯還高興得哭了。於是我們把幾個納粹衝鋒隊員交給他們。他們把那些隊員給扯得稀爛。那天結束時，我們消滅了地表上的五百條性命。把他們全都謀殺了。不是出於自衛，也沒有交戰狀態。那是凶殺。然而，那件事情沒有灰色地帶。他們就是該有這麼慘的下場。所以，很好——可是你要怎麼接受這種事情？你要怎麼告訴你太太和你父母和小孩，你做過這樣的事情？說你曾經處決手無寸鐵的人？說你曾經殺過年輕小夥子？雖然那些小夥子穿著制服、拿著槍，但他們還是男孩啊。答案是——你不能告訴他們。他們永遠不會懂的。因為你的理由雖然正當。但你所**做**的還是不對的。而且你永遠無法抹去。」

過了一會兒，恰克說，「至少那是出於正當的理由。你看過那些從韓國回來的可憐蟲嗎？他們始終不明白他們為什麼要去參戰。但我們阻止了希特勒，我們解救了幾百萬條性命。對吧？我們至少做了點事情，泰迪。」

「是啊，這倒是。」泰迪承認。「有時候這樣也就夠了。」

「那是一定的。對吧？」

一整棵樹被捲過門外，上下顛倒，樹根往上倒豎，像一根根觸角。

「你看到沒？」

「看到了。它會在大海中央醒過來說，『慢著，這不對呀。』」

「『我不應該在這裡的。』」

「『我花了好幾年才讓那個山丘變成我喜歡的樣子。』」

他們在黑暗中輕聲笑著，望著整個島嶼在外頭急速旋轉，恍如一場幻夢。

「那你對這個地方到底有什麼了解，老大？」

泰迪聳聳肩。「知道一點。雖然還很不足，但已經夠讓我害怕了。」

「喔，好極了。你害怕。那一般精神病院應該會有什麼感覺？」

泰迪露出微笑。「淒慘恐怖？」

「好吧。就當我是嚇壞了好了。」

「這裡是被當成一個實驗性機構。我告訴過你了——全盤革命式的治療法。經費一部分來自州政府，一部分來自聯邦監獄局，不過大部分還是來自眾議院『非美活動調查委員會』在一九五一年成立的一個專款。」

「喔，」恰克說。「太好了。從波士頓港中的一個小島去對抗共產黨。這要從何著手呢？」

「他們拿頭腦實驗。這是我的猜測。他們寫下自己所知，交給考利那些以前在戰略情報局、現在或許去了中央情報局的哥兒們。不曉得。你聽說過苯環己派啶嗎？」（譯註：苯環己派啶〔phencyclidine〕一般俗稱PCP或「天使塵」〔angel dust〕。）

恰克搖搖頭。

「LSD？梅斯卡林？」

「都沒聽過。」

「這些都是迷幻藥，」泰迪說。「可以讓你產生幻覺的藥物。」

「好吧。」

「即使是最低劑量，再正常的人——比方你或我——都會開始看到奇怪的東西。」

「比方上下顛倒的樹飛過我們門外？」

「啊，你在諷刺人。如果我們兩個人都看到那棵樹，那就不是幻覺了。每個人都會看到不同的東西。比方你現在往下看，會看到你的手臂變成了響尾蛇抬起頭來，張開下顎要吃掉你的頭。」

「那我要說，這可真是不幸的一天。」

「或者是看到那些雨滴變成火焰，一叢灌木變成了猛撲過來的老虎？」

「那這一天就更不幸了。我根本不該下床的。不過，嘿，你的意思是，某種藥可能讓你真以為這些玩意兒出現嗎？」

「不是『可能』。只要劑量對，你就一定會產生幻覺。」

「這些藥可真不簡單。」

「是啊，沒錯。如果吃很多這類藥呢？效果大概就像是嚴重的精神分裂。那傢伙叫什麼來著？肯恩，就是他。他覺得腳冷。他相信這點。蕾諾拉・葛蘭特則看不到你，而是看到道格拉斯．范朋克。」

「可別忘了，她也以為你是卓別林唷。」

「我可以模仿他，不過我不曉得他的聲音是什麼樣。」

「嘿，老大，不錯嘛。你在卡茲奇山可以替我暖場。」

「有些病例記錄證明，精神分裂症患者會抓爛自己的臉，因為他們相信自己的雙手是別的東西，比方動物或什麼的。他們看到了不存在的東西；聽到別人聽不到的聲音；從完全沒事的屋頂上跳下來，因為他們認為那棟建築物著火了。還有很多類似的狀況。迷幻藥會引起類似的幻覺。」

恰克一根手指指著泰迪。「你講起話忽然比平常博學很多。」

泰迪說，「我能說什麼？我做了些功課。恰克，如果你給重度精神分裂症患者服用迷幻藥，你想會發生什麼事？」

「沒有人會這麼做的。」

「他們就這麼做，而且是合法的。只有人會得精神分裂症。老鼠或兔子或牛都不會得這種病。所以如果要實驗以求治療這種病的話，該怎麼辦？」

「拿人類來實驗。」

「給這位先生一根雪茄。」

「不過一根雪茄也只是一根雪茄，對吧？」

泰迪說，「隨你說吧。」

恰克站起來，雙手放在那塊石板上，望著門外的暴風雨。「所以他們給精神分裂症患者藥物，讓他們精神分裂症狀況更嚴重？」

「那是實驗群組。」

「那另一個群組呢？」

「沒有精神分裂症的人，也給他們服用迷幻藥，看他們的大腦有什麼反應。」

「鬼扯。」

「大哥，這是有公開記錄的。哪天去參加心理醫師會議吧，我就參加過。」

「可是你說這是合法的。」

「優生學研究，」泰迪說，「也一樣是合法的。」

「可是如果是合法的，我們就不能把他們怎麼樣了。」

泰迪朝那塊石板湊過去。「沒錯，我不是來這裡逮捕任何人的。我只是被派來收集資訊。就這樣而已。」

「等一下——派來？老天，泰迪，他媽的我們在這裡介入得有多深？」

泰迪嘆了口氣，望著他。「很深。」

「倒回去，」恰克舉起一隻手。「回到最起頭。你是怎麼扯進這件事來的？」

「是從雷迪斯開始的，一年前。」泰迪說。「我找了個名義想去夏特克精神病院找他談。我胡編了個故事，說他有個朋友被聯邦政府通緝，我想雷迪斯可能會透露出他一些下落。結果，雷迪斯不在那兒。他已經被轉到艾許克里夫醫院了。我打電話來這裡，可是他們說這裡沒有他的記錄。」

「然後呢？」

「然後這就引起我的好奇了。我打電話給波士頓的幾個精神病院，每個人都曉得艾許克里夫醫院，可是沒有人願意談。我跟專收『心神喪失的刑事犯』的瑞登醫院典獄長談過，我以前見過他兩次，我說，『巴比，有什麼大不了的呢？那是家醫院，也是個監獄，跟你那裡沒有差別嘛，』然後他搖搖頭。他說，『泰迪，那個地方完全不同。他們屬於機密性質類，黑箱作業，不要去那裡。』」

「可是你還是來了，」恰克說。「而我被分派跟你一起來。」

「我原先不是這麼計畫的，」泰迪說。「負責的探員告訴我，我得有個搭檔同行，我只好照辦。」

「所以你一直在等，找個藉口來這邊？」

「差不多吧，」泰迪說。「可是要命，我也不敢說會不會有機會。我的意思是，如果真有個病患逃脫，我也不曉得事發時自己會不會出差了，或者會不會派其他人去。或者，要命，有太多不確定的狀況了。我只是運氣好罷了。」

「運氣好？媽的。」

「怎麼？」

「這不是運氣好，老大。運氣不是這麼來的。世界也不是這麼運作的。你以為你只是碰巧被派來查這件小事嗎？」

「當然。聽起來有點瘋狂，不過——」

「你第一次打電話給艾許克里夫醫院打聽雷迪斯時，有沒有表明你的身分？」

「當然有。」

「那麼——」

「恰克，那是整整一年前了。」

「那又怎樣？你不認為他們會密切注意嗎？尤其是有關一個他們宣稱沒有記錄的病人？」

「再說一次——十二個月之前耶。」

「泰迪，耶穌啊。」恰克壓低聲音，雙掌平放在石板上，深深吸了口氣。「我們姑且說，他們在這裡搞些見不得人的勾當。那如果因為你以前打聽過這個島，所以他們已經對你有所了解呢？如果是**他們**設計**你**來這兒的呢？」

「啊，鬼扯。」

「鬼扯？瑞秋・索蘭度在哪裡？有沒有她存在過的一絲證據？我們只看過他們出示的某個女人照片，還有一份任何人都可以捏造的檔案。」

「可是，恰克——即使他們捏造出她這個人來，即使整件事是他們設計的，他們還是無法預測我會被派來查這個案子啊。」

「你打電話來詢問過，泰迪。你曾深入調查過這個地方，到處打聽。他們在一個汙水處理廠周圍圍上了通電的籬笆。他們有個監樓設在一個軍事堡壘裡。他們在一個可以容納三百人的病院裡只收了不到一百名病患。這個地方他媽的太可怕了，泰迪。其他醫院都不肯談論這裡，難道你沒有因此領悟到什麼嗎？這裡的住院總醫師以前跟戰略情報局合作過，資金來自眾議院的非美活動調查委員會所設立的一個賄賂基金。有關這個地方的一切都在跟你大喊『政府活動』。你還會驚訝其實過去一年不是你在注意他們，而很可能是他們在注意你嗎？」

「恰克，你要我講幾次才夠：他們怎麼知道我會被派來查瑞秋．索蘭度的案子？」

「你他媽是豬頭嗎？」

泰迪站直身子，往下看著恰克。

恰克舉起一隻手。「抱歉，抱歉，我太緊張了，行嗎？」

「行。」

「老大，我的意思只不過是，他們知道你會巴不得接受任何來這裡的藉口。害死你太太的凶手在這裡。他們只需要假裝某個人逃走就成了。他們早就知道，必要時你會不惜用撐竿跳跨過港區來到這裡。」

那道門被扯出了原來僅剩的一個鉸鏈，轟然往後倒在門口，他們望著門猛撞在地上，然後被捲入空中，朝墓園飛射過去，消失在天際。

兩個人都瞪著門口，然後恰克說，「我們兩個都看到了，對吧？」

「他們把人類當成天竺鼠，」泰迪說。「這點不會讓你不安嗎？」

「我被嚇死了，泰迪。但你怎麼會知道這些事？你說你是被派來收集資訊的。誰派你來的？」

「我們第一次跟考利碰面時，你聽到他問起參議員嗎？」

「聽到了。」

「賀里參議員，民主黨，新罕布夏州選出來的。他領導一個次級委員會，審理政府補助心理衛生事務的資金。他看到大筆資金流到這個地方，覺得不對勁。接下來，我知道了這個叫喬治・諾以思的傢伙。諾以思待過這裡，就在C監。他離開這個島兩星期後，在麻州西南部的阿特波羅市走進一家酒吧，用刀子捅人，陌生人。入獄之後，他就說起C監的龍。他的律師想主張他是心神喪失，他也確實符合這個條件，他完全瘋了嘛。但諾以思開除了他的律師，直接面對法官承認他有罪，差不多就是乞求能被關進監獄裡，任何監獄，只要不是醫院就行。他在醫院待了大概有一年，可是他的腦袋又開始不行了，最後，他開始講起了艾許克里夫醫院的種種故事。那些故事聽起來很瘋狂，但參議員認為，或許並不像其他人假設的那麼瘋狂。」

恰克在石板上坐直身子，點了根香菸，邊抽邊思索著泰迪的話。

「可是參議員怎麼知道要去找你？你們兩個人又怎麼有辦法找到諾以思？」

一時之間，泰迪覺得他看到弧形的亮光掃過了外頭的那片風暴。

「其實是從反方向發展過來的。諾以思先找到我，然後我找到了參議員。一開始是瑞登醫院的典獄長巴比・法瑞斯有天早上打電話給我，問我是不是對艾許克里夫醫院還有興趣。我說當然，然後他告訴我戴登鎮有這麼一個囚犯，講了一大堆艾許克里夫醫院的奇怪故事。所以我去了戴登鎮幾次，找諾以思談。諾以思說他念大學的時候，有一年在考試前有點緊張。他會對老師大吼，用拳頭敲碎宿舍裡的窗子。最後他就去跟心理輔導室的人談。接下來，他同意加入一個實驗，這樣還可以賺點外快。一年後，他離開了學校，成了徹頭徹尾的精神分裂症患者，在街角胡言亂語，看到幻象，所有症狀他全都有。」

「所以這個小鬼本來很正常……」

泰迪再度看到暴風雨中的亮光一閃，他走近門口往外看。閃電嗎？應該也算合理，但他之前一直沒見到閃電。

「就跟一般正常人沒兩樣。也許他有點──他們這裡是怎麼個說法？──『憤怒情緒的管理問題』，但大致說來，他的神智完全正常。一年後，他就發瘋了。所以有天他在公園廣場看到這個傢伙，認為就是當初建議他去找心理輔導室的那個教授。長話短說，反正其實不是，但諾以思把他揍得很慘。於是他被送到了艾許克里夫。A監。不過他在那裡沒待多久。那時他已經變得非常暴力，所以他們把他又轉到C監。他們給他吃了很多迷幻藥，在旁邊眼睜睜看著他想像有龍要來吃他，整個人發瘋了。我猜想，是比他們期望的還要更瘋一點吧，因為到最後，為了要讓他冷靜下來，他們給他動了手術。」

「手術，」恰克說。

泰迪點點頭。「一種穿眶前腦葉切除術。那些手術很好玩，恰克。他們會先對你施行電擊，然後你聽好，用冰鑽穿過你的眼睛。我不是開玩笑的。沒麻醉。他們到處戳來戳去，從你腦中取出一些神經組織，然後就這樣，手術結束。簡單輕鬆。」

恰克說，「可是『紐倫堡規範』禁止──」

「──純粹為了科學的利益而拿人體實驗，沒錯。我原來也以為我們逮到了有人違反

『紐倫堡規範』。參議員也這麼以為。結果不是這麼回事。如果是用於直接治療病患的疾病，就可以進行這類實驗療法。所以只要一個醫師可以說，『嘿，我們只是想幫助這個可憐蟲，看這些藥物能不能減輕精神分裂症、那些藥物能不能停止精神分裂症狀，』——那他們就沒有違反任何法律了。」

「慢著，慢著，」恰克說。「你說這個諾以思進行了一種穿眶，呃——」

「穿眶前腦葉切除術，沒錯。」

「但不管這類療法有多麼不文明，如果目的是要讓病患平靜下來，那他怎麼會去攻擊一個在公園廣場上的人呢？」

「很顯然，這種療法根本沒用。」

「這種狀況很常見嗎？」

泰迪又看到那些弧形的亮光了，這回他很確定，他聽得到各種尖嘯聲底下透出來的那個引擎悶響。

「執法官！」那個聲音在風中顯得很微弱，但他們兩個人都聽見了。

恰克從石板上跳下來，跟泰迪一起站在門口，他們看得見墓園遠端的車頭燈，也聽到了擴音器傳來的大喊聲，還有刺耳的噪音，接下來是：

「執法官！如果你們在這裡，請給我訊號。我是麥佛森副典獄長。執法官！」

泰迪說，「厲害吧？他們找到我們了。」

「老大，這是個小島。他們總會找到我們的。」

泰迪跟恰克四目交會，然後泰迪點點頭。從他們認識到現在，他第一次看到了恰克眼底的恐懼，他咬緊下頜，想抵抗那股恐懼。

「老弟，不會有事的。」

「執法官！你們在這裡嗎？」

恰克說，「我不曉得。」

「我曉得，」泰迪說，其實並非如此。「緊緊跟著我，恰克，我們現在得走出這個鬼地方。小心不要犯任何錯。」

然後他們走出門外，進入墓園。狂風有如一列攻防線前的美式足球鋒線球員，猛朝他們的身體衝撞，但他們站穩腳步，手臂牢牢扣在一起，抓住彼此的肩膀，朝燈光踉蹌走去。

# 10

「媽的你們瘋了啊？」

說話的是麥佛森，他朝著狂風大吼，此時他們乘坐的吉普車衝下了沿墓園左端的一條臨時小徑。

他坐在前方的乘客座，血紅的雙眼往後瞪著他們，他身上那種德州鄉下小夥子的魅力已被暴風雨沖刷殆盡。他沒跟他們介紹司機，是個年輕小子，頭罩在長雨衣的兜帽下，泰迪只看得出瘦瘦的臉和尖尖的下巴。不過他開吉普車的技術似乎是箇中能手，車子流暢駛過灌木叢和風暴中的殘骸碎片，好像那些阻礙都不存在似的。

「剛剛才從熱帶風暴升級為颶風。現在風速大概是每小時一百哩。到了午夜十二點，預計會達到一百五十哩。結果你們兩個還在外頭閒晃？」

「你怎麼知道風暴升級了？」泰迪說。

「火腿族的無線電。我們大概再過兩個小時也會失去訊號了。」

「當然，」泰迪說。

「我們現在應該去加強園區裡面的防災措施的，結果卻跑來找你們。」他用力一拍椅背，頭轉回去望著前方，不理他們了。

吉普車顛簸駛過一個土堆，一時之間泰迪只看到天空，覺得車輪底下一片空蕩，然後輪胎撞上土地，他們彎過一個急轉彎，小徑上同時還有險陡的起伏，泰迪可以看到左邊遠處的海洋，海水彷彿爆炸般翻騰著，形成一個個蕈狀雲般又白又大的浪濤。

吉普車飛馳過眾多小丘中的一個隆起處，然後衝進了一排樹，泰迪和恰克抓緊了，在後座撞成一堆；然後那排樹被拋在後方，眼前可以望見考利的宅院背後；他們穿過四分之一英畝的碎木塊和松針後，來到了車道上，司機把車子放到低檔，轟然往大門駛去。

「我們要帶你們去見考利醫師，」麥佛森回頭看著他們說。「他等不及要找你們談談。」

「管我這麼緊，我還以為我老媽人在西雅圖老家哩。」恰克說。

他們在地下室的員工宿舍沖澡，從雜役的備用制服堆裡取了換上。他們自己的衣服已經送去醫院的洗衣房，恰克在浴室裡把頭髮往後梳，看著自己的白襯衫和白長褲說，「請問您要不要看看葡萄酒單呢？我們今天晚上的特餐是威靈頓酥皮牛柳，相當不錯。」

崔．華盛頓頭伸進浴室。看著他們的新服裝，他似乎憋著笑，然後說，「我來帶你們去見考利醫師。」

「我們有多大的麻煩？」

「喔，我想是一點點吧。」

「兩位，」他們進門時，考利說，「很高興見到你們。」

他似乎正處於一種寬宏大量的心情，雙眼明亮，泰迪和恰克在門口與崔分手，進入醫院頂樓的一間會議室。

室內坐滿了醫師，有的穿著實驗室的白罩袍，有些穿著西裝，所有人圍著一張長長的柚木桌而坐，椅子前方放著一盞盞綠罩檯燈，暗色菸灰缸裡冒著香菸或雪茄的白煙，唯一的菸斗是奈爾林的，他坐在桌首。

「各位醫師，這兩位是我們提到過的聯邦執法官。丹尼爾斯和奧爾執法官。」

「你們的衣服呢？」有個人問。

「好問題，」考利說，泰迪覺得他簡直樂不可支。

「我們剛剛在外頭碰上了暴風雨，」泰迪說。

「就是那個嗎？」那名醫師指著高高的窗戶，上頭用厚膠帶交叉貼成十字形，而且好像在輕輕地呼吸，朝室內吐氣。窗玻璃被雨水打得咚咚作響，整棟大樓在狂風的壓力下發出吱嘎聲。

「恐怕是。」恰克說。

「兩位請坐吧，」奈爾林說。「我們馬上就要結束了。」

他們在長桌末端找了兩個位子坐下。

「約翰，」奈爾林對考利說，「這件事我們得達成共識。」

「你知道我的立場。」

「我想大家都尊重你的意見，但如果抗精神病的藥劑可以讓我們減低血清素5－HT不平衡，那麼我覺得我們沒有太多的選擇。我們必須繼續研究下去。第一個實驗的病人，就是這位，呃，桃麗絲．華許，她符合所有的標準，我看不出有什麼問題。」

「我只是擔心代價。」

「比開刀的代價低多了，你明知道的。」

「我指的是對基底神經節和大腦皮質造成損害的風險。我指的是歐洲早期的研究已經證明，這會有類似腦炎和中風所引起破壞神經的危險。」

奈爾林舉起一隻手，阻止他繼續反對。「贊成布若提根醫師請求的，請舉手。」

泰迪看著除了考利和另一個人之外，桌邊每個人都舉起手。

「看來我們已經取得一致意見了，」奈爾林說。「那麼，我們要向監事會申請，撥款給布若提根醫師進行研究。」

一個想必就是布若提根的年輕人感激地朝桌邊的每個人點點頭。他有個戽斗下巴，運動健將型，兩頰光滑無鬚。泰迪覺得他像是那種渴望別人注意的人，完全沉浸在實現了父母畢生最大夢想的得意中。

「好吧，那就這樣了，」奈爾林說著，低頭闔上了面前的文書夾，然後望著長桌末端的泰迪和恰克，「兩位執法官，你們一切都好吧？」

考利從座位上站起來，去餐具櫃給自己倒了杯咖啡。「謠傳你們是在一個陵墓裡被發現的。」

桌邊傳來了幾聲低笑，幾名醫師舉起拳頭掩著嘴。

「你們知道有什麼更好的地方可以躲避颶風嗎？」恰克說。

考利說，「這裡。地下室還要更好。」

「我們聽說這個颶風強度可能會達到每小時一百五十哩。」

考利點點頭，他回到桌前。「今天早上，羅德島州的新港市失去了百分之三十的家園。」

恰克說，「我祈禱，不要是大富豪范德比爾特家族的家園。」

考利坐回位子上。「今天下午，颶風已經侵襲了波士頓南邊鱈角的普洛文斯鎮和楚若鎮。沒有人知道災情有多嚴重，因為道路都不通了，無線電通訊也中斷了。不過看起來颶風正撲向我們這裡。」

「美國東岸三十年來最可怕的風暴。」一個醫師說。

「把空氣轉成了純靜電，」考利說。「這就是為什麼昨天夜裡總機失靈，為什麼無線電頂多也只是勉強能接通。如果颶風直撲我們這兒，我不曉得最後還有什麼會留下來。」

「這也就是為什麼，」奈爾林說，「我一再堅持所有藍區的病患應該再加上人工約束裝置。」

「藍區？」泰迪說。

「就是C監，」考利說。「我們評估會對自己、對這個機構還有一般大眾構成威脅的病患。」他轉向奈爾林。「我們不能這麼做。如果病院裡淹水了，那他們就會溺死。你很清楚的。」

「那得要水很大，才會淹水。」

「我們四周都環繞著海洋。現在馬上就有個時速一百五十哩的颶風迎面撲擊。『水很大』顯然是非常可能的。我們可以把警衛加倍，向每個藍區的病患不斷說明。沒有例外。但我們不能把他們鎖在床上，老天在上，他們已經鎖在牢房裡了。這樣太誇張了。」

「約翰，這是賭博。」坐在長桌中段一個褐髮男子輕聲說。泰迪和恰克剛進來時，不管當時會議中所討論的事項是什麼，反正褐髮男子跟考利是僅有沒舉手的兩個。他重複敲著一枝原子筆，雙眼瞪著桌面，但泰迪從他的口氣聽得出他和考利交情不錯。「這是一場真正的賭博。我們假設停電好了。」

「我們有備用發電機。」

「如果備用發電機也壞掉呢？那些牢房就會打開了。」

「這是個小島，」考利說。「能去哪裡呢？又不是說他們可以搭上渡輪，飛馳回波士頓，闖出什麼大禍。如果給他們加上人工約束裝置，病院裡又淹了水，那麼，各位，他們全都會死掉。那是二十四條人命。萬一園區裡發生了什麼事，對其他四十二個病患造成危險呢？我的意思是，基督啊，你們良心能安嗎？我不能。」

考利環視著全桌人，泰迪忽然覺得心底生出一股憐憫，那是他以前幾乎沒有過的感受。他不曉得為什麼考利會讓他們參加這個會議，但他開始感覺這個人在會議室裡沒有太多朋友。

「醫師，」泰迪說，「我不是故意要打斷的，」

「沒關係，執法官。是我們請你來參加會議的。」

泰迪差點脫口而出：還真的？

「我們早上談到瑞秋・索蘭度的密碼——」

「大家知道這位執法官在說什麼嗎？」

「四的法則，」布若提根微笑說，泰迪真想拿把鉗子把他的笑給剪掉。「我很喜歡。」

泰迪說，「我們今天早上談的時候，你說你對最後的那個線索完全摸不著頭緒。」

「『誰是六十七？』」奈爾林說。「對嗎？」

泰迪點點頭，然後往後靠坐回椅子上，等待著。

他發現每個人都回過頭來看著他，覺得很困惑。

「你真的看不出來嗎？」泰迪說。

「看出什麼？」說話的是考利的那位朋友，泰迪瞄了一眼他的白罩袍，看到他姓米勒。

「你們這裡有六十六位病患。」

眾人盯著他，好像生日派對上的小孩等著小丑再變出一把花來。

「A監和B監加起來有四十二位病患。C監有二十四位。總共就是六十六。」

泰迪看得出有幾張臉露出了恍然大悟的表情，但大部分還是一頭霧水的模樣。

「六十六位病患，」泰迪說。「這暗示了『誰是六十七？』的答案，就是這裡有第六十七位病患。」

一片沉默。幾個醫師隔著桌子面面相覷。

「我沒聽懂，」最後奈爾林終於說。

「哪部分不懂？瑞秋．索蘭度是暗示，有這麼一位第六十七個病患。」

「可是沒有啊，」考利說，他雙手攤在桌上。「這個想法很了不起，執法官，如果真是事實，那麼密碼當然就破解了。但二加二永遠不會等於五，你再怎麼期望也沒用。如果島上只有六十六個病患，那有關第六十七個病患的問題就沒有意義了。你明白我的意思嗎？」

「不明白，」泰迪說，努力保持冷靜的口氣。「這一點換我聽不懂了。」

考利開口前，好像在謹慎選擇自己的措詞，彷彿要挑出最簡單的說法。「比方說，如果這個颶風沒來，我們今天上午又收到兩個新病患。那我們的總數就變成六十八。如果有個病人昨天夜裡睡夢中死亡，那就讓總數變成了六十五。每一天、每一個星期的總數都會不一樣，會有各種變數的。」

「可是，」泰迪說，「索蘭度小姐寫下那份密碼的那一夜……」

「當時是六十六，包括她在內。執法官，這點我可以確認。不過這跟六十七還是相差一，對不對？你這是想把圓栓子插進一個方洞裡。」

「但這就是她的意思啊。」

「是，我明白。但她的意思是靠不住的。這裡沒有第六十七個病患。」

「可以讓我的搭檔和我查閱你們的病患檔案嗎？」

這句話引來了眾人的皺眉和一些被觸怒的表情。

「絕對不行。」奈爾林說。

「執法官，辦不到，很抱歉。」

泰迪低頭一會兒，望著身上愚蠢的白襯衫和搭配的褲子，覺得自己看起來像個冷飲櫃檯的店員。大概他的外型太不像執法官了，或許他該舀一筒筒冰淇淋給大家，看能不能因此贏得他們的心。

「我們不能看你們的員工檔案，也不能看你們的病患檔案。那請問各位，我們要怎麼去找那位失蹤的病患？」

奈爾林往後靠回椅子上，昂著頭。

考利雙臂僵硬不動，一根香菸啣在唇上半舉著。

幾名醫師低聲交頭接耳。

泰迪看著恰克。

恰克低聲說，「別看我，我也不曉得。」

考利說，「典獄長沒有告訴你嗎？」

「我們從沒跟典獄長說過話。剛剛是麥佛森接我們回來的。」

「啊，」考利說，「真是的。」

「怎麼？」

考利環視著其他醫師，睜大眼睛。

「怎麼了？」泰迪重複問道。

考利吐出一口氣，回過頭來望著坐在長桌末端的他們。

「我們找到她了。」

「什麼？」

考利點點頭，吸了口菸。「瑞秋・索蘭度。我們今天下午找到她了。她在這裡，出了那扇門沿著走廊下去就是了。」

泰迪和恰克都回頭望著那扇門。

「現在你們可以休息了。你們的搜索任務已經結束了。」

# 11

考利和奈爾林帶他們走過一條鋪黑白瓷磚的走廊，穿過一道雙扇門，進入醫院的主病房區。他們經過了左手邊的一個護理站，又轉入一個大房間，裡面裝著長日光燈管，U形的窗簾桿從天花板的掛鉤垂下來，她就在裡面，坐在一張床上，身穿一件長度剛好到膝蓋上的淡綠色罩袍，深色頭髮剛洗過，從前額上方往後梳。

「瑞秋，」考利說，「我們帶了些朋友過來。希望你不介意。」

她拉平了大腿下側罩袍的縫邊，望著泰迪和恰克，帶著一種孩子般的期待神情。

她身上沒有傷痕。

她的皮膚是砂岩的顏色。臉和手臂和腿都潔淨無垢。她赤著腳，腳上沒有抓痕，沒有被樹枝或棘刺或岩石刮傷的痕跡。

「我能幫得上什麼忙嗎？」她問泰迪。

「索蘭度小姐，我們是來這裡——」

「賣東西？」

「什麼？」

「希望你不是來推銷的。我不想無禮，但這些買東西的事情都是我先生決定的。」

「不，夫人。我們不是來推銷的。」

「喔，那就好。我能幫你們什麼嗎？」

「你能不能告訴我們，你昨天去了哪裡？」

「我就在這裡，在家。」她看著考利。「這些人是誰？」

考利說。「瑞秋，他們是警察。」

「吉姆發生了什麼事嗎？」

「不，」考利說。「不，不。吉姆很好。」

「不會是小孩吧，」她看了一圈。「他們都在院子裡。他們沒調皮搗蛋吧？」

泰迪說，「索蘭度小姐，沒有。你的小孩沒有闖禍。你的先生也很好。」他跟考利交換了一個眼神，考利贊同地點點頭。「我們只是，呃，我們聽說有個知名的危險分子昨天在這一帶。有人看到他在你們的街道上發共產黨傳單。」

「喔，主啊，不。發給小孩嗎？」

「據我們所知沒有。」

「可是在這一帶？就在這條街上？」

泰迪說，「恐怕是這樣的，夫人。我希望你能說明你昨天的行蹤，這樣我們就可以曉得，你是不是遇到過那位我們要追查的人。」

「你在指控我是共產黨？」她原先靠在枕頭上的後背挺直起來，手裡緊緊攢著床單。

考利看了泰迪一眼，意思是說：你捅的漏子，你自己收拾。

「共產黨？夫人？你？哪個腦袋正常的人會這樣想？你就像貝蒂・葛萊寶一樣是徹頭徹尾的美國人。只有瞎子才會看不出來。」（譯註：貝蒂・葛萊寶〔BettyGrable, 1916-1973〕，好萊塢一九三〇—四〇年代的性感女星，長腿金髮，為二次大戰時最受美國大兵歡迎的海報女郎。）

她一手鬆開緊抓著的床單，揉著膝蓋。「可是我長得不像貝蒂・葛萊寶。」

「是不像，只有那種強烈的愛國精神是一樣的。我想，你看起來比較像泰瑞莎・萊特。她和喬瑟夫・卡頓演過那部電影，十年前——還是十二年前嗎？」（譯註：泰瑞莎・萊特，〔Teresa Wright, 1918-2005〕，好萊塢女星，以鄰家女孩形象著稱，曾以《忠勇之家》獲一九四二年奧斯卡最佳女配角獎。一九四三年與卡頓主演大導演希區考克驚悚經典作《疑影》〔Shadow of a Doubt，又譯《辣手摧花》〕。）

「《疑影》，我聽說過那部片子，」她說，一臉親切的笑容，同時又帶著性感。「吉姆參加過大戰，他返鄉時說，現在世界自由了，因為美國是為自由而作戰，全世界都見識到美國之道是唯一的解答。」

「是啊，」泰迪說。「我也參加過那場大戰。」

「你認得我的吉姆嗎？」

「恐怕不認得，夫人。我相信他是個好軍人。在陸軍嗎？」

她聽了皺皺鼻子。「海軍陸戰隊。」

「永遠忠誠，」泰迪喊出了海軍陸戰隊的座右銘。「索蘭度小姐，我們得知道這個危險分子的一舉一動，這件事很重要。你可能根本沒見過他，他行動很隱密。所以我得知道你做過些什麼，用來跟我們所掌握他的行蹤做個比對，這樣就可以曉得你們兩個人是不是相遇過。」

「就像夜晚交會的兩艘船？」

「一點也沒錯。你明白我的意思了？」

「啊，我明白。」她在床上直起身子，雙腿盤起來，泰迪感覺到腹部和鼠蹊一陣騷動。

「那麼，麻煩你詳細敘述你昨天的行動。」他說。

「嗯，我想想。我幫吉姆和小孩做早餐，又替吉姆裝好了午餐後，吉姆離開了；接下來我送小孩出門去上學，然後我就決定在湖裡好好游個泳。」

「你常常這樣嗎？」

「不，」她說，身子前傾，笑了起來，好像剛剛他是在跟她放電。「我只是，不曉得，我覺得有點一時突發奇想。有時候你就會有這種感覺不是嗎？就是有點突發奇想？」

「沒錯。」

「嗯，當時我就是這個感覺。所以我把衣服全部脫掉，在湖裡一直游一直游，游到我覺得手臂和雙腿都像木頭似的好重，然後我爬上岸擦乾，把衣服又穿回去，沿著湖邊散步很久。然後我用小石頭打了幾個水漂兒，又堆了幾座小沙堡。很小的。」

「你還記得有幾座嗎？」泰迪問，感覺考利盯著他看。

她想了想，眼睛朝上翻。「記得。」

「幾座？」

「十三座。」

「那可不少呢。」

「有的非常小，」她說。「跟茶杯一樣大。」

「然後你又做了些什麼？」

「我想到你，」她說。

泰迪看到站在床另一側的奈爾林朝考利望了一眼。泰迪跟奈爾林目光相遇，奈爾林舉起雙手，一副跟每個人都同樣驚訝的表情。

「為什麼是我？」泰迪說。

她笑了，露出一口整齊的白牙，小小的紅色舌尖輕輕抵在中間。「傻瓜，因為你是我的吉姆，你是我的阿兵哥啊。」她跪坐起來，伸出雙手握住泰迪的手，撫摸著。「好粗。我喜歡你手上的繭，我喜歡這上頭硬塊摸著我皮膚的感覺。我好想你，吉姆。你都不回家。」

「我工作很多，」泰迪說。

「坐吧。」她拉著他的手臂。

考利用手肘輕輕把他往前推，同時給了他一個眼色，泰迪於是往前，坐在她旁邊的床上。不管當初引發照片裡她那種驚恐眼神的原因是什麼，現在都消失無蹤了，至少暫時如此；而且坐得離她這麼近，完全可以看清她有多美。她給人的整個印象是流動的——深色的眼睛凝望著，清亮如水，疲憊開展的身體使她的四肢看起來像是在空氣中游泳，臉上的雙唇和下巴微微發紅。

「你工作得太辛苦了，」她說著，手指撫過他喉嚨下頭那塊地方，好像要撫平他領帶結上的一處糾結。

「我得養家啊，」泰迪說。

「啊，我們很好，」她說，他脖子可以感覺到她呼出的氣息。「過日子沒問題的。」

「那是現在，」泰迪說。「我在為將來打算啊。」

「那是以後的事情，」瑞秋說。「還記得我爸爸常說的那句話嗎？」

「我忘了。」

她手指沿著他的太陽穴梳過他的髮絲，「『未來就像分期累積預購商品』，他這麼說過。『可是我只付現。』」她輕聲咯咯笑起來倚在他身上，靠得好近，他可以感覺到她的乳房抵著他肩膀後頭。「不，寶貝，我們得為今天而活，活在當下。」

德蘿瑞絲常這麼說，兩個人的頭髮和嘴唇太像了，如果瑞秋的臉再湊近一點，他可能就會以為是在跟德蘿瑞絲講話了。她們甚至都有同樣的那種羞怯和性感，泰迪從來無法確定——即使是在共度了那麼多年後——他太太是否曉得其中的魅力有多大。

他努力回想自己該問她什麼。他知道他該把她導引回原來的話題上，讓她說出昨天的行蹤，對了，要問她在岸邊散步、堆沙堡之後，接下來發生了什麼。

「你在湖邊散步之後，接下來又做了什麼？」他問。

「你知道我做了什麼的。」

「我不知道。」

「啊，你想聽我說出來，對不對？」

她朝他懷裡靠得更緊，臉就挨在他眼皮底下，她那對深色眼珠往上瞧，嘴裡吐出來的氣息漫入他口中。

「你不記得了？」

「不記得。」

「騙人，」

「真的不記得了。」

「才不呢。吉姆・索蘭度，如果你忘了，那我可饒不了你。」

「那，你告訴我嘛，」泰迪低語著。

「你只是想聽而已。」

她手掌撫過他的顴骨，一路滑到下巴，開口時聲音變得有點濁重：

「我回來時，身上還是溼溼的湖水，於是你幫我舔乾。」

她想再湊近，但泰迪雙手捧住她的臉阻止了。他的手指沿著她的太陽穴往後，他可以感覺到她潮溼的頭髮抵著他的大拇指，他望進她的雙眼。

「告訴我你昨天還做了什麼，」他低語，看到了她清澄如水的雙眼中，有另一股神色正掙扎著冒出來。恐懼，他很確定。然後那股恐懼浮上了她的上唇和雙眉之間。他可以感覺到她皮膚的戰慄。

她搜尋著他的臉，雙眼睜得愈來愈大，在眼眶兩端來回猛轉。

「我埋葬了你。」她說。

「不，我就在這裡。」

「我埋葬了你。在一個空箱子裡，因為你的屍體炸得北大西洋到處都是。我埋葬了你的軍籍牌，因為他們只找得到這個。你的屍體，你美麗的屍體，全都燒過，被鯊魚吃掉了。」

「瑞秋，」考利說。

「像肉一樣，」她說。

「不，」泰迪說。

「我喜歡黑色的肉，燒得硬硬的。」

「不，那不是我。」

「他們殺了吉姆。我的吉姆死了。所以操他媽的你是誰？」

她猛然抽離他的懷抱，爬到床邊貼牆處，然後回頭望著他。

「操他媽這怎麼回事？」她指著泰迪，啐了一口。

泰迪渾身僵住了，他凝視著她，望著憤怒有如一股大浪，淹沒了她的雙眼。

「阿兵哥，你打算來操我嗎？是這麼回事嗎？趁我的小孩在院子裡玩的時候，把你的屌戳進我裡面？你是這麼打算的嗎？你給我滾出去！聽到沒？你給我滾出——」

她撲向他，一手舉高，泰迪跳下床，兩個雜役猛衝過他身邊，他們肩膀上垂掛著粗皮帶，從腋下抓住瑞秋，把她壓回床上，她不斷掙扎著。

泰迪可以感覺到自己身體的顫抖，毛孔滲出汗珠，瑞秋的聲音響徹監樓：

「強暴犯！操他媽殘忍的強暴犯！我先生會來割開你的喉嚨！你聽到沒？他會把你操他媽的頭給割下來，我們會喝你的血！我們會讓你的血流滿我們全身，你這個操他媽的病態渾蛋！」

一個雜役身體壓著她胸膛，另一個用大手抓住她的腳踝，他們把皮帶穿過床欄杆上的金屬狹槽，交叉橫過瑞秋的胸膛和腳踝，再穿過另一頭的狹槽，拉緊後將皮帶尾端穿過扣環，鎖緊時扣環發出喀答一聲，然後兩個雜役往後退。

「瑞秋，」考利說，溫和的聲音像個父親。

「你們全是操他媽的強暴犯。我的小孩呢？我的小孩到哪兒去了？把我的小孩還給我，你們這些病態的狗娘養的！把我的小孩還來！」

她放聲尖叫，那聲音像顆子彈竄上了泰迪的脊椎骨。她努力想掙脫身上的束縛，力氣大得把推床都震得喀卡作響。然後考利說，「瑞秋，我們稍後再來看你。」

她朝他啐了一口，泰迪聽到那口唾沫落在地板上，然後她再度尖叫，自己咬破的嘴唇流出血來，考利朝他們點點頭，開始往前走，他們也跟上。泰迪回頭，看到瑞秋正在看他，直直望進他雙眼裡，雙肩從床墊上掙扎弓起，脖子上的皮帶上凸，唇上沾滿了血和唾液，放聲朝他尖叫，叫得好像她看見了百年以來的死人紛紛爬進她窗子，朝她床邊走來。

考利的辦公室裡有個吧檯，他一進門就朝那裡走，穿到右邊，泰迪一時間看不到他。他消失在一道薄薄的白紗後方，然後泰迪心想：

不，不要是現在。看在老天分上，不要是現在。

「你們是在哪裡找到她的？」泰迪說。

「在燈塔附近的沙灘上，正要跳過岩石群朝海裡去。」

考利再度出現了，不過其實只是因為他繼續往右走時，泰迪把頭往左轉而已。泰迪轉動頭部時，那層薄紗罩著一個嵌牆式的書櫃和一面窗。他揉揉右眼，希望那層薄紗消失，但結果沒有好轉。然後他感覺到它沿著他的頭部左側——就在他頭髮底下，有一條切穿他頭骨的深谷，裡面充滿了熔岩。他原以為那是瑞秋的激烈尖叫聲造成的，但不只如此而已，那股痛爆發開來，有如十來把短刀尖緩緩刺入他頭蓋骨，他眨眨眼，舉起手指揉太陽穴。

「執法官？」他抬頭看著考利站在他書桌的另一側，彷彿他左方的一抹鬼影。

「什麼事？」泰迪強撐著說。

「你臉色好白。」

「你還好吧，老大？」恰克忽然來到他身邊。

「我很好，」泰迪勉強地說，考利把他裝著蘇格蘭威士忌的玻璃杯放在書桌上，那聲音聽起來像霰彈槍開火。

「坐下，」考利說。

「我沒事，」泰迪說，但那些字句要從腦子傳到他舌頭，卻像是得走過一把刀梯似的。

考利靠著泰迪面前的書桌，骨頭脆響有如燃燒的木頭。「偏頭痛嗎？」

泰迪抬頭望著視線中朦朧的他。他想點頭，但以往的經驗讓他學會這種時候千萬不能點頭。「是啊，」他強撐著說。

「我從你揉太陽穴的方式看得出來。」

「喔。」

「常犯嗎？」

「一年……」泰迪的嘴巴發乾，他花了幾秒鐘讓自己的舌頭溼潤。「……五六次吧。」

「你很幸運，」考利說。「從某方面來說吧。」

「怎麼說？」

「很多偏頭痛患者發作很頻繁，大概每星期一次之類的。」他移開書桌，身體又發出那種燃燒木頭的聲音，然後泰迪看到他打開一個小櫥子的鎖。

「你現在有什麼症狀？失去部分視覺、嘴巴發乾、腦袋裡像火在燒？」

「全部答對了。」

「我們已經研究腦部這麼多個世紀，但還是沒人曉得偏頭痛是哪裡來的。很難相信吧？我們知道偏頭痛會攻擊大腦頂葉，知道通常會引起血液凝塊。這種凝塊極其微小，但如果是發生在像腦部這麼脆弱、這麼小的地方，你的腦袋就會覺得像爆炸一樣。儘管歷經了這麼多年、做了這麼多研究，我們對於偏頭痛的原因或是長期影響還是了解很有限，就像我們始終不懂得怎麼預防一般感冒。」

考利遞給他一杯水，又放了兩顆黃色藥丸在他手裡。「這些應該會有效果。讓你昏睡一兩個小時，等你醒過來，你就會沒事了。健康如新。」

泰迪往下看著那兩顆黃色藥丸，他手裡抓的那杯水很不穩。

他抬眼望著考利，想用視力完好的那隻眼睛認真把他看清楚，因為考利渾身浴在一片光裡，好白好刺眼，他的肩膀和手臂都放射出一道道白光。

不管你怎麼做，一個聲音在泰迪的腦袋裡說……

指甲摳開了他左側腦殼，倒了一把圖釘進去，泰迪咬牙嘶嘶吸氣。

「天哪，老大。」

「他沒事的，執法官。」

那個聲音又再度響起：不管你怎麼做，泰迪……

有人拿著鐵棒猛敲那片圖釘，泰迪視力正常的那隻眼迸出淚來，他舉起一隻手背抹掉，覺得自己的胃開始東倒西歪。

……別吃那些藥丸。

他的胃整個往後歪過去，滑到他的左臀，同時火焰竄入他腦中裂隙的側邊，更糟糕的是，他很確定他正狠狠咬著自己的舌頭。

別吃那些操他媽的藥丸，那個聲音嘶吼著，在燃燒的峽谷裡來回奔跑，揮著旗子，召集人馬。

泰迪低下頭，吐在地板上。

「老大，老大。你還好吧？」

「不得了，」考利說，「你這回真的很嚴重。」

泰迪抬起頭。

別……

他兩頰被自己的眼淚沾溼了。

……吃……

此時有人將一把利刃筆直插進了那個峽谷。

……那些……

那把利刃開始前後鋸起來。

……藥丸。

泰迪咬緊牙關，覺得胃又開始掀騰起來。他想把注意力集中在手中的玻璃杯，感覺自己的大拇指有點怪怪的，然後判定是偏頭痛作祟，愚弄了他的感官。

別吃那些藥丸。

鋸齒再一次狠狠刮過了他腦中的縐褶，泰迪咬牙硬忍下尖叫出聲的衝動，聽到了瑞秋也在那陣大火中尖叫，他看到她望進他的雙眼，他的嘴唇感覺到她的呼吸，還感覺到她的臉就捧在他手裡，他的大拇指撫著她的太陽穴，同時那把該死的鋸子來回鋸過他的腦袋——

別吃那些操他媽的藥丸。

——他手掌往嘴巴一扣，感覺到藥丸飛進嘴裡，接著他喝了水吞下，感覺到藥丸滑下他的食道，他大口飲著，喝光了玻璃杯裡的水。

「你會感激我的。」考利說。

恰克又來到他身邊，遞給泰迪一條手帕，泰迪用來擦了擦前額，接著是嘴巴，然後手帕掉在地板上。

考利說，「執法官，幫我扶他起來。」

他們把泰迪從椅子上扶起來，轉了身，泰迪看到前方有一扇黑門。

「別告訴任何人，」考利說，「那扇門後頭有一個小房間，我偶爾會進去打個盹。好吧，老實告訴你好了，我每天都會去打個盹。我們會把你帶去那裡頭，執法官，你會睡上一覺。兩個小時之後，你就會恢復健康了。」

泰迪望著自己的雙手垂著，看起來好可笑——兩隻手就從胸骨上方那樣懸吊下來。還有他兩手的大拇指，上頭都有視覺的幻象。媽的那到底是什麼？他真希望自己可以搔一下，但這會兒考利打開了那扇門，泰迪再看了兩個大拇指上的污點最後一眼。

黑色的汙漬。

鞋油，他心想，此時他們帶著他走入黑暗的房間。

我的大拇指怎麼會沾上鞋油？

# 12

那些夢，是他生平所做過最可怕的。

一開始，泰迪走過赫爾鎮的街道，他從小到大走過無數次的街道。他經過了以前去買口香糖和冰淇淋汽水的那家小雜貨店。他經過了狄克爾森家和帕卡斯基家的房子，經過了莫瑞家、波依德家、維農家、康斯坦丁家。但沒有人在，到處都沒人。全鎮都是空的，而且一片死寂，連海洋的聲音都聽不見，然而在赫爾鎮，你總會聽見海洋聲的。

好可怕——這是他的小鎮，但每個人都不見了。他坐在海洋大道上的海堤，搜尋著空蕩蕩的沙灘，他坐在那裡靜靜等待，但卻沒有人出現。然後他明白，他們都死了，早就死光了，不見了。他是個鬼，穿越數世紀回到他的鬼城。小鎮再也不存在了，他再也不存在了。這裡消失了。

接下來，他發現自己身在一個大理石大廳，裡面充滿了人群和醫院推床和紅色的靜脈注射袋，他立刻覺得好過多了。無論這是哪裡，至少他不是孤單一人了。三個小孩——兩個男孩和一個女孩——走過他眼前。三個人都穿著醫院的長罩袍，那個小女孩很害怕。她抓緊哥哥們的手。她說，「她在這裡。她會發現我們的。」

安得魯．雷迪斯湊上前，點著了泰迪的香菸。「嘿，兄弟，咱們沒事了，對吧？」

雷迪斯是個可怕的人類標本——渾身長滿了瘤，瘦長的臉，㕊斗下巴比一般人還要長兩倍，滿嘴歪七扭八的牙齒，生滿疥癬的粉紅色腦殼上冒著亂糟糟的金髮——但泰迪很高興看到他。他是這個廳裡他唯一認得的人。

「如果你待會兒要大喝一場的話，」雷迪斯說，「就給我一瓶吧。」他對泰迪擠了擠眼睛，拍拍他的背，轉向恰克，感覺上好像再平常不過了。

「我們得走了，」恰克說。「老友，時間滴答流逝哩。」

泰迪說，「我的小鎮是空的。一個人都沒有。」

然後他忽然奔跑起來，因為她出現了，瑞秋．索蘭度，她尖叫著跑過大廳，手裡拿著一把切肉刀。泰迪還沒能追上她，她就朝那三個小孩撲倒過去，切肉刀提起又落下，提起又落下；泰迪僵住了，很奇怪地出神了，心裡明白此時他已經無能為力，那些小孩死了。

瑞秋抬頭望著他。她的臉和脖子有點點血跡。她說，「幫我一下。」

泰迪說，「什麼？我可能會惹禍上身的。」

她說，「幫我一下，我就會成為德蘿瑞絲。我會當你的妻子。她會回到你身邊。」

於是他說，「當然，沒問題。」然後幫了她。他們不知怎地一口氣把三個小孩搬起來穿過後門出去，來到湖邊，然後放入水中。不是亂扔進湖裡，而是非常溫柔，把他們放在水中，然後那些小孩沉下去。其中一個男孩又浮上來，一隻手猛揮，瑞秋說，「沒關係，他不會游泳。」

他們站在岸邊，看著那個男孩沉下去，然後她一手環住泰迪的腰說，「你會成為我的吉姆。我會成為你的德蘿瑞絲。我們會生出新的小孩來。」

這似乎是個再恰當不過的解答，泰迪搞不懂自己為什麼以前沒想到。

他跟著她回到艾許克里夫醫院，他們跟恰克碰面，三個人走進一條綿延一哩的長廊。泰迪告訴恰克：「她會帶我去找德蘿瑞絲。老弟，我要回家了。」

「太好了！」恰克說。「我好高興。我再也不離開這個島了。」

「真的？」

「真的，不過沒關係，老大。真的。我屬於這裡，這裡就是我的家。」

泰迪說，「我的家就是瑞秋。」

「你指的是德蘿瑞絲吧。」

「對，對。我剛剛說什麼來著？」

「你說瑞秋。」

「啊，對不起說錯了。你真的認為你屬於這裡嗎？」

恰克點點頭。「我從來沒離開過，以後也再不會離開了。我的意思是，老大，你看看我的手。」

泰迪望著那雙手，覺得好得很，一點問題都沒有，他也這麼告訴恰克。

恰克搖搖頭。「他們跟我不相稱。有時候手指頭會變成老鼠。」

「呃，那我很高興你到家了。」

「謝了，老大。」他拍拍泰迪的背，轉身走向考利，然後瑞秋不知怎地在他們前方遠處出現，泰迪開始加快腳步走過去。

考利說，「你不能愛上一個殺了自己小孩的女人。」

「可以的，」泰迪說，走得更快了。「是你不明白而已。」

「什麼？」考利沒移動雙腿，但他卻始終跟在泰迪身邊，滑行著。「我不明白什麼？」

「我不能孤單一個人。我無法面對。沒法在這個操他媽的世界裡。我需要她。她是我的德蘿瑞絲。」

「她是瑞秋。」

「我知道。但我們已經說好了。她會當我的德蘿瑞絲。我會當她的吉姆。這是個好交易。」

「糟糕了。」考利說。

那三個小孩回來了，沿著長廊跑向他們。他們全身溼透，拚了命大喊著。

「那是什麼樣的母親？」考利說。

泰迪望著那三個小孩跑過來，越過了他和考利。然後空氣變了或不知出了什麼事，因為他們一直跑一直跑，但再也沒有往前移動。

「殺了她的小孩？」考利說。

「她不是故意的，」泰迪說。「她只是害怕。」

「像我一樣嗎？」考利說，但他現在不是考利了，他變成了彼得・布林。「她害怕，於是殺了她的小孩，這麼一來就沒關係嗎？」

「不。我的意思是，沒錯。我不喜歡你，彼得。」

「那你想怎樣？」

泰迪把他的手槍抵著彼得的太陽穴。

「你知道我殺過多少人嗎？」泰迪說，淚水流過他的臉龐。

「這個嘛，不曉得。」彼得說。「請便吧。」

泰迪扣下扳機，看著子彈從布林腦袋的另一邊穿出去，那三個小孩目睹整個過程，此時發狂似的大喊，然後彼得・布林說，「該死，」往後靠著牆，一手摀著子彈射入的傷口。「你居然當著這些孩子的面？」

然後他們聽到了她的聲音，從他們前方的黑暗中傳來的尖叫。她的尖叫。她來了。她就在黑暗中的某處，全速衝向他們，然後那個小女孩說，「幫幫我們。」

「我不是你爸。這裡不是我的地方。」

「我要喊你爸爸。」

「好吧，」泰迪說著嘆了口氣，牽起她的手。

他們走在懸崖上，底下俯瞰著隔離島的海岸，然後他們亂走來到了墓園，泰迪發現了一條麵包，還有一些花生醬和果凍，於是在陵墓裡做了些三明治，那個小女孩好高興，坐在他的大腿上，吃著她的三明治，泰迪帶著她走出去，來到墓園中，然後指指他父親的墓碑，以及他母親的墓碑，還有他自己的：

**愛德華・丹尼爾斯**

**差勁的水手**

**一九二〇——一九五七**

「為什麼你是差勁的水手？」那個小女孩問。

「我不喜歡水。」

「我也不喜歡水。所以我們就是朋友嘍。」

「應該是吧。」

「你已經死了。你有個那個什麼來著。」

「墓碑。」

「對。」

「那我想，我就是死了吧。我的小鎮上半個人都沒有。」

「我也死了。」

「我知道，我很抱歉。」

「你沒有阻止她。」

「我能怎麼辦？等我趕到她身邊的時候，她已經，你知道……」

「啊，糟糕了。」

「怎麼了？」

「她又來了。」

瑞秋走進了墓園，站在那塊泰迪在暴風雨中撞倒的墓碑旁。她慢慢來，一點也不急。她好美，頭髮被雨水淋得溼漉漉的，還滴著水，手上的切肉刀已經變成了一把長柄斧頭，她拖在身邊說，「泰迪，別鬧了。他們是我的。」

「我知道，可是我不能把他們交給你。」

「這回會不同的。」

「怎麼不同？」

「我現在沒事了。我知道自己的責任了。我的腦袋恢復正常了。」

泰迪掉了淚。「我好愛你。」

「寶貝，我也愛你。真的。」她走上前來吻他，深深的吻，雙手扶著他的臉，舌頭探著他的，喉頭湧上來一聲呻吟，傳到他的嘴裡，她吻他，愈來愈深，他好愛好愛她。

「現在把那個小女孩給我吧，」她說。

他把小女孩交給她，她抓住小女孩的手臂，另一手拿起斧頭說。「我馬上就回來，好嗎？」

「沒問題，」泰迪說。

他朝小女孩揮揮手，知道她不明白。但他知道，這是為了她好。你長大之後，就得做些困難的決定，那是小孩子不可能懂的。但你得替小孩子做決定。泰迪一直揮手，雖然那個被母親帶向陵墓的小女孩並沒有揮手以報，然後小女孩凝視著泰迪，眼神中已無求救的期盼，她認命向這個世界屈服，認命當犧牲者，她嘴邊還沾著花生醬和果凍。

「啊，老天！」泰迪大喊著坐起身子。他覺得他硬把自己喚醒，硬讓腦子恢復知覺，好脫離那個夢。他可以感覺那個夢還想回到他腦子裡，等待著，門大開著。他只消閉上眼睛，頭往後倒向枕頭，就會再度沉入夢鄉。

「你覺得怎麼樣，執法官？」

他在黑暗中眨了好幾次眼睛。「誰在那兒？」

考利擰亮一盞小燈，燈立在他房間角落的椅子旁邊。「對不起。我不是故意要嚇著你的。」

泰迪坐在床上。「我在這裡多久了？」

考利朝他露出了歉意的微笑。「那些藥丸的藥效比我預料的要強一些。你已經睡了四小時了。」

「該死。」泰迪用手掌根揉了揉眼睛。

「你做惡夢了，執法官。很可怕的惡夢。」

「誰叫我人在一個小島上的精神病院裡，外頭還有颶風呢。」泰迪說。

「說得好，」考利說。「我來這裡的頭一個月，也是都睡不好。德蘿瑞絲是誰？」

泰迪說，「什麼？」然後雙腿晃出床外。

「你一直在喊她的名字。」

「我嘴巴好乾。」

考利點點頭，在椅中轉身，拿起身旁桌上的一杯水。他遞給泰迪。「恐怕是副作用，來吧。」

泰迪接過杯子，幾大口喝光了。

「你的頭怎麼樣了？」

泰迪想起一開始他怎麼會來到這個房間了，然後花了好一會兒評估自己的狀況。視線清楚。腦袋裡頭沒有圖釘了。胃有點想吐，不過不嚴重。頭的右側有點微痛，感覺就像是一塊出現在三天前的淤血。

「沒事了，」他說。「那些藥丸真厲害。」

「果然產生效用了。那麼，誰是德蘿瑞絲？」

「我太太，」泰迪說。「她死了。而且，醫師，我還沒適應這件事。沒關係吧？」

「當然沒問題，執法官。我很抱歉。她死得很突然嗎？」

泰迪望著他笑了起來。

「怎麼？」

「大夫，我沒心情接受心理分析。」

考利腳踝處雙腳交叉，點燃一根香菸。「執法官，我不是想分析你的腦袋。信不信由你。不過今天晚上你在那個房間跟瑞秋發生了一些事。不光是她的問題而已。如果我不對你所扮演的惡魔角色感到好奇的話，我這個心理醫師就太怠忽職守了。」

「那個房裡發生了什麼事？」泰迪說。「我是在扮演她希望我扮演的角色。」

考利低笑。「執法官，拜託你對自己坦白點吧。如果我們讓你們兩個獨處，你說等我們回來的時候，你們兩個還會衣著整齊嗎？」

泰迪說，「醫師，我是個執法人員。不管你認為你在那個房間裡看到了什麼，都不是那麼回事。」

考利舉起一隻手。「好，你說了算。」

「我說了算，」泰迪說。

他往後靠坐回去，打量著泰迪，一邊抽著菸；此時泰迪聽得見外頭的暴風雨，感覺得到牆壁上風暴吹襲的壓力，感覺得到風雨竄過屋頂下的縫隙，考利仍保持沉默警戒，最後泰迪說：

「她死於火災。我想念她就像……如果我在水裡，我對氧氣的那種思念也還比不上。」

他抬起眉毛望著考利。「你滿意了嗎？」

考利身子往前湊，遞給泰迪一根菸，幫他點著了。「我在法國時愛上過一個女人，」他說。「別告訴我太太，好嗎？」

「沒問題。」

「我愛這個女人的程度就像……呃，沒得比，」他說，聲音裡有點驚訝。「這種愛是無法跟任何事物比較的，不是嗎？」

泰迪點點頭。

「那是一種特別的恩賜。」考利雙眼看著他香菸上冒出來的煙霧，視線穿過房間，凝視著外頭的海洋。

「你們在法國怎麼樣了？」

他微笑，玩笑地朝泰迪搖搖一根手指頭。

「啊，」泰迪說。

「總之，這個女人有一天晚上要來見我。我想，她是急著趕路吧。那是巴黎的一個雨夜，她絆倒了，就這樣。」

「她怎麼？」

「她絆倒了。」

「然後呢？」泰迪盯著他。

「然後沒了。她絆倒了，往前摔，撞到頭。死了。你相信這種事嗎？在大戰期間，你會想像一個人有各式各樣可能的死法。她是絆倒摔死的。」

泰迪看到了他臉上的痛苦，即使在這麼多年後，他仍震驚且難以相信自己成為宇宙笑話的靶子。

「有時候，」考利靜靜說，「我會整整三個小時都沒想到她。但有時候，我會連續好幾個星期無時無刻想起她的氣味，想起她知道某個特定晚上我們可以湊出時間獨處時看我的那一眼，想起她的頭髮——她閱讀時玩頭髮的樣子。有時候……」考利擰熄了香菸。「不管她的靈魂去了哪裡——如果有那麼一道門，比方說，就在她身體底下，她死的時候門會打開，然後她的靈魂就進去裡頭？如果我知道那道門會打開，那麼我明天就會回巴黎，我會跟著她爬進去。」

泰迪說，「她叫什麼名字？」

「瑪麗，」考利說，說出口後，好像他整個人的一部分也跟著離去了。

「德蘿瑞絲，」他說，「她睡覺時老是翻來覆去，而且她的手，我不是開玩笑，十次裡頭有七次，會猛地落到我臉上，蓋住我的嘴巴和鼻子。就是啪地一下，手就摔到我臉上了。我會把她的手拿開，你知道。有時候還動作很粗暴。我正睡得香，然後，砰，把我給打醒了。多謝了，親愛的。不過有時候，我就讓她的手放在那兒，吻著它，嗅著它，完全沉醉。呼吸著她的氣味。醫師，如果可以的話，我願意用整個世界去換那隻手再回到我臉上。」

牆壁隆隆響，夜晚隨著風雨搖晃。

考利望著泰迪，眼神就像望著交通繁忙街口上的小孩。「執法官，我對自己的專業領域很在行。我承認，我是個自大狂。我的智商超高，而且我從小就很會觀察人。比任何人都強。下面我要說的話，沒有冒犯的意思，不過你有沒有想過，你有自殺傾向？」

「這個嘛，」泰迪說，「我很高興你沒有冒犯我的意思。」

「可是你有沒有想過？」

「有，」泰迪說。「這就是為什麼我再也不喝酒了，醫師。」

「因為你知道——」

「——如果繼續喝酒的話，那我早就朝嘴裡開槍了。」

考利點點頭。「至少你不會欺騙自己。」

「是啊，」泰迪說，「至少這點我還辦得到。」

「你離開這裡的時候，」考利說，「我可以給你幾個名字。都是非常好的醫師，他們可以幫你。」

泰迪搖搖頭。「聯邦執法官不能去找心理醫生的。萬一消息洩漏，我就會丟工作了。」

「好吧，好吧。有道理。不過，執法官？」

泰迪抬眼望著他。

「如果你繼續這樣下去，那麼你一定會自殺，只是時間早晚的問題而已。」

「你又不能未卜先知。」

「我可以。我專門研究悲痛創傷和倖存者的內疚。我受過同樣的苦，所以才會針對這方面研究。幾個小時前你望著瑞秋．索蘭度的眼睛，我觀察到那是一個很典型有強烈自殺傾向者的神態。你的上司，就是外勤調查站的主任？他告訴過我，你是他手下軍功最多的人。說你戰場上拿到的獎章可以戴滿胸膛，這是真的嗎？」

泰迪聳聳肩。

「說你戰時待過亞耳丁森林區，還參與了解放達豪集中營。」

又是聳聳肩。

「後來是你的太太遇害？執法官，你覺得一個人被擊垮之前，能承受多少暴力？」

泰迪說，「不知道，我自己也很好奇。」

考利往前湊，拍拍泰迪的膝蓋。「離開前來跟我拿名單，好嗎？執法官，我希望從今以後五年內，我可以安心知道你還活在世上。」

泰迪往下看著膝蓋上那隻手。然後抬頭看考利。

「我也希望。」他輕聲說。

# 13

他回到男子宿舍地下室去找恰克，那裡放了一大堆行軍床，好讓每個人在此度過暴風雨之夜。來到這個地下室之前，泰迪經過了一連串連接園區內各棟建築的地下走道。一個名叫班的雜役領著他，班的塊頭大得像座山，一身白肉隨著腳步而抖動，他們穿過了四道上鎖的鬧門，還有四個有人看守的檢查站，人在地下室這裡，根本不曉得上頭的世界正經歷風暴。長長的灰色走道裡燈光黯淡，泰迪不怎麼開心地發現，這些走道跟他夢中的好像。儘管眼前的走道短得多，也不像夢裡常猛然出現一大團黑暗，但那種鋼灰色調和冰冷，則是一樣的。

見到恰克他覺得不太好意思。他從來沒有當眾發偏頭痛發得那麼厲害，想到自己還吐在地板上，他就覺得滿心羞愧。他當時真是太虛弱無力了，簡直像個小嬰兒，還得要人從椅子上抱起來。

但當恰克從房間另一頭喊，「嘿，老大！」他很驚訝地發現，跟恰克再度會合讓他鬆了好大一口氣。他本來要求單獨來島上調查，但被上司駁回。當時他很火大，但現在，在這個地方度過兩天，經歷過陵墓中那段時光，體會過瑞秋的氣息進入他嘴裡，又做過那些該死的夢境之後，他必須承認，他很高興不必單獨面對這一切。

他們握了手，想起恰克在夢中跟他說過的話——「我再也不離開這個島了。」——泰迪覺得一隻麻雀的鬼魂飛過他胸膛正中央，鼓動著雙翼。

「老大，你還好吧？」恰克拍拍他的肩膀。

泰迪靦腆地朝他咧嘴笑了。「好多了。還有點暈，不過總而言之，還可以。」

「哇操，」恰克壓低了聲音往後退，避開兩個靠在撐柱上抽菸的雜役。「老大，你可把我給嚇死了。我還以為你是心臟病發或中風什麼的哩。」

「只是偏頭痛而已。」

「而已，」恰克說。他聲音壓得更低，兩人走向房間另一端的米黃色水泥牆，好避開其他人。「你知道嗎，一開始我還以為你是裝的，比方要藉此去偷看檔案什麼的。」

「我還真希望我有那麼聰明。」

直視著泰迪的雙眼，恰克自己的眼睛微微發亮，身子往前湊。「不過我因此就想到了。」

「不會吧。」

「會。」

「你做了什麼？」

「我告訴考利我要陪你，然後就坐在你身邊。過了一會兒，有人來找他，他就離開那個辦公室了。」

「結果你去找他的檔案？」

恰克點點頭。

「發現了什麼？」

恰克臉一垮。「呃，其實不多。我打不開檔案櫃，他上頭裝了些我沒見過的鎖。我可是挑開過不少鎖的。這些我還是打得開，不過會留下痕跡。你懂吧？」

泰迪點點頭。「你這麼做沒錯。」

「是啊，就是說嘛……」恰克朝一個經過的雜役點點頭，泰迪有種超現實的感覺，好像他們走進了一部卡格尼的老電影裡，一堆壞人在院子裡計畫要逃亡。「不過我翻了他的書桌。」

「你什麼？」

恰克說，「我瘋了，對吧？稍後再讓你打手心。」

「打手心？我要頒個動章給你哩。」

「不必了。老大，我沒有什麼發現。只找到了他的日誌本。不過呢，我查到這個——昨天、今天、明天、後天，這四天特別標示了，懂我意思吧？用粗黑線把這四天圈起來。」

「因為颶風，」泰迪說。「他聽說快來了。」

恰克搖搖頭。「他在那四格上頭寫了字，你懂我的意思嗎？就比方有人會在上頭寫著『去鱈角度假。』懂了沒？」

泰迪說，「懂了。」

崔·華盛頓緩緩走向他們，嘴裡啣著一根破爛的廉價細雪茄，頭髮和衣服都被雨淋得溼透了。「執法官，你們在這裡講悄悄話嗎？」

「沒錯。」恰克說。

「你剛剛在外面嗎？」泰迪說。

「喔，是啊。現在外頭好可怕，執法官。我們已經把整個園區用沙包圍起來，所有的窗子都用木板封住。狗屎，操他媽的外頭現在掉得滿地都是。」崔重新用吉波打火機點燃他的細雪茄，然後轉向泰迪。「執法官，你還好吧？據說你有個病發作了。」

「什麼樣的發作？」

「喔，現在你整夜都會待在這裡了，你會設法盤問各種說法了。」

泰迪微笑。「我是偏頭痛發了，很嚴重。」

「我有個阿姨，以前也常犯這毛病，很可怕。會把自己鎖在臥室裡，關掉燈，拉上窗簾，二十四小時都見不到人。」

「我很同情她。」

崔噴出雪茄煙。「這個嘛，她早就死了，不過晚上我祈禱時會幫你傳話到樓上去。反正她心腸壞，頭痛不頭痛都一樣。以前她老用山胡桃手杖打我和我弟弟，有時根本沒有理由。我會說，『阿姨，我做錯了什麼？』她就說，『我不知道，但你正在想著壞事。』這種女人你能拿她怎麼辦？」

他好像真的在等人回答，於是恰克說，「跑快一點。」

崔咬著雪茄低聲發出「嘿，嘿，嘿」的聲音。「說得太對了，一點也沒錯。」他嘆了口氣。「我要去弄乾身子了。回頭見。」

「回頭見。」

房間裡滿是從外頭暴風雨中進來的人，紛紛從黑色雨衣和黑色巡山員帽子上甩落水滴，咳嗽、抽菸，還有點明目張膽地傳遞著隨身型的小烈酒瓶。

泰迪和恰克靠著米黃色的牆，看著房間語調平板地交談著。

「所以日誌本上的那些字……」

「嗯。」

「不是寫著『去鱈角度假』。」

「沒錯。」

「那寫了什麼？」

「『第六十七個病人。』」

「就這樣？」

「就這樣。」

「不過這樣就夠了，嗯？」

「啊，沒錯。我也覺得這樣就夠了。」

他睡不著。他聽著人們打鼾、深呼吸，吸氣、吐氣，有些還發出微微的哨音；他還聽到有些人講夢話，有個人說，「你早該告訴我的，就這樣。只要先講一聲……」另一個人說，「爆米花卡在我喉嚨了。」有的人踢被子，有的人翻來覆去，還有人起身拍枕頭才又倒回床墊上。過了一會兒，各種噪音達到了某種舒適的節奏，令泰迪聯想起隔著牆隱約傳來的聖歌聲。

外頭的聲音也隱約不清，但泰迪可以聽到暴風雨滿地亂扒，重擊著地基。他真希望地下室這裡有窗子，好能看到暴風雨中的閃電，詭異的光一定正劃過天空。

他想到了考利跟他說過的話。

你一定會自殺，只是時間早晚的問題而已。

他有自殺傾向嗎？

應該是有吧。自從德蘿瑞絲死後，他沒有一天不想著要跟她走，有時候還想得更多。有時他覺得活下去好像是種懦弱的行為。這一切是為了什麼呢？去買雜貨、給車子加油、刮鬍子、穿襪子、排隊、挑領帶、燙襯衫、洗臉、梳頭、兌現支票、換新駕照、看報紙、上廁所、吃飯——獨自一人，總是獨自一人——看電影、買唱片、付帳單、再刮臉、再洗手、再睡覺、再醒來……

……如果這一切都不能讓他離她更近？那有什麼意思？

他知道自己該展開新生活。復元，把過去丟在腦後。零星的幾個朋友和零星的幾個親戚也這麼告訴他，他知道如果自己是局外人，他也會告訴這個泰迪要振作起來，拿出勇氣，繼續面對以後的人生。

但要重新開始之前，就得先想個辦法把德蘿瑞絲放在架子上，讓她收聚灰塵，期望夠多的灰塵累積起來，可以軟化他對她的記憶，模糊她的影像。直到有一天她不太像是個活過的人，而比較像是個夢。

**他們說，別再思念她了，你得拋開她，但拋開後要做什麼？過這種他媽的爛人生？不再想你之後，我會變成什麼樣？我到現在還辦不到，所以該怎麼不想你？如果不想你的話，我該怎麼辦？我只問這個問題。我想再度擁抱你、聞著你，還有，沒錯，我只希望你慢慢消失。拜託拜託，慢慢消失……**

他真希望沒吃那些藥丸，到了凌晨三點，他還毫無睡意。完全清醒，聽著她的聲音，略帶暗沉，那種微微的波士頓口音，碰到ar聽不出來，但er很明顯，於是德蘿瑞絲很喜歡在他耳邊輕聲說「永遠永遠」（foreva and eva，譯註：原應為forever and ever）愛他。他在黑暗中微笑，聽著她的聲音，看到她的牙齒、她的睫毛、她星期天早晨眼神中的慵懶情欲。

那一夜他在椰林夜總會遇到她。樂隊演奏著一首喧鬧刺耳的組曲，空氣因為煙霧而泛銀，每個人都打扮得極其鄭重——水手和軍人穿上他們全套的白色、藍色、灰色制服，平民男性穿著雙排釦西裝，打著大花領帶，口袋裡露出熨燙齊整的三角形手帕，翹起帽簷的費多拉呢帽立在桌上，還有女人，到處都是女人。她們連要到化妝室都是跳著舞走過去。從這桌跳到那桌，腳尖一旋，點香菸或打開粉盒，滑步到吧檯或頭往後一甩大笑，頭髮光亮如緞，移動時在燈光下閃閃發亮。

泰迪是和情報部另一名士官法蘭基．高登一起去那裡的，還有另外幾個傢伙，全都是下星期就要搭船到海外作戰的。他一看到她，就拋下交談到一半的法蘭基，走進舞池，隔著人群有片刻找不到她，當時人人都退到舞池邊，讓位給一名水手和一名穿白色連身禮服的金髮女郎，水手把女郎甩到背上，在頭上迅速一轉，然後順勢抓住她落地，人群爆出一陣掌聲，然後泰迪再度看到了她那件紫蘿蘭色晚裝。

那是一件漂亮的連身禮服，一開始吸引他注意的就是顏色。不過那天晚上當場有太多漂亮的禮服，多得數不清，所以讓他目光流連的不是衣服，而是她穿上的模樣。緊張，難為情，擔憂地觸摸著。調整這裡又調整那裡。雙手不斷把墊肩往下壓。

禮服是借來的，或是租來的。她從沒穿過這樣的衣服，把她嚇壞了。嚇得她不能確定那些男男女女看她，是出於欲望、羨慕，或同情。

她正坐立不安，大拇指剛調整過肩帶後，剛好看見了泰迪望著她。她低下眼睛，猛地從脖子一路紅上來，然後她再度朝泰迪看去，泰迪抓住她的目光露出微笑，心想，我穿著這一身也覺得很蠢。期望著他的思緒能傳到對面去。或許真的傳過去了，因為她回了他一個笑，不太像是賣弄風情，而比較像是感激的微笑，泰迪就在此時離開了法蘭基．高登，一去不回，當時法蘭基正說著愛荷華州的一間飼料店之類的，等到他穿過眾多大汗淋漓的舞者，才想到不曉得要跟她說什麼話。他該說什麼？這件衣服很漂亮？能不能請你喝杯酒？你眼睛好美？

她說，「迷路了？」

該他回答了。他發現自己朝下看著她。她是個小個子女人，穿了高跟鞋仍不超過五呎四吋。漂亮得出奇，不是那種精緻無瑕型，比方在場很多女人那樣，有完美的鼻子和頭髮和雙唇。她的臉有某種凌亂的感覺，雙眼或許相隔太遠；嘴唇太闊，放在她小小的臉上好像有點草率之感，下巴線條模糊。

「有一點。」

「嗯，那你在找什麼？」

他來不及阻止自己就脫口而出：「你。」

她睜大眼睛，他看到她左眼瞳仁閃出一道青銅斑，覺得自己搞砸了，覺得一陣恐懼襲遍全身，他表現得像個大情聖，太油滑，太過頭了。

**你。**

要命他是怎麼會想到這個回答的？媽的他以為他是誰——？

「那，」她說……

他想逃走。他受不了再多看她一眼了。

「……至少你不必走很遠的路。」

他不由自主咧嘴傻笑起來，覺得她把自己看透了。一個傻瓜，一個蠢蛋，高興得喘不過氣來。

「的確，小姐，是不必走太遠。」

「老天，」她說，身子往後一靠望著他，手上裝著馬丁尼雞尾酒的玻璃杯緊靠著胸部上方。

「怎麼了？」

「你和我一樣，跟這裡格格不入，對不對，阿兵哥？」

她跟朋友琳達．考克斯坐在那輛計程車後座，琳達正湊上前告訴司機地址，此時泰迪靠在車窗邊說：「德蘿瑞絲。」

「愛德華。」

他笑了。

「怎麼？」

他舉起一隻手。「沒什麼。」

「不行，怎麼回事？」

「除了我媽，沒人喊我愛德華。」

「那我就喊你泰迪吧。」

他喜歡聽她說出他的名字。

「好。」

「泰迪，」她又試喊一次，試探著。

「嘿，你姓什麼？」他說。

「夏奈兒。」（譯註：Chanel，發音類似法國名設計師品牌 Chanel）

泰迪聽了挑起一邊眉毛。

她說，「我知道。跟我整個人完全不配。聽起來好誇張。」

「我可以打電話給你嗎？」

「你很會記號碼嗎？」

泰迪笑了。「其實呢……」

「冬日丘六四三四六，」她說。

他站在人行道上，看著計程車開走，記憶中她那張臉離他只有一吋——在計程車窗內的，在舞池裡的——幾乎漲滿他的腦袋，簡直要把她的名字和電話號碼給擠出去。

他心想：愛上一個人原來就是這個感覺。其中毫無道理可言——他根本不太認識她，但照樣愛上她。不知怎地，他剛剛遇見的女人是他早就認得的，早在他出生前就認得。那是他從來不敢夢想的。

德蘿瑞絲。正當他思念著她的此刻，她也坐在黑暗的後座想著他，念著他。

德蘿瑞絲。

所有他所需要的一切，現在都有了個名字。

泰迪在行軍床上翻了個身，伸手到地板上摸索，找到了他的筆記本和一盒火柴。他用大拇指劃亮了第一根火柴，舉起來照著他在暴風雨中記下的那一頁。他用了四根火柴，才把每個數字都找出了對應的字母：

十八—一—四—九—五—四—十九—一—十二—四—二十三—十四

R—A—D—I—E—D—S—A—L—D—W—N—E

一旦找出了各個對應字母，要破解這個密碼就很快了。又用掉了兩根火柴後，泰迪在逐步吞食火柴棒、燒向他手指的小火焰下望著那個名字：

安得魯·雷迪斯（Andrew Laeddis）。

火柴棒變得更燙時，他望向隔著兩張床而眠的恰克，期望他的事業不會受到影響。應該不會的，泰迪會擔起一切責任。恰克應該不會有事。他身上有那種靈氣——無論發生什麼事，恰克仍能全身而退。

他回頭望著那張紙頁，在火柴燒盡前再看最後一眼。

安得魯，我今天會找到你。就算我這條命不是欠德蘿瑞絲的，至少我也得做到這一點。

我要找到你。

我要殺了你。

# 第三天

## 第六十七個病人

# 14

圍牆外的兩個家——典獄長的和考利的——都遭到了迎面痛擊。考利家有一半的屋頂不見了，瓷磚彷彿在學習謙卑似的，散落得醫院園區滿地都是。一棵樹穿過了典獄長家的客廳窗子，也穿過了釘在窗上保護用的三夾板，矗立在房子的正中央。

整個園區布滿了殘骸和樹枝，還有深達一吋半的積水。考利家的瓷磚、幾隻死老鼠、一大堆泡在水裡的蘋果，全都夾雜著厚厚的沙子。醫院的地基看起來像是有人拿著手提式鑿地鑽給挖過，A監有四扇窗子不見了，還有一些遮雨板朝內捲，看起來像屋頂的捲髮瀏海似的。兩棟員工住的木屋被完全吹散了，還有其他幾棟垮掉了。護士和雜役的宿舍有幾面窗子破了，還有些水淹的損失。B監倖免於難，看不出有什麼損傷。整個島上上下下，泰迪觸目所見，都是連根拔起的大樹，吹斷的木頭有如尖矛指向天空。

此時空氣又是一片沉滯，又黏又悶，雨轉成了慵懶而持續不斷的毛毛細雨。海岸邊布滿了死魚。他們剛出門時，在有頂通道上看見了一隻鰈魚躺在那裡拍打著噴氣，一隻腫脹的哀傷眼睛朝海洋望去。

泰迪和恰克看到麥佛森和一名雜役把翻倒側躺的吉普車推正，他們轉動啟動器，試到第五次終於發動了。然後車子轟然後退出了大門，過了一會兒泰迪又看到了他們，正加速駛上醫院後頭的斜坡，朝C監而去。

考利走入園區，停下來拾起一片他家的屋頂，凝視了一下又扔回積水的地面上。他的目光掠過泰迪和恰克兩次，這才認出了身穿雜役白制服、黑雨衣、頭戴黑色巡山員帽的他們。他朝他們挖苦地笑了笑，似乎正打算走向他們，此時一個脖子繞著聽診器的醫師小跑著出了醫院，朝他跑過來。

「二號也不行了。我們沒辦法讓它發動。我們只有這兩個，全都動也不動了，約翰。」

「哈利呢？」

「哈利正在弄，可是他也沒辦法。如果備用的根本沒法用，那要個備用的做什麼呢？」

「好吧。我們過去看看。」

他們大步走進醫院，然後泰迪說，「他們的備用發電機故障了？」

恰克說，「顯然颶風中很可能發生這種事。」

「你有看到任何燈光嗎？」

恰克看看四周的窗戶。「沒有。」

「你想整個電力系統都故障了嗎？」

恰克說，「很有可能。」

「這表示圍籬沒電了。」

恰克撿起一個漂到他腳邊的蘋果。他手臂往後一拉，腳往前跨，把蘋果直直投向牆壁。「一好球！」他轉向泰迪。「是啊，這表示圍籬沒電了。」

「大概還包括所有的電力保全裝置。閘門、小門之類的。」

恰克說，「啊，上帝垂憐，幫幫我們吧。」他又拿起另一個蘋果，扔到頭頂上方，然後在背後接住。「你想進入那個堡壘，對吧？」

典獄長出現了，跟三名警衛坐在一輛吉普車上，車輪翻攪得水花四濺。典獄長發現恰克和泰迪呆站在院子裡，似乎頗生氣。他把他們當成雜役了，泰迪心想，就像考利剛剛一樣，看他們手裡沒有草耙或抽水唧筒，讓他很不高興。不過車子開過去，他扭頭往前看，去照顧更重要的事情了。泰迪這才想到他還沒聽過典獄長的聲音，不曉得音質會像他的頭髮那麼黑，或是像他的皮膚那麼蒼白。

「那我們大概該走了，」恰克說。「這個狀況不會永遠持續下去。」

泰迪開始朝大門走去。

恰克追上他。「我想吹口哨，可是嘴巴太乾了。」

「嚇到了？」泰迪輕聲說。

「我相信正確的字眼應該是嚇死了，老大。」他振臂一揮，把那個蘋果扔到另一段圍牆上。

他們走近大門，站在門口的警衛有張小男孩的臉和冷酷的雙眼。他說，「所有雜役都要去行政辦公室向威利斯先生報到。你們兩位該去參加大掃除了。」

恰克和泰迪看看對方的白襯衫和白長褲。

恰克說，「早餐是班尼迪克蛋。」

泰迪點點頭。「謝了。我還一直在納悶哩，那午餐呢？」

「薄麵包片魯本三明治。」

泰迪轉向那個警衛，亮出警徽。「我們的衣服送洗了。」

警衛看了一眼泰迪的警徽，然後望向恰克，等著。

恰克嘆了口氣，掏出皮夾，在警衛的鼻子底下翻開來。

那個警衛說，「你們去牆外要做什麼？失蹤的病人已經找到了。」

泰迪判定，任何解釋都會讓他們看起來軟弱，而且加重了這個小渾蛋手上的權力。大戰期間，泰迪連上有一打這類小渾蛋。其中大部分都沒活著回家，而且泰迪常常懷疑可會有任何人在意。你根本無法跟這類渾球講道理，教什麼都教不會。但只要你明白他唯一尊敬的就是權力，那麼你就可以嚇退他們。

「我們要去巡視，」泰迪說。

「你們沒有獲得授權。」

「我們當然有。」泰迪走近那個男孩，近得他得抬眼看著他。他可以聞到他的氣息。「我們是聯邦執法官，現在人在一個聯邦機構裡。這份授權可是天經地義的。我們不必聽你指揮，不必跟你解釋。小鬼，我們可以朝你的小雞雞開槍，全國沒有一個法庭會起訴我們。」

泰迪又朝前湊近半吋。「所以打開那扇操他媽的大門。」

那個小鬼在泰迪的凝視下力圖振作。他嚥了嚥口水，想讓自己的目光更強硬。

泰迪說，「我重複一遍：打開那扇——」

「好吧。」

「我沒聽見，」泰迪說。

「是，長官。」

泰迪兇狠的目光又盯著那個小鬼的臉好一會兒，咻咻從鼻孔吐出氣。

「好極了，小子。加油。」

「加油，」那個男孩附和地說，喉結鼓動著。

他把鑰匙插進鎖裡轉動，往後拉開大門，泰迪跨出去，完全沒有回頭。

他們右轉，沿著圍牆外緣走了一小段路，然後恰克說，「你這招滿厲害的。」

泰迪朝他望去。「我自己也很喜歡這招。」

「你在海外作戰時，就是專門踹人屁股的，對吧？」

「我是營裡的士官，底下有一堆小鬼。其中一半還沒上床開葷過就死了。你要得到尊敬，可不能當個好好先生，非得要把他們嚇死不可。」

「是，長官。一點也沒錯。」恰克舉手朝他敬個禮。「就算停電了，你還記得我們要混進去的是個軍事城堡，沒忘記吧？」

「一點也不敢忘。」

「有什麼想法嗎？」

「沒有。」

「你想他們會有條護城河嗎？那可就麻煩了。」

「或許城垛上還有幾個裝著熱油的大桶。」

「弓箭手，」恰克說。「如果他們有弓箭手，泰迪……」

「偏偏我們又沒穿著鎖子甲。」

他們跨過一棵倒地的樹，地上滿是溼答答的樹葉，又溼又滑。隔著前方一片破爛的草木，他們可以看見那座堡壘，外頭高大的灰牆，還有一整個早上來回輾出來的吉普車轍。

「那個警衛倒是講到重點了，」恰克說。

「怎麼說？」

「現在瑞秋找到了，我們在這裡的職權——原來的職權——已經不存在了。老大，要是我們被逮到，那我們可就掰不出合理的解釋了。」

泰迪感覺到雙眼後頭一片混亂破碎的綠。他覺得筋疲力盡，有點頭昏眼花。他昨晚只睡了四個小時——由藥物造成的、充滿夢魘的睡眠。毛毛雨輕扣他帽頂，雨水積聚在帽簷。他的腦袋嗡嗡響，幾乎聽不見，但持續不斷。如果今天渡輪來了——他不太相信會——他還真有點想跳上船走人算了，離開這個操他媽的岩石小島。但跑這一趟沒有任何具體收穫，不管是給賀里參議員看的證據或是雷迪斯的死亡證明，那他就是失敗而返。他還是會瀕臨自殺邊緣，而且知道自己無能做任何改變，良心又增加了負擔。

他翻開自己的筆記本。「昨天瑞秋留給我們的那些石堆，這是破解出來的密碼。」他把筆記本遞給恰克。

恰克把筆記本靠著胸膛，一手護著本子外圍。「所以，他在這裡了。」

「沒錯。」

「你認為他就是第六十七個病人嗎？」

「我猜是這樣。」

泰迪停在一個泥濘滑坡中間的露頭岩石旁。「恰克，你可以回去。你不必蹚這趟渾水。」

恰克抬頭望著他，筆記本在手裡拍了拍。「泰迪，我們是執法官。執法官通常是怎麼著？」

泰迪露出微笑。「我們會衝進門。」

「一馬當先，」恰克說。「我們會帶頭衝進門。如果時間緊迫，我們不會等那些城裡吃甜甜圈的警察替我們掩護。我們會衝進那扇操他媽的門。」

「沒錯。」

「那就好啦，」恰克說著，把筆記本遞還給他，他們繼續朝堡壘走去。

近處望去，除了一排樹和一小片田野之外，眼前一覽無遺，恰克說出了泰迪心中的想法：

「我們慘了。」

原來環繞堡壘那道頂端有倒鉤鐵刺網的圍牆已經被吹得支離破碎。一部分平躺在地上，其他的則被吹到遠端樹木處，還有一些四散亂垂，已經毫無作用。

不過荷槍警衛漫遊在圍牆內四處。其中幾個坐在吉普車上不斷繞圈子巡視。一小隊雜役在牆內四處撿垃圾，另外一組雜役則在搬動一棵倒在圍牆上的大樹。沒有護城河，但是只有一道門，一扇小小的、凹凸不平的紅色鐵門位於堡壘正中央。城垛上有衛兵站崗，步槍舉在肩上或端在胸前。石牆上幾扇小小的方窗裝了鐵條。門外沒有病人，不管有沒有戴著手銬腳鐐。只有人數相當的警衛和雜役。

泰迪看到屋頂上有兩名警衛走向側邊，又看到幾名雜役步向城垛邊緣，往下大喊要地面上的人閃開。他們把半棵樹搬到屋頂邊緣，然後又推又拉，直到搖搖欲墜。然後他們消失了，都跑到斷樹後頭用力推，接著那半棵樹猛往前急墜兩呎後翻轉，那些人大叫著看著它掉下去砸到地上。

「這裡應該有某種管道，對吧？」恰克說。「排放廢水或廢物到海裡的？我們可以從那裡進去。」

泰迪搖搖頭。「何必那麼麻煩？我們正大光明走進去就是了。」

「啊，就像瑞秋走出B監那樣嗎？我懂了。弄點她那些隱形藥粉，真是好主意。」

恰克皺起眉頭望著他，泰迪碰碰雨衣的領子。「恰克，我們穿得不像執法官。懂我意思了嗎？」

恰克轉回去望著在圍籬內工作的雜役，其中一個走出那扇鐵門，手上端著一杯咖啡，蒸氣在毛毛細雨中迴旋出小小的蛇形煙霧。

「阿門，」他說。「兄弟，阿門。」

他們抽著菸，彼此胡亂說著話，走向通往大門那條路。走到一半，他們碰到了一名警衛，他的步槍懶懶垂在手臂下，指著地面。

泰迪說，「他們派我們過來。說是屋頂上有棵樹什麼的？」

那個警衛回頭望一眼。「不必了，他們處理完了。」

「啊，太好了，」恰克說，他們轉身一副要走的樣子。

「喂，老兄，」那個警衛說。「還有一大堆活兒等著做呢。」

他們又轉身回來。

泰迪說，「你們牆外就已經有三十個人在打理了。」

「是啊，不過呢，牆裡頭是一片混亂。暴風雨不會把這種堡壘摺倒，不過還是會影響到裡頭，你懂吧？」

「啊，當然懂，」泰迪說。

「哪裡有雜事要做?」恰克對著門邊靠牆的那個警衛說。

他彎起大拇指打開門,他們跨進門來到接待大廳。

「我不是不知感恩,」恰克說,「不過這也太容易了點。」

泰迪說,「別想太多。有時候你就是交上好運。」

門在他們身後關上。

「好運,」恰克說,聲音中有小小的共鳴。「這叫好運嗎?」

「這叫好運沒錯。」

第一個讓泰迪感到震撼的,是氣味。一種工業用濃度的消毒劑充分釋放,好掩蓋掉種種強烈的臭味,如嘔吐物、排泄物、汗臭,還有其中最嚴重的,就是尿臭味。

然後噪音自建築後方翻騰而起,從上層地板轟然傳來:隆隆的腳步聲,在厚牆間的潮溼空氣中迴盪來去的叫嚷,高音調的痛苦尖叫猛地壓過一切又止息,好幾個不同的聲音同時都在大聲抱怨。

有個人大喊,「不准!你他媽的不准!你聽到了沒?不准。滾開……」然後聲音漸漸變小。

在他們上方,一道石頭階梯的彎曲處附近,一名男子唱著〈一百瓶啤酒在牆上〉。他剛唱完第七十七瓶啤酒,正開始唱第七十六瓶。

一張小桌上有兩個保溫罐裝的咖啡,旁邊還有幾疊紙杯和幾瓶牛奶。一名警衛坐在樓梯底下的另一張小牌桌旁,望著他們,露出微笑。

「第一次，嗯？」

泰迪望著他，同時新的聲音不斷蓋過舊的，整個地方像在進行某種音波狂歡節，從每個方向猛扯著人的耳朵。

「是啊，以前聽說過，但是……」

「只要習慣這個，」那個警衛說。「以後什麼都難不倒你了。」

「可不是嗎？」

他說，「如果你們不上屋頂工作的話，可以把外套和帽子掛在我後頭這個房間。」

「他們叫我們上屋頂，」泰迪說。

「那你們趕快去吧，」那個警衛指著。「順著樓梯往上就行了。現在大部分神經病都鎖在他們床上了，不過還有幾個跑來跑去。只要看到了哪個瘋子，馬上就大喊，知道嗎？無論如何，不要想自己制服他。這裡可不是A監。知道吧？這些操他娘的會殺了你。聽清楚沒？」

「清楚了。」

他們開始要爬樓梯，那個警衛說，「等一下。」

他們停下腳步，回頭望著他。

他露出微笑，一根手指朝他們指。

他們等著。

「我知道你們兩個是誰。」他的聲音有種單調的歡快語氣。

泰迪沒吭聲，恰克也沒吭聲。

「我**知道**你們兩個是誰，」那個警衛重複道。

泰迪硬擠出一聲。「是嗎？」

「沒錯。你們就是要在這種該死的雨天裡，乖乖待在屋頂打掃的苦情兩兄弟。」他大笑著伸出手指，另一隻手朝小桌上拍。

「答對啦，」恰克說。「哈哈。」

「哈哈哈，」那個警衛說。

泰迪回頭指著他說，「老兄，你猜得真準，」然後回頭爬樓梯。「你猜得太準了。」

那個白癡笑聲一路尾隨他們爬上階梯。

在第一個樓梯中途的平台處，他們暫停一下。眼前面對著一個大廳，黃銅片構成的拱形天花板，黑暗的地面擦得如鏡般發亮。泰迪知道他可以從這個樓梯平台處投出棒球或學恰克擲出蘋果，但絕對到不了這個大廳的另一端。整個廳是空的，面對他們的閘門微開，泰迪踏進門時，感覺到好像有隻老鼠沿著他的肋骨爬，因為他聯想到夢中的那個大廳，就是雷迪斯提議要讓他喝一瓶、瑞秋屠殺她小孩的那個。其實兩個房間很不一樣——他夢裡大廳有高高的窗子、厚厚的窗簾、一道道光線，還有鑲木地板和沉重的樹枝型吊燈——不過也夠像了。

恰克拍了他肩膀，泰迪感覺到脖子兩側冒出了成串汗珠。

「我再說一次，」恰克低聲道，臉上含著虛弱的微笑，「這未免太容易了。這道閘門的警衛哪兒去了？為什麼門沒鎖呢？」

泰迪看得見瑞秋，頭髮散亂尖叫著，手拿屠刀在大廳裡奔跑。

「我不知道。」

恰克湊過來，在他耳邊發著氣音說。「老大，這是個陷阱。」

泰迪開始穿越大廳，他頭很痛，因為睡眠不足，因為淋了雨，因為上方隔著地板悶響的叫喊和奔跑的腳步聲。那兩個小男孩跟一個小女孩手牽手，回頭望著，全身發抖。

泰迪聽得到那個唱歌的病患正在唱著：「……拿下一瓶來，傳下去，五十四瓶啤酒在牆上。」

他們在他眼前閃過，那兩個小男孩和一個小女孩，在水淋淋的空氣中泅泳，然後泰迪看到昨天晚上考利放在他手上那些黃色藥丸，覺得胃部一陣噁心。

「五十四瓶啤酒在牆上，五十四瓶啤酒……」

「我們得趕緊回頭出去，泰迪。我們得離開。情況不妙，你感覺得到，我也感覺得到。」

大廳另一頭，有個人跳到門口。

他赤著腳，光著上身，只穿了一件寬鬆的白色睡褲。他頭剃得精光，除此之外，臉上其他五官在昏暗光線中看不清。

他說，「嗨！」

泰迪走得更快了。

那個人說，「抓到！該你當鬼了！」然後從門邊轉身逃開。

恰克追上泰迪。「老大，看在基督份上！」

他在那裡。雷迪斯。在某個地方。泰迪可以感覺到他。

他們來到大廳的盡頭，碰到一道寬大的岩石樓梯，一端陡峭地往下旋入黑暗中，另一端則往上升入那一片叫喊嘈雜的所在，現在聲音愈來愈大，泰迪聽得見金屬和鍊子的劈啪聲。還聽到某個人大喊，「比林斯！鬧夠了，要命！冷靜下來！你沒處逃的。聽到沒？」

泰迪聽到有人在他身旁呼吸，於是頭往左轉，那顆剃得精光的頭離他只有一吋。

「該你當鬼嘍，」那傢伙說著，食指敲敲泰迪的手臂。

泰迪望著那個傢伙隱約浮現的臉。

「我當鬼了，」泰迪說。

「當然囉，我這麼近，」那名男子說，「你手一甩，我就又要當鬼了，然後我也可以手又一甩，又是你當鬼，我們可以這樣繼續下去玩好幾個小時，甚至一整天，我們可以站在這裡輪流碰來碰去，碰到的就當鬼，不斷換來換去，甚至不必停下來吃午餐，不必停下來吃晚餐，我們可以一直繼續玩下去。」

「那這樣有什麼好玩的？」泰迪說。

「你知道那裡有什麼嗎？」那名男子頭朝著樓梯的方向示意。「在海裡？」

「魚，」泰迪說。

「魚。」那傢伙點點頭。「很好，有魚，沒錯。很多魚。但沒錯，有魚，非常好，魚，沒錯。但還有呢，還有？潛水艇，是的，沒錯。蘇聯潛水艇。離我們的海岸兩三百哩。我們聽到了，對不？有人告訴我們了，當然。我們已經對這個習以為常，但我們其實忘記了。我的意思是，『好吧，有潛水艇，謝謝你告訴我。』他們變成了我們日常生活的一部分。我們知道他們在那裡，可是卻不再思考。對吧？可是他們在那裡，而且上頭裝了飛彈。飛彈指著紐約和華盛頓，還有波士頓。他們就在那兒，坐在那裡。這會讓你煩心嗎？」

泰迪聽得到恰克就站在他旁邊，緩緩呼吸著，等待著開口的時機。

泰迪說，「就像你說的，我選擇不要去想太多。」

「嗯。」那名男子點點頭，摩挲著下巴的鬍碴。「我們在這裡會聽說一些事情，你不這麼認為，對吧？但我們的確會聽說。有新的人進來，他會告訴我們事情。警衛也會說。你們雜役也會說。我們知道，我們都知道。有關外面的事情，有關氫彈測試，在那些環礁。你們知道氫彈怎麼運作嗎？」

「用氫？」

「非常好，非常聰明。沒錯，沒錯。」那名男子點了好幾次頭。「用氫，沒錯。但同時，同時，不像其他炸彈，炸彈是炸開的，對吧？的確沒錯。但氫彈，是內爆。它會落在自己身上，引起一連串分裂，崩潰再崩潰。但最後全部崩潰了呢？它就會形成質量和密度。你看，它猛然自我摧毀，就創造出一個全新的怪物。你明白了嗎？明白嗎？分裂得愈大，它的自我摧毀就愈大，威力也就愈大。然後，對吧，對吧？他媽的**轟隆**！就這樣……碰，砰，呼嘘。它自己沒有了，分裂了。從它的**內**爆創造出一個**外**爆，比歷史上任何炸彈的破壞性都要大一百倍、一千倍、一百萬倍。這是我們的遺產，你們千萬別忘了。」他敲敲泰迪的手臂幾次，敲得很輕，好像用手指在敲出鼓聲。「你當鬼了！當到十年級！嘻！」

他跳下黑暗的階梯，他們聽著他一路喊著「轟隆」往下。

「……四十九瓶啤酒！拿下一瓶來……」

泰迪望向恰克。他一臉汗溼，輕輕從嘴巴吐出一口氣。

「你說的沒錯，」泰迪說：「我們趕快離開這裡吧。」

「你總算想通了。」

從樓梯最頂端忽然傳來：

「他媽的誰來幫我一下！耶穌啊！」

泰迪和恰克抬頭，看到兩個人纏作一團滾下樓梯。一個穿著警衛的藍制服，另一個是病患的白衣，他們在樓梯轉彎的階梯最寬處停下來。那名病患空出一手猛摳警衛的臉，就在他的左眼下方，扯破了一片皮，那名警衛尖叫著，頭猛往後扭。

泰迪和恰克奔上階梯，那名病患的手又再度往下打，但恰克抓住了他的手腕。

那警衛擦擦眼睛，下巴也沾上了血。泰迪可以聽到四個人氣喘吁吁，聽到遠處的啤酒瓶歌，那名病患現在快要唱完第四十二了，正要接下去唱第四十一，然後他看到自己下方那個病患爬起來張大嘴巴，於是他說，「恰克，小心。」在病患咬住恰克的手腕前，泰迪舉起手掌根往他前額打下去。

「你得放開他，」他對那警衛說。「快點，放手。」

警衛放開那名病患的雙腿，往上爬兩級樓梯。泰迪撲向那個病患的身體，全力往下壓，緊緊箝住讓對方不能動彈，然後他回頭看恰克，那根警棍從他們之間揮下，劃破空氣，發出嘶聲和哨音，打破了那個病患的鼻子。

泰迪感覺到他底下的那個軀體癱軟，然後恰克說，「耶穌基督啊！」

那名警衛再度揮動警棍，泰迪翻過身背對著那名病人，手肘擋住警衛的手臂。

他瞪著警衛血淋淋的臉。「嘿！嘿！他昏過去了。嘿！」

但那名警衛可以嚐得到自己的血。他舉起警棍。

恰克說，「看著我！看著我！」

警衛的雙眼轉向恰克的臉。

「把那玩意兒放下。聽到沒？放下。這個病人已經被制服了。」恰克鬆開那個病人的手腕，他的手臂落在胸膛上。恰克朝後靠牆而坐，緊緊盯著那個警衛。「你聽到沒？」他輕聲說。

那個警衛低下眼，警棍垂下。他用襯衫碰了碰顴骨上的傷口，然後看著衣服上的血。

「他把我的臉撕爛了。」

泰迪往前湊，看看那個傷口。近看嚴重多了，這傢伙不會因此死掉或什麼的，但會留下醜陋的疤痕。沒有一個醫生能完整無痕地縫回去。

他說，「你沒事的，縫幾針而已。」

他們聽得到上方傳來幾個身體和一些家具撞在一起的聲音。

「有人在搞暴動嗎？」恰克說。

那名警衛用嘴呼嚕喘著氣，直到臉上回復血色。「差不多了。」

「囚犯占領了精神病院？」恰克輕輕說。

那名年輕警衛警覺地看著泰迪，然後又看看恰克。「還沒呢。」

恰克從口袋裡掏出手帕，遞給那個年輕警衛。

年輕人點頭表示感謝，把手帕按在臉上。

恰克再度抬起那個病患的手腕，泰迪看著他探脈搏。他放下手腕，掀起那人的一邊眼皮，然後看著泰迪。「他還活著。」

「我們把他抬上去吧，」泰迪說。

他們各自舉起那個病患的一邊手臂搭在肩上，跟著那名警衛爬上樓梯。那個病患不太重，不過樓梯很長，他的腳面又老是鉤到梯級豎板。終於爬到頂時，那個警衛轉身，看起來更蒼老，或許也更聰明了一點點。

「你們是執法官。」他說。

「什麼？」

他點點頭。「沒錯，你們來島上的時候我看過你們。」他對恰克微微一笑。「你臉上的那道疤，你知道吧？」

恰克嘆了口氣。

「你們來這裡做什麼？」那個年輕警衛說。

「來救你那張臉啊。」泰迪說。

年輕警衛把手帕從傷口上拿開，看了看，又按回傷口去。

「你們抬的這個人？」他說。「保羅・溫格斯。西維吉尼亞人，趁他哥哥去打韓戰時，殺了他嫂嫂和兩個姪女。把她們關在地下室，讓她們爛掉，你知道，就為了自己高興。」

泰迪忍著沒抽走身子，把肩上的溫格斯摔下樓去。

「老實說，」那個年輕警衛說著，清了清嗓子。「老實說，他剛剛制住我了。」他望著他們的雙眼，他自己的眼睛泛紅。

「你叫什麼名字？」

「我姓貝克。弗瑞得・貝克。」

泰迪跟他握握手。「來，弗瑞得。嘿，我們很高興能幫上忙。」

小夥子低頭看看鞋子，上頭濺了血跡。「再問一次：你們來這裡做什麼？」

「到處看看，」泰迪說。「花個幾分鐘，我們就走人了。」

那小夥子又考慮了一下，泰迪可以感覺到他在此之前的兩年生命——失去德蘿瑞絲，追查雷迪斯的下落，發現了這個地方，巧遇喬治・諾以思和他有關迷幻藥和他切除腦葉實驗的故事，和賀里參議員接觸，就像等待穿越英吉利海峽登陸諾曼地般等待正確的時機穿越港區——所有兩年來的一切，都繫於眼前這個小夥子的一念之間。

「你們知道，」那個小夥子說，「我在幾個很險惡的地方工作過。看守所、大型監獄，還有另一間醫院也是收容心神喪失的刑事犯……」他望著門，睜大了眼睛好像在打哈欠，只不過他的嘴巴沒張開。「沒錯，我在一些地方工作過。但這個地方？」他直直盯著他們各自好一會兒。「他們這裡有自己的一套規矩。」

他凝視著泰迪，泰迪想從小夥子的雙眼中看出答案，但他的凝視深不可測，平靜，古老。

「幾分鐘？」小夥子兀自點點頭。「好吧。現在這麼一團亂，也不會有人發現的。你們看幾分鐘，然後就出去，行嗎？」

「沒問題，」恰克說。

「還有，嘿。」他們伸手要開門時，那個小子朝他們微微一笑。「這幾分鐘裡面可別丟了命，行嗎？拜託你們了。」

# 15

他們走進門，來到一個十呎寬、十四呎高的監區，拱道之下的花崗岩牆壁和花崗岩地板往前延伸，與整個堡壘等長度。前後兩端的高窗提供了唯一的光源，天花板滴著水，地板上到處都是一灘灘積水。牢房在他們的左右兩邊，隱埋在黑暗中。

貝克說，「我們的主發電機今天清晨四點左右故障了。牢房的鎖是電子控制的，這是我們最近的創新之一。他媽的這點子真夠了不起吧？於是所有牢房在四點打開，還好我們還是可以手動操作那些鎖，所以我們把大部分病患送回牢房去鎖起來，但不曉得哪個渾蛋有把鑰匙。他不斷偷偷溜進來，至少打開一間牢房，然後又偷偷溜走。」

泰迪說，「會不會是個光頭佬？」

貝克朝他望去。「光頭佬？是啊，我們逮不到的人裡頭就包括他在內。猜想有可能就是他。他姓李奇菲德。」

「他在我們剛剛上來那段樓梯玩觸人遊戲。下半段那邊。」

貝克帶他們到右邊第三間牢房，打開來。「把他扔進去吧。」

他們花了好幾秒鐘在黑暗中摸索床的位置，然後貝克按亮手電筒朝牢房裡照，他們把溫格斯平放在床上，他呻吟著，鼻孔裡冒出血來。

「我得找些幫手來，去抓李奇菲德，」貝克說。「地下室裡頭關的那些傢伙，如果沒有六個警衛在場，我們連飯都不敢讓他們吃。如果他們跑出來，這裡就會變成操他媽的圍城血腥屠殺了。」

「你先去找個醫護助理吧，」恰克說。

貝克在手帕上找到一塊沒沾血的部分，按回臉上的傷口。「沒時間了。」

「是要照顧**他**的。」恰克說。

貝克隔著牢房的鐵條望著他們。「喔對，好吧。我會找個醫師來。那你們兩位呢？會在講好的時間離開，對吧？」

「沒錯。找個醫師來看看那傢伙。」恰克說著和泰迪走出牢房。

貝克鎖上牢房的門。「我馬上去辦。」

他朝監區另一頭跑去，中途讓路給三個警衛，然後繼續跑。那三個警衛正把一個滿臉大鬍子的巨漢往他的牢房拖。

「你看怎麼樣？」泰迪說。他看到遠端拱門外的窗上有個人，攀在鐵窗上，幾個警衛正拖進來一條管子。他的雙眼才剛能適應過來，可以看清主走道上那片銀灰色的光，但旁邊的牢房太暗了。

「這裡一定有個地方收著一批檔案，」恰克說。「說不定只是提供基本醫療和參考而已。這樣吧，你去找雷迪斯，我去找檔案？」

「你想那些檔案會在哪裡？」

恰克回頭望著門。「從聲音判斷，愈高的地方就愈不危險。我想他們的行政辦公室一定是在上頭。」

「好吧，那我們什麼時間、在哪裡會合？」

「十五分鐘怎麼樣？」

那名警衛已經弄好了管子，噴出水柱，把那個爬在鐵窗上的傢伙轟下來，逼著他退到地板上。

幾個人在牢房裡拍手，還有幾個人呻吟著，又深沉又喪氣，就像戰場上傳來的一樣。

「十五分鐘應該可以。回大廳碰面？」

「沒問題。」

他們握握手，恰克一臉是汗，上唇水亮。

「泰迪，你得當心，皮繃緊一點。」

一名病患在他們背後把門一摔，跑過他們身邊進入監區。他赤著一雙髒兮兮的腳，跑動的樣子像個職業拳擊手——腳一前一後流暢跳動著，雙手握著擺出練拳的姿勢。

「我會小心的。」泰迪給了恰克一個微笑。

「那就這樣吧。」

「就這樣了。」

恰克走到門邊，暫停下來回頭望，泰迪點點頭。恰克打開門，兩個雜役剛好從樓梯上來。恰克走過轉角，消失不見，一個雜役對著泰迪說，「你看到那個『偉大的白人希望』進來嗎？」

泰迪回頭望著拱道，看到了那個病患踮著腳流暢地舞動，雙手配合著對空揮拳。

泰迪指了指，那三個人隨即追上去。

「他是拳擊手嗎？」泰迪說。

他左邊那個高個子、年齡較大的黑人雜役說，「啊，你是從海灘那邊來的，嗯？那邊是度假監樓。沒錯，這位是威利，他認為他正在做訓練，即將要在紐約市的麥迪遜廣場花園和重量級拳王喬・路易進行一場拳賽。老實說，他打得還真不賴。」

他們靠近那個傢伙了，泰迪望著他的雙拳虎虎生風。

「光憑我們三個，制不住他的。」

那個年紀比較大的雜役低聲笑了。「只要一個就行。我是他的經紀人。你不曉得嗎？」

他大聲喊，「喂，威利。大少爺，該給你按摩了。離拳賽只有一個小時了。」

「我不要按摩。」威利朝空揮來一輪迅捷的刺拳。

「我可不能讓我的衣食父母在我眼前抽筋啊，」那個年長的雜役說。「你聽到沒？」

「我只有那次跟澤西・喬比賽時抽筋而已。」

「那結果呢？」

威利的雙臂猛然落下，垂在身側。「你說得沒錯。」

「去練習室，就在那兒。」那名雜役手臂誇張地往左一揮。

「不要碰我就是了。我比賽前不喜歡人家碰我，你知道的。」

「喔，我知道，殺手。」他打開那間牢房，「趕快進來吧。」

威利走向牢房。「你真的可以聽到他們的聲音。那些觀眾。」

「全場爆滿，大少爺。全場爆滿哩。」

泰迪和另一名雜役繼續往前走，那名雜役伸出一隻棕色的手。「我是艾爾。」

泰迪跟他握握手。「我是泰迪。幸會。」

「你們幹嘛都跑上去外頭呢，泰迪？」

泰迪看了看自己身上的雨衣。「屋頂的雜事。不過我在樓梯上碰到一個病患，追他追到這裡來。我猜你們或許需要幫手。」

一團穢物擊中了泰迪腳邊的地板，有個人在黑暗的牢房中咯咯發笑，泰迪雙眼直視前方，腳步不停地往前走。

艾爾說，「盡量靠中間走。不過就算這樣，你還是會被各種亂七八糟的東西打到，一星期至少一次。你看到你要找的人了嗎？」

泰迪搖搖頭。「沒有，我——」

「啊，該死，」艾爾說。

「怎麼？」

「我看到我那個了。」

那個人正迎面而來，渾身溼透，泰迪看到那些警衛扔下管子追過來。一個紅髮的小個子男子，發紅的雙眼和髮色正好相稱。他就在最後一刻忽然衝過來，撞上了一個只有他自己看得到的洞，此時艾爾雙臂揮過他頭頂，那個小個子雙膝跪地一滑，翻滾一圈，然後爬了起來。

艾爾追在他後頭跑，然後那些警衛衝過泰迪身邊，手裡高高舉著警棍，跟他們追的那個人一樣渾身溼淋淋。

泰迪也正要追上去，只是出於直覺而已，此時卻聽到了那聲低語：

「雷迪斯。」

他站在房間中央，等著能再聽到一次。可是什麼都沒有。監區內眾多的呻吟聲原先因為那個紅髮小個子的追逐戰而暫停，現在又開始響起，一片嗡嗡聲，中間夾雜著零星的便盆嘩啦響聲。

泰迪又想到了那些黃色藥丸。如果考利犯了疑心，真的懷疑他和恰克是——

「雷、迪、斯。」

他轉身面對著右方的三間囚室。一片黑暗。泰迪等著，知道說話的人看得到他，納悶著那會不會就是雷迪斯本人。

「你應該要救我的。」

聲音來自中間那個囚室，否則就是靠左邊那個。不是雷迪斯的聲音，絕對不是。不過似乎同樣是個熟悉的人。

泰迪走向中央那個囚室，他伸手進口袋，摸到了一盒火柴，掏出來。在盒面點火那一側劃亮了。然後他看到一個小水槽，還有一個瘦得肋骨根根分明的男子跪在床上，在牆上寫字。他回頭看了泰迪一眼。不是雷迪斯。也不是他認得的任何人。

「麻煩一下好嗎？我比較喜歡在黑暗中工作。非常謝謝。」

泰迪從鐵欄杆前退開，往左轉，這才發現這個囚室的整面左牆都寫滿了字，一吋空白都沒有，千萬個寫得小小的、排列整齊的字，字小到除非把眼睛湊到牆上才能辨認。

他走到下一個囚室外，火柴燒光了，那個聲音再度出現，這回近得多了，「我被你出賣了。」

泰迪抖著手想劃亮下一根火柴，但點火時火柴棒卻折斷了。

「你說我不會再被送到這個地方的。你答應過我的。」

泰迪又點了另一根火柴，但火柴飛進了囚室，沒點著。

「你撒謊。」

第三根火柴嘶一聲劃過火柴盒側邊，火焰在他指尖上方竄高，他舉向鐵窗，往裡面看。

那個人坐在左邊角落的床上，頭低著，臉埋在兩膝間，雙臂環抱著小腿。他頭頂禿了，周圍的深色頭髮已經夾雜著密密的白斑。他全身只穿了一件腰間有繫帶的寬鬆男短褲。瘦骨嶙峋的身子不斷打顫。

泰迪舔舔唇，又舔了舔口腔上側。他隔著火光望進去說，「哈囉？」

「他們把我弄回來了。他們說我是他們的。」

「我看不到你的臉。」

「他們說這裡是我的家。」

「你能不能抬起頭來？」

「他們說這裡就是家。我再也不會離開了。」

「讓我看看你的臉。」

「為什麼？」

「讓我看看你的臉。」

「你不認得我的聲音嗎？我們談過那麼多話。」

「抬起你的頭。」

「我以前總以為，我們已經不完全是職業上的合作了，我們成了某種朋友。另外提醒你一下，那根火柴馬上就要燒完了。」

泰迪凝視著那一片光裸的皮膚，還有顫抖個不停的四肢。

「兄弟，我跟你說——」

「跟我說什麼？跟我說什麼？你還能跟我說什麼？更多謊言，如此而已。」

「我不——」

「你是個騙子。」

「不，我不是。抬起你的——」

火焰燒到了他的食指指尖和大拇指側邊，他扔掉了火柴。囚室消失了。他可以聽到床墊的彈簧發出吱呀聲，布抵著石頭的沙啞低響，還有骨頭的喀啦輕響。

泰迪又聽到了那個名字：

「雷迪斯。」

這回是從囚室的右邊傳來的。

「這始終就跟真相無關。」

他抽出兩根火柴，緊捏在一起。

「從來無關。」

他劃亮了火柴。床是空的。他手移向右邊，看到了那個人站在角落，背對著他。

「不是嗎？」

「什麼？」泰迪說。

「有關真相。」

「是的。」

「不是。」

「這件事跟真相有關。要揭露——」

「這件事跟你有關，還有，雷迪斯，從頭到尾重點都是如此。我只是附帶的，一個門路而已。」

那名男子轉身，走向他。他的臉支離破碎，一片亂七八糟的黑色和紫色和櫻桃紅。鼻骨打斷了，上頭用白色膠布貼成一個大大的X。

「耶穌啊。」泰迪說。

「你喜歡嗎？」

「是誰弄的？」

「你弄的。」

「見鬼我怎麼可能——」

喬治．諾以思走向鐵欄杆，雙唇厚得像自行車的車胎，縫合處發黑。「都是因為你說那些話，一說再說，他媽的說了一大堆，結果我回到了這裡。都是因為你。」

泰迪還記得上回是在監獄的接待室裡見到諾以思。雖然因為久居監獄而顯得蒼白，不過看起來健康、充滿生氣，昔日大部分的陰影都不見了。他還說了個笑話，提到一個義大利佬和一個德國佬走進德州艾爾帕索市一家酒吧。

「你看著我，」喬治．諾以思說。「別躲開眼睛。你從來就不想揭發這個地方。」

「喬治，」泰迪說，努力把聲音壓低且保持冷靜，「不是這樣的。」

「就是這樣。」

「不是的。你以為我花了過去一整年是在計畫什麼？這個，現在，就是這裡。」

「操你的！」

泰迪感覺得到他的嘶吼直朝臉上衝來。

「操你的！」喬治又吼。「你花了過去一整年計畫？計畫殺人，就這樣。殺掉雷迪斯。那就是你操他媽的遊戲。結果看看把**我**害成什麼樣子。這裡，回到這裡。我受不了這裡，我受不了這個可怕的屋子。你聽到沒？不能再重演了，再也不能，再也不能了。」

「喬治，你聽好。他們是怎麼把你弄來的？一定得有移監命令。一定得諮詢心理醫師的。檔案，喬治。文書資料。」

喬治大笑。他臉抵在兩條鐵欄杆之間，眉毛上下扭動。「要不要聽一個祕密？」

泰迪湊近一步。

喬治說，「很好……」

「告訴我，」泰迪說。

喬治朝他臉上啐了一口。

泰迪往後退，扔掉火柴，用袖子擦掉前額上的痰。

在黑暗中，喬治說，「你知道親愛的考利醫師專攻哪方面嗎？」

泰迪手掌摸過前額和鼻樑，確定是乾的。「倖存者的內疚，悲痛引起的心理創傷。」

「不——」喬治說著轉為乾笑。「暴力。尤其是男性。他正在做一個研究。」

「不，那是奈爾林。」

「考利，」喬治說。「全是考利。他把全國各地最暴力的病患和重罪犯都運到這裡來。你想為什麼這裡收容的病患這麼少？而且你想想，一個有暴力歷史和心理問題病史的人，他的移監文件會有誰去仔細檢查嗎？你真他媽的以為是這樣嗎？」

泰迪又點燃了兩根火柴。

「這回我再也出不去了，」諾以思說。「我脫身過一次。但不會有第二次，再也不會有了。」

泰迪說，「冷靜，你冷靜一下。他們是怎麼把你弄來的？」

「他們**知情**。你還不明白嗎？你在追查的一切。你的整個計畫。這是個遊戲，一齣布置得很漂亮的戲。這一切」——他一隻手臂在頭頂空揮一圈——「都是為了你。」

泰迪微笑。「他們就為了我，還變出了一個颶風，嗯？這個把戲真是妙極了。」

諾以思沉默了。

「你解釋給我聽啊，」泰迪說。

「沒辦法。」

「我想也是。先不要有妄想症，輕鬆點好不好？」

「常常一個人嗎？」諾以思說，隔著鐵欄杆凝視他。

「什麼？」

「一個人獨處。這整件事從一開始，你曾一個人獨處過嗎？」

泰迪說，「向來都是啊。」

喬治抬起一邊眉毛。「**完全**一個人嗎？」

「這個嘛，跟我的搭檔在一起。」

「你的搭檔是誰？」

泰迪舉起大拇指往後頭的監區指。「他叫恰克。他是——」

「我來猜猜看，」諾以思說。「你之前從沒跟他共事過，對吧？」

泰迪感覺到整個監區包圍著他。上臂骨頭發冷。一時之間他說不出話來，彷彿他的腦袋忘了如何和舌頭聯繫。

然後他說，「他是聯邦執法官，從西雅圖——」

「你**之前從沒跟他共事過**，對不對？」

泰迪說，「這無所謂。我會看人。我了解這個人。我信賴他。」

「基於什麼？」

這個問題沒有簡單的答案，誰曉得信賴是從何產生的？這一刻還沒有，下一刻就有了。泰迪在大戰期間認識的一些人，他會在戰場上把自己的生命託付給他們，可以一旦離開戰場，他絕對不敢把錢包託給他們。他認識一些可以把錢包和太太託付給他們照顧的人，但他絕對不敢在戰爭中要他們幫忙掩護，或是跟那些人一起破門而入。

恰克可以拒絕跟他一起來，可以選擇留在男子宿舍，在暴風雨後的大掃除時間呼呼大睡，等著渡輪重新開航。他們的工作已經完成——瑞秋．索蘭度已經找到了。恰克沒有理由、不必為了職務所需，跟著泰迪來找雷迪斯，陪著他證明艾許克里夫醫院只不過是醫學道德綱領誓詞的笑柄。然而他卻跟著他來到這裡。

「我信賴他，」泰迪重複道。「我只能這麼說。」

諾以思隔著鐵欄杆哀傷的望著他。「那他們已經贏了。」

泰迪搖搖手讓火柴熄滅，然後扔掉。他推開火柴盒，發現只剩一根。他聽到諾以思仍貼著欄杆，咻咻吸著氣。

「拜託，」他低聲道，泰迪知道他哭了。「拜託。」

「怎麼？」

「拜託別讓我死在這裡。」

「你不會死在這裡的。」

「他們會帶我去燈塔。你心裡明白。」

「燈塔？」

「他們會切掉我的腦。」

泰迪點亮那根火柴，在忽然閃現的火光中看到諾以思抓著鐵欄杆發抖，眼淚從他腫脹的眼睛滑落到他腫脹的臉龐。

「他們不會——」

「你去那兒，看看那個地方。如果你能活著回來，再來告訴我他們在那裡做什麼。你親眼去看看。」

「我會去的，喬治。我會去看的。我要把你弄出這裡。」

諾以思低下頭，把光禿禿的頭皮抵著鐵欄杆，靜靜哭著，泰迪想起上回他們在訪客室碰面，喬治說過，「如果我非得回去不可，那我就自殺。」然後當時泰迪說，「這種事不會發生的。」

顯然是謊言。

因為諾以思人就在這裡。挨了揍，遍體鱗傷，害怕得直發抖。

「喬治，看著我。」

諾以思抬起頭。

「我要把你弄出這裡。你撐著點。別做任何讓自己後悔的事。聽到沒？你撐著點。我會回來救你的。」

喬治．諾以思在淚眼中微笑，緩緩搖著頭。「你無法殺了雷迪斯又同時揭露真相。你必須做個選擇。你明白這一點，對不對？」

「他在哪裡？」

「告訴我你明白。」

「我明白。他在哪裡？」

「你得選擇。」

「我不會殺任何人。喬治，我不會的。」

隔著鐵欄杆望著諾以思，他感覺這是實話。如果他得付出如此代價才能救出這個可憐人，這個殘缺不全的受害者，送他回家，那麼泰迪會忘掉他不共戴天的仇人。不是算了，而是等到下回再算帳。然後期望德蘿瑞絲會諒解。

「我不會殺任何人的。」他又重複一次。

「騙子。」

「不。」

「她死了。讓她走吧。」

他又哭又笑的臉緊抵在欄杆間，腫脹的溫和雙眼盯著泰迪。

泰迪又感覺到德蘿瑞絲，撫著他喉嚨下方。他看得到她坐在七月初的朦朧光芒中，在剛剛日落的夏夜城市暗橙色街燈裡，他剛把車停在人行道邊，她抬起頭望過來，此時孩子們又回到馬路中間玩棍球，洗好的衣服在頭頂上翻拍著，然後她望著他走近，手托著下巴昂起頭，香菸舉在耳邊，他只帶過一次花回家，她就是他的愛人、他的女孩；她望著他走近，好像是要記住他和他的步伐和那些花和這一刻。他想問她，因喜悅而心碎的聲音是什麼樣？當你光是看著某個人，就能感到食物、血、空氣無法帶來的滿足，那是何等感受？當你覺得自己一生好像只為了一刻，而無論如何，眼前就是那一刻了，心中是什麼感覺？

讓她走吧，諾以思說。

「我辦不到，」泰迪說，出口的話又啞又尖，他感覺到自己胸膛正中湧起一股想大叫的欲望。

諾以思身子盡力往後退，但雙手仍抓著鐵欄杆，他歪起頭，一邊耳朵貼著肩膀。

「那你永遠無法離開這個島了。」

泰迪什麼都沒說。

諾以思嘆息，彷彿他接下來要說的話讓他無聊得站著都要睡著了。「他被轉出C監了。如果他沒在A監，那麼他就只可能在一個地方。」

他等著泰迪自己想明白。

「燈塔。」泰迪說。

諾以思點點頭，最後一根火柴熄滅了。

整整一分鐘，泰迪站在那兒，瞪著眼前的一片黑暗，然後諾以思躺下時，他又聽到床墊的彈簧所發出的聲音。

他轉身離去。

「嘿。」

他停下，背對著鐵欄杆，等著。

「上帝保佑你。」

# 16

泰迪轉身走過監區，發現艾爾正在等著他。他站在花崗岩走道中間，懶懶盯著泰迪，泰迪說，「逮到你的人了嗎？」

艾爾在他旁邊一起走。「當然啦。這個渾蛋滑頭得很，不過這兒就這麼點大，沒多少地方可躲的。」

他們往監區前方走，始終保持在走道中間，泰迪想到諾以思問他在島上是否曾獨自一人。他很好奇，艾爾監視他有多久了？他回頭細想來到這個島上的三天，想找出自己完全孤單一人的時刻。甚至在洗澡時，他是在員工浴室裡洗的，隔壁小間總會有人，或者門外就等著其他人。

但是，不，他和恰克好幾次獨自出去島上逛……

他和恰克。

他對恰克到底了解有多少？他想著他的臉，可以看到他在渡輪上，望著海洋……

很不錯的小夥子，讓人很快就喜歡他，善於和大夥兒打成一片，是那種你會想跟他一起的人。來自西雅圖。最近剛調過來。撲克牌高手。恨他的父親——這一點跟他整個人好像不太符合。還有個什麼不太對勁，埋在泰迪的腦子底下，某件事……到底是什麼？

笨拙。就是這個字眼。但不對，恰克沒有什麼笨拙之處。他的表現處處靈活流暢。以泰迪的父親喜歡的說法，就是快得像拉稀似的。不，這個人身上一點點笨拙之處都沒有。但沒有嗎？恰克是不是曾有那麼一剎那笨手笨腳？沒錯，泰迪很確定曾發生過那麼一刻。但他記不得究竟是什麼事情了。至少此時此地，他想不起來。

何況，總之，整個想法根本很荒謬。他信賴恰克。畢竟，恰克偷翻過考利的書桌。

**他親眼見到了他做這件事嗎？**

此刻，恰克正冒著葬送前途的危險，去找雷迪斯的檔案。

**你怎麼知道？**

他們走到門前，艾爾說，「回到樓梯，往上爬。很容易就可以找到屋頂了。」

「謝了。」

泰迪等著，還不急著打開門，想看看艾爾會守在他旁邊多久。

但艾爾只是點個頭就回身走向監區了，泰迪覺得可見自己是無端疑心。他們當然沒在監視他。據艾爾所知，泰迪只是另一名雜役。諾以思是妄想症。這也不難理解——如果處在諾以思的位置，誰不會如此呢？——但這畢竟還是妄想症。

艾爾繼續走遠了，泰迪轉了門鈕，把門打開。樓梯間的平台上沒有任何警衛或雜役等著。他孤單一人，徹徹底底。沒有人監視。他在身後把門關上，走下樓梯，看到恰克就站在他們剛剛遇見貝克和溫格斯的轉角處。他把香菸趕緊用力按了幾下，掐熄了，抬頭望著泰迪走下樓梯來，然後轉身開始急步往前。

「我們剛剛說好在大廳碰面的。」

「他們也來了，」泰迪趕上來時，恰克說，他們走進那個大廳。

「誰？」

「典獄長和考利。繼續走，我們得趕緊脫身。」

「他們看到你了嗎？」

「不曉得。我從兩層樓上的資料室出來時，剛好看到他們走進大廳另一頭。考利轉過頭來的時候，我正好穿過出口的門下樓。」

「所以，他們大概也沒多想。」

恰克小跑起來。「一個雜役穿著雨衣、頭戴巡山員帽，從行政辦公室的資料室走出來？是喔，我想大概沒人會疑心。」

他們頭上的燈紛紛亮了起來，發出一連串液體的爆裂聲，聽起來好像骨頭在水裡斷裂似的。電荷的聲音在空氣中嗡嗡作響，接著爆出一陣夾雜著喝采、噓聲、哀號的聲浪。整棟大樓似乎在他們周圍浮起一會兒，然後又沉了回去。警鈴的尖響在石地和石牆間迴蕩。

「恢復電力了。真好，」恰克說著走向樓梯。

他們下樓時碰到四個警衛正好往上跑，他們貼牆讓那些人先過。

坐在小桌旁那個警衛還在原處，正在講電話，目光呆滯抬眼看著他們下樓，然後忽然眼睛一亮對聽筒說「等一下」，接著朝正走下最後一級階梯的他們說，「嘿，你們兩個，稍等一下。」

門廳亂糟糟擠了一堆人——雜役、警衛，還有兩個戴著鐐銬、身上濺了泥水的病患——泰迪和恰克迎向他們，避開一個剛離開咖啡桌的傢伙，那人漫不經心地拿著咖啡杯轉身，朝恰克胸口晃過去。

然後那個警衛說，「嘿！你們兩個！嘿！」

他們一路不停往前，泰迪看看周圍的臉孔，一副現在才聽到那警衛喊聲、好奇他在喊誰似的。

再過一兩秒鐘，周圍那些臉孔就會轉過來看他和恰克了。

「喂，稍等一下！」

泰迪手伸到胸部的高度，推了推眼前的門。

一動也不動。

「嘿！」

他看到了那個黃銅門鈕，就像考利家那個鳳梨形的，然後他抓住門鈕，上頭被雨水弄得溼溜溜的。

「我得跟你們談談！」

泰迪轉動門鈕，把門推開，兩個警衛正走上階梯。泰迪側轉身子扶著門，讓恰克出去，左邊那個警衛點個頭向他致謝。兩個警衛都進門後，泰迪放手讓門關上，跟恰克一起步下階梯。

他看到左前方有群穿得一模一樣的男子，在微微細雨中圍站在一起抽菸、喝咖啡，其中幾個往後靠著牆，每個人都在開玩笑，用力朝空中吐著煙，他和恰克逐漸朝他們走近，始終沒回頭，等著身後門打開，又會有人猛喊他們回去。

「你找到雷迪斯了嗎？」恰克說。

「沒。不過找到諾以思了。」

「什麼？」

「沒錯。」

他們走近那群人，點了個頭。大家微笑揮手，泰迪跟其中一個人借了火，然後兩人沿著圍牆往前繼續走，走著走著，感覺到圍牆往前延伸約有四分之一哩，即使有人朝他們喊也聽不到了，路上還看到步槍的槍桿在他們頭頂上五十呎的城垛上窺視，他們仍一路不停地走。

他們到了圍牆盡頭，左轉來到一片溼漉漉的綠色草原，看到有人正在修復那一段圍籬，一群人正朝著籬柱洞裡填上水泥，他們看得出圍籬一路往前延伸繞到後頭，知道這裡沒路出去了。

他們回頭，過了圍牆回到另一邊，泰迪知道唯一的出路就在正前方。如果他們從其他方向離開，都會引起太多注意，除非他們從警衛看守的大門出去。

「我們得走大門了，對不對，老大？」

「沒錯，正大光明。」

泰迪摘下帽子，恰克也跟進，然後他們脫掉雨衣搭在手臂上，走在微雨中。大門口還是同樣那個警衛，泰迪對恰克說，「我們連腳步都別慢下來吧。」

「沒問題。」

警衛面無表情，泰迪猜不透他的心思，不知道他的臉是因為無聊而毫無感情，還是因為他要擺出強硬的態度以應付衝突。

泰迪經過他面前時揮揮手，那個警衛說。「他們現在有卡車了。」

他們繼續走，泰迪轉身倒著走說，「卡車？」

「是啊，來載你們回去的。你們如果想等的話，上一班大概五分鐘前剛離開，應該隨時會回來了。」

「不等了。我們得多運動一下。」

一時之間，那個警衛的臉閃過某種異樣的表情。或許只是泰迪的想像，也或許那個警衛嗅到了一絲不對勁。

「保重啦。」泰迪轉回身，他和恰克朝著前方的樹林走去，他可以感覺到那個警衛在看著他們，感覺到整個堡壘在看著他們。或許考利和典獄長這會兒正站在堡壘前門的階梯上，或在屋頂上，看著他們。

他們走到那樹林前，沒有人喊，沒有人開槍警告，然後他們再往前走，消失在一大片粗樹幹和碎落的樹葉叢中。

「天哪，」恰克說。「天哪，真要命，真要命！」

泰迪坐在一顆大圓石上，感覺到汗水流遍全身，沁溼了他的白襯衫和白長褲，他覺得好高興。他的心臟仍怦怦猛跳，眼睛發癢，肩膀後頭和頸背刺痛，他知道，除了愛情之外，這是全世界最棒的感覺了。

脫逃成功。

他望著恰克，四目相對，然後兩個人大笑起來。

「我走過那個轉角，看到那些圍籬修好的時候，」恰克說，「心裡想著該死。泰迪，我還以為我們完蛋了。」

泰迪往後靠著那塊石頭，感覺到只有童年時代的那種自由。他望著濃雲後頭逐漸露出的天空，皮膚感覺到清涼的空氣。他可以嗅到潮溼的樹葉和潮溼的土壤和潮溼的樹皮，可以聽到最後一波零星的微雨。他想閉上眼睛，期望醒來時身在海港的另一頭，在波士頓，在自己家的床上。

他幾乎盹著了，這才想到自己有多疲倦，然後他坐直身子，從襯衫口袋掏出一根香菸，跟恰克借了火。他往前湊，跪下身子說，「我們得假設，到了現在，他們已經發現、或早就發現我們去過裡頭了。」

恰克點點頭。「貝克，他被問起一定會把我們供出來。」

「還有樓梯邊那個警衛，他想他也接到了情報，想攔下我們。」

「也說不定他只是要我們簽名離開。」

「不管原因是什麼，反正他一定不會忘掉我們。」

「波士頓燈塔」的霧角從港灣另一頭傳來，那是泰迪童年在赫爾鎮夜夜都會聽到的。在他心目中，那是世上最孤寂的聲音。會讓你想抱著個什麼，一個人，一個枕頭，或抱著自己。

「諾以思，」恰克說。

「是啊。」

「他真的在這裡。」

「就是他本人沒錯。」

恰克說，「老天在上，泰迪，怎麼會呢？」

然後泰迪告訴他有關諾以思的事情，有關他被毒打過，有關他對泰迪的怨恨，他的恐懼、他顫抖的四肢、他的哭泣。他告訴恰克一切，除了諾以思對恰克的懷疑。恰克認真聽著，偶爾點點頭，望著泰迪的表情就像個小孩在深夜營火邊望著營隊指導員講鬼故事似的。

泰迪不禁納悶，如果他不值得信賴的話，那這一切要怎麼解釋？

他講完後，恰克說，「你相信他嗎？」

「我相信他在這裡，這點毫無疑問。」

「不過，說不定他又精神崩潰了一次。我的意思是，發得很嚴重。他的確有過這類病史。他會轉到這裡，說不定是完全循正常管道。他在監獄裡面發作了，於是獄方說，『嘿，這傢伙以前是艾許克里夫的病人。我們把他送回去好了。』」

「是有可能，」泰迪說。「但上回我看到他的時候，我覺得他精神正常得不得了。」

「那是什麼時候？」

「一個月前。」

「一個月之內可能有很大的改變。」

「那倒也是。」

「還有那個燈塔呢？」恰克說。「你相信那裡頭有一堆瘋狂科學家，這會兒正在把天線移植到雷迪斯的腦殼裡？」

「我不認為他們設圍籬是要保護一個汙水處理廠。」

「這點我同意，」恰克說。「但這一切實在有點Grand Guignol（恐怖劇場），你不覺得嗎？」

泰迪皺起眉。「我不懂這個辭彙是什麼意思。」

「毛骨悚然，」恰克說。「童話式的、陰森森的那種。」

「我明白了，」泰迪說。「但你剛剛說那字眼是什麼來著？」

「Grand Guignol，」恰克說。「這是個法文。抱歉。」

泰迪望著恰克想一笑置之，或許還正想著要換個話題。

泰迪說，「在波特蘭長大會學到很多法文嗎？」

「西雅圖。」

「喔對。」泰迪手掌放在胸口。「換我抱歉了。」

「我喜歡舞台劇，可以嗎？」恰克說。「那是個劇場辭彙。」

「你知道，我認識一個西雅圖調查站的傢伙。」泰迪說。

「真的？」恰克拍拍口袋，心不在焉。

「是啊，你說不定也認識他。」

「說不定，」恰克說。「你要不要看看我從雷迪斯檔案裡弄來了什麼？」

「他的名字是喬。喬什麼來著……」泰迪彈著手指，望著恰克。「幫我想想。就在我舌尖了。喬，唔，喬……」

「那邊有很多名字叫喬的，」恰克說，伸手到後頭的口袋。

「我以為你們辦公室很小。」

「在這裡，」恰克的手從後頭口袋抽出來，是空的。

泰迪看得到他沒抓到的那張摺成方形的紙，還半塞在口袋裡。

「喬．范爾費德，」泰迪說，回想恰克從口袋裡抽東西的模樣。很笨拙。「你認識他嗎？」

恰克又把手伸到後面。「不認識。」

「我很確定他調去那裡了。」

恰克聳聳肩。「這名字我沒印象。」

「啊，或許是在波特蘭，我老是把這兩個地方搞混。」

「是啊，我也發現了。」

恰克拉出那張紙，泰迪想起他們來到島上那天，他要把佩槍遞給警衛時笨手笨腳，還弄半天解不開槍套。一般聯邦執法官不會有這種問題的。事實上，如果你解不開槍套，值勤時就很可能因此送命。

恰克遞出那張紙。「這是入院初步評估表，雷迪斯的。我只能找到這個和他的病歷記錄。沒有事故報告，沒有會診記錄，沒有照片。好詭異。」

「詭異。」泰迪說。「的確是。」

恰克的手還伸在那裡，那張紙在他指尖垂著。

「拿去。」恰克說。

「不了，」泰迪說。「你留著吧。」

「你不想看嗎？」

他看著恰克，沒說話。

「怎麼了？」最後恰克說。「我不認識什麼見鬼的喬，所以你現在覺得我很可笑嗎？」

「我不是覺得你可笑，恰克。就像我剛剛說過的，我常常把波特蘭和西雅圖搞混。」

「是啊，那——」

「我們繼續走吧。」泰迪說。

泰迪站起來，恰克又坐在那邊幾秒鐘，看著仍懸在他手上的那張紙。他看看周圍的樹，又抬頭看泰迪。泰迪正望著遠處的海岸。

霧角聲又響起了。

恰克站起來，把那張紙放回後頭口袋。

他說，「好吧。」停一下，「很好。」再停一下。「沒問題，你帶路。」

泰迪開始往東走過樹林。

「你要去哪裡？」恰克說。「艾許克里夫醫院在另一頭。」

泰迪回頭看著他。「我不是要去艾許克里夫。」

恰克一臉煩惱，或許甚至是害怕。「那他媽的我們要去哪裡，泰迪？」

泰迪微笑了。

「燈塔。」

「我們現在在哪裡？」恰克說。

「迷路了。」

他們走出樹林，結果面對的不是環繞燈塔的圍籬，不知怎地，他們往北偏了很多。樹林已經被暴風雨弄得一片混亂，一大堆倒下或吹彎的樹木擋著路，他們被迫得拐來拐去。泰迪知道他們偏離了一些，但根據上次的估計，他們走了差不多是到墓園的距離。

他們還是看得到燈塔，隔著一個長長的小丘和另一群樹的缺口，還有一長片棕色和綠色的草木田野，燈塔露出上端三分之一。穿過那片田野之後，他們眼前是一長片潮間帶，再往前，鋸齒狀的黑色岩石形成了一片斜坡下的天然屏障，泰迪心知他們只能回頭穿過樹林，希望找到他們轉錯彎的地方，就不必一路走回原點了。

他這麼告訴了恰克。

恰克用一根木杖打著褲管，把上頭沾的尖刺清掉。「或者我們可以繞一圈，從東邊過去。還記得昨天晚上跟麥佛森走過的路嗎？那個司機也是走類似的一條小路。過了那個丘陵一定就是墓園了，我們要不要繞過去？」

「比走回我們剛剛來的原路要好。」

「啊，你不喜歡這麼走？」恰克手掌摸了頸背一把。「我好喜歡蚊子喔。我想我臉上還有一兩個地方沒被他們叮過哩。」

這是一個多小時來他們首次交談，泰迪感覺得到兩人都想靜一下，等到那股滋生在彼此之間的緊張感過去。

但時機一下就過去了，泰迪還是沉默不語，恰克便開始沿著田野邊緣走，大致朝西北方而去，整個小島的地形又不時逼著他們朝岸邊走。

泰迪跟在恰克後頭，兩人走了一段路，爬上一處丘陵，然後又繼續走。他的搭檔，他曾告訴諾以思。他信賴他的搭檔，他說過。但為什麼？因為他只能信賴他。因為你沒有辦法一個人單獨去對抗這一切。

如果他消失了，如果他再也無法離開這個小島，賀里參議員是個好朋友。毫無疑問。他的詢問會有人當回事，會有人進行調查。但在眼前的這種政治局勢下，一個來自新英格蘭地區小州、名氣不大的民主黨參議員，他講話的分量夠嗎？

聯邦執法官署那邊也會處理，他們一定會派人來。但關鍵在於時間——他們能及時趕到嗎？在艾許克里夫的醫師們把泰迪徹底改變、把他變成像諾以思那樣，或甚至變成像那個玩觸人遊戲的傢伙之前？

「又是石頭堆，」恰克說。「要命啊，老大。」

他們來到一個狹窄的海岬上，右邊陡峭而下就是大海，左下方則是一片佔地約一英畝的灌木坪，天空轉為紅褐色，風開始變大，空氣嚐得到鹹味。

那些石堆就散落在灌木坪上。九堆排成三排，每邊都有隆起的斜坡保護，把整個灌木坪圈成碗狀。

泰迪說，「怎麼，我們不管這些石堆了嗎？」

恰克舉起手，指向天空。「再過兩小時太陽就要下山了。提醒你一下，我們現在還沒走到燈塔，連墓園都沒走到。現在連能不能走到那裡，我們都沒把握。結果你還想爬下去去看那些石頭。」

「嘿，如果那些密碼……」

「到這個時候，什麼密碼都不重要了。我們有雷迪斯在這裡的證據。你也見到了諾以思。現在我們要做的，就是帶著這些資訊、這些證據回家，你的任務就完成了。」

他說的對。泰迪心裡明白。

然而，只有在他們還站在同一邊時，他說的才對。

如果他們不是同一邊，而這些密碼是恰克不希望他看到的……

「十分鐘下去，十分鐘上來，」泰迪說。

恰克疲倦地坐在陰暗的岩石表面上，從外套掏出一根香菸。「好，不過這回我不參加了。」

「隨你吧。」

恰克雙手圈住香菸點火。「就這樣吧。」

泰迪望著煙霧從他彎曲的手指間冒出，飄散到海面上。

「待會兒見了，」泰迪說。

恰克背對著他，「小心別摔斷脖子。」

泰迪花了七分鐘到下面，比他預估的少了三分鐘，因為土質鬆軟又多沙，他滑倒好幾次。他真希望自己早上不光是喝了咖啡而已，因為他空空的胃不停在叫，缺乏血糖加上缺乏睡眠也讓他頭發暈，眼前還漂浮著小斑點。

他數過每堆石頭，寫在筆記本上，旁邊各自標著對應的字母：

十三（M）—二十一（U）—二十五（Y）—十八（R）—一（A）—五（E）—八（H）—十五（O）—九（I）

他闔上本子，放在前口袋裡，然後回頭開始爬上那道多沙的斜坡，在最陡峭之處又抓又扒，滑倒時往往順手扯下一整叢的濱海野草。他花了二十五分鐘才回到上頭，天空已經轉為暗青銅色，他知道恰克是對的，不管他站在哪一邊：天很快就暗了，不管那些密碼是什麼，他下去一趟只是浪費時間而已。

他們現在大概去不了燈塔了，就算走得到，接下來呢？而如果恰克是替他們工作，那麼泰迪和他一起去燈塔，無異像是自投羅網。

泰迪看著坡頂，看著海岬突出的一角，還有上方的穹蒼，心想，或許就只能這樣了，德蘿瑞絲。這可能就是我現在能做到的極限了。雷迪斯會活著，艾許克里夫醫院會繼續存在，但我們已經可以滿足，因為我們知道自己已經開始進行一個過程，而這個過程最終將可以把這一切推翻。

他在坡頂找到一條捷徑，那是一個通往岬角的窄洞，因為被侵蝕得夠寬，於是泰迪便可以站在洞裡，背對著滿是泥沙的牆，雙手放在上方平滑的岩石，把自己提上去到夠高的位置，然後胸部撲在岬角上，雙腿再盪上去。

他側躺著，望向海洋。在白晝將盡的此時如此湛藍，在薄暮逼近的此刻如此充滿生氣。他躺在那兒，感覺到微風拂過臉上，海洋在愈來愈暗的天空下無限伸展，他覺得好渺小，好平凡，但那不是令人感到軟弱之感，而是一種奇異的自豪。因為自己是其中的一分子。沒錯，只是一個小點，但卻也是成員之一，身在其中，隨之起伏呼吸。

他看著那片黑暗的岩石平台，臉頰貼在上頭，此時他才發現，恰克不在這裡。

# 17

恰克的身體躺在懸崖底部，海浪輕拍著他。

泰迪兩腳朝下，滑過岬角邊緣，鞋掌探著那片黑色的岩石，直到他幾乎確定那些岩石可以承受他的重量。然後他吐出一口原先不自覺憋著的氣，雙肘滑下岬頂，感覺到兩腳在岩石上一沉，其中一塊石頭移動了，他的右腳腳踝隨著往左扭了一下，他猛地往崖壁上一貼，上半身重量抵上去，然後腳下的石頭穩住了。

他掉轉身子並放低，直到整個人像螃蟹似的貼緊著岩石，然後往下爬。這事情急不得，有的石頭穩穩嵌在崖壁上，牢得就像拴在戰艦船殼上的螺栓。但有的石頭只靠下方其他石頭虛撐在那兒，而且你無法分清哪個牢、哪個不牢，要整個身子踩上去才曉得。

大約十分鐘後，他看到了一根恰克的幸運牌香菸，抽了一半，燒過的部分發黑，菸頭尖端就像木工鉛筆的筆尖。

他怎麼會跌下去？微風變強了，但還沒強到能把一個人從平坦的岩石平台上吹下去。

泰迪想著恰克，剛剛就在上頭，獨自一人，在他生命的最後一刻抽著香菸。然後他想著每一個死去的、他所關心的人，而他卻必須堅強活下去。其中當然包括了德蘿瑞絲。還有他父親，就在這片海底的某處。他母親，死於他十六歲那年。圖提・維切利，在西西里島上，子彈從他牙齒間穿入，他古怪地朝著泰迪微笑，好像他吞下了什麼味道讓他嚇一跳的東西，鮮血從他嘴角流淌下來。馬丁・菲倫、傑森・希爾，還有那個家在匹茲堡的大塊頭波蘭裔機槍手——他叫什麼來著？雅達克，沒錯，雅達克・吉里波斯基。那個金髮小子在比利時老耍寶逗大家笑。他腿部中彈，一開始好像沒什麼，沒想到後來流血不止。當然，還有法蘭基・高登，那一夜在椰林夜總會被他半途拋下的夥伴。兩年後，泰迪把菸頭彈向法蘭基的鋼盔，說他是愛荷華屁眼鳥兵，然後法蘭基說，「你罵人真厲害，比我認識的——」接著就踩到了地雷。泰迪還留著一片當初擊中他小腿的砲彈碎片。

然後現在是恰克。

事到如今，泰迪有沒有辦法弄清自己是否該信賴他？自己該在他死前一刻還懷疑他嗎？恰克能逗他笑，也讓過去三天的偏頭痛發作要容易忍耐得多。今天上午，恰克還在說他們早餐供應班尼迪克蛋，午餐供應薄麵包片魯本三明治。

泰迪抬頭望向海岬頂。據他估計，他現在已經往下爬了一半，天空已經轉為跟海洋同樣的暗藍色，而且隨著每一秒都愈來愈暗。

讓恰克摔下那片岩石平台的原因，會是什麼？

不會是自然原因。

除非他有什麼東西掉了，他為了要下去撿。除非就像泰迪現在這樣，正努力要爬下崖去，手抓腳踩的哪塊石頭有可能撐不住。

泰迪暫停下來喘口氣，汗水從臉上滑下。他一手小心翼翼從崖壁上移開，在長褲上抹乾，然後又回到原處抓緊了；接下來另一隻手也照做一遍，在褲子上擦乾，正要回去抓緊那塊突出的石頭時，他看到了身邊那張紙。

紙片嵌在一塊石頭和一根褐色的鬚根上，在海風中輕輕翻拍著。泰迪的手從那塊突出的黑暗石頭上移開，用指尖捏住了那張紙，他不必打開，就曉得那是什麼了。

雷迪斯的入院初步評估表。

他把紙片塞進後口袋裡，想起之前這張紙半露在恰克後口袋外的模樣，現在他明白恰克為什麼會爬下來了。

為了這張紙。

為了泰迪。

最後二十呎崖壁由大圓石和覆滿海藻的黑色大卵石構成，泰迪轉過身子，雙手在背後撐住身體的重量，然後緩緩一路往下穿過這段崖壁，此時他看到崖壁縫隙間躲藏的鼠類。

他終於爬下崖壁，來到海岸邊，他看到了恰克的身體，走近後才發現那根本不是人體。只不過是另一塊石頭，被太陽晒得發白了，上頭又覆蓋著一條條厚厚的海藻。

感謝……隨便什麼吧。恰克沒死。他不是這塊覆蓋著海藻的長窄形大石頭。

泰迪雙手在嘴巴前圈成筒狀，朝崖頂喊著恰克的名字。他喊了又喊，聽到叫聲傳到海面上，從岩石間迴蕩過來，在微風中餘音裊裊，然後他等著恰克的頭從岬頂探出來。許他一直打算要下來找泰迪，也許他現在正在上頭，準備著。

泰迪大喊他的名字，喊到喉嚨發痛。

然後他停下來，等著恰克也朝他喊回來。天色已經暗到無法看清崖頂了。泰迪聽到了微風，聽到了鼠類在大圓石的縫隙間，聽到了一隻海鷗的沙啞叫聲，聽到了浪濤輕拍海岸。過了幾分鐘，他再度聽到了波士頓燈塔的霧角。

他的雙眼逐漸適應黑暗，然後看到了一雙雙眼睛回瞪著他，有幾十對眼睛。那些老鼠懶洋洋在大圓石上晃蕩，睜大眼睛瞪著他，毫無懼色。到了夜裡，這片沙灘是他們的，不是泰迪的。

不過泰迪怕的是水，不是老鼠。這些討人厭的小混蛋，他可以朝牠們開槍。讓他們見識自己的幾個朋友身體炸開後，看牠們還能有多勇。

只不過他身上沒帶槍，而那些老鼠一轉眼間數量又增加了一倍。一隻隻站在岩石上，長長的尾巴前後掃來掃去。泰迪感覺到海水沖著他的腳跟，感覺所有眼睛都盯著他的身體，而不管他怕不怕，他都開始感覺到脊椎的輕微刺痛，腳踝也開始發癢。

他開始慢慢沿著海岸走，看到有千百隻老鼠，在月光下攀爬岩石，就像海豹在曬太陽似的。他看著那些老鼠從大圓石上撲通掉到他剛剛才走過的沙灘上，然後轉過頭，望著前方的海灘還剩多少。

不多。前方約三十碼處，有另一道懸崖伸入水中，切斷了海岸；而往右的海洋中，泰迪看到了一個他之前根本沒發現過的小島，躺在月光下，像一塊棕色的肥皂，看似虛弱無力地浮在海面上。他第一天來的時候，曾跟麥佛森走過那片懸崖。那邊的海上當時沒有小島的。他非常確定。

所以那個小島到底是哪裡來的？

他現在聽得見牠們的聲音了，其中幾隻在打架，不過大部分只是用爪子搔抓岩石，彼此吱吱叫，泰迪覺得腳踝的麻癢之感擴散到膝蓋和大腿內側了。

他回頭沿著海岸望去，發現老鼠擠滿了沙灘。

他又抬頭看著懸崖，多虧了幾乎全滿的月亮，還有滿天明亮的星星。然後他看到一片奇怪的顏色，離奇程度不下於兩天前明明不存在的那個小島。

是橘色。就在比較大那片懸崖往上的中段。橘色，在黑色的崖壁上，在昏茫的夜色中。

泰迪凝視著，看到那片顏色閃爍著，暗了下去，又變亮起來；然後又變暗，再變亮。其實是在顫動著。

就像火焰。

他明白了，那裡是個洞穴，或至少是個相當大的岩間縫隙。裡頭有人。恰克。一定是。或許他為了撿那張紙而爬下了岬角。或許他半途受傷，於是就在那邊暫歇，而沒有爬下來。

泰迪脫下他的巡山員闊邊帽，朝最近的那塊大圓石走去。六對眼珠子打量著他，泰迪用帽子朝牠們用力揮去，牠們又推又扭地拖著髒兮兮的身子衝離那塊岩石，泰迪趕緊爬上去，踢向下一塊石頭上的幾隻老鼠，牠們躲到石頭邊緣，於是泰迪又踏上那塊石頭；然後就這麼一個接一個往前跳，下一顆石頭上的老鼠總會少幾隻，到了最後幾塊圓石，上頭都沒有老鼠等著了。然後他爬上岩壁，剛剛爬下來時受傷的雙手還流著血。

不過這片崖壁比較好爬，比他爬下來那一座要高，而且寬得多，不過有好幾段緩坡，而且有比較多露頭岩脈。

在月光下，他花了一個半小時往上爬，一路老鼠打量他、繁星照耀他，他爬著爬著，忘了德蘿瑞絲的模樣，想不起來了，想像不出她的臉或她的手或她太闊的唇。他感覺到她離開他，那是自她死後他從沒有過的感受，然後他明白這是因為他體力消耗過度，又缺乏睡眠和食物，但她走了。正當他在月光之下攀爬時走了。

但他可以聽到她。即使他想像不出她的模樣，他腦袋裡卻可以聽到她，她正說著，繼續，泰迪，繼續。你可以展開新人生的。

一切就是如此嗎？兩年來，他始終在水中行走；兩年來，他一次次坐在黑暗的客廳中聽著湯米．多西和艾靈頓公爵的爵士樂，凝視著茶几上的手槍；兩年來，他一再確定這種媽的糞坑人生再也走不下去了；兩年來想她想得那麼深那麼切，一度還咬斷自己的門牙一角好抵抗那種思念——在這一切之後，眼前果真是自己拋開她的時刻了嗎？

我沒夢到你，德蘿瑞絲。我知道。不過，在此刻，感覺上好像夢到了。

應該的，泰迪。應該的。讓我走。

是嗎？

是的，寶貝。

我會試試看，好嗎？

好。

泰迪看得到那片橘色的光在他上方閃爍。他可以感覺到那股熱力，只是一點點，但確定無誤。他一手放在上頭的岩架，看到那片橘光照在他手腕上，然後他把身子拉上岩架，接著手肘撐著整個人往前，看到了那片光照在起伏不平的牆上。他站起來，洞穴頂部離他頭頂只有一吋，他看到那個洞往右彎，他走進去，發現那片橘光是來自洞穴內鑿入地面的一個小洞，裡面一堆木材正燒著火，一個女人站在火堆另一頭，雙手放在背後，開口說，「你是誰？」

「泰迪・丹尼爾斯。」

那個女人一頭長髮，穿著病患的淺粉紅色襯衫和腰部串著細繩的長褲，腳上是拖鞋。

「那是你的名字，」她說。「不過我想問你是做什麼的。」

「我是警察。」

她歪著頭，滿頭長髮夾了稀疏的灰絲。「你是那個執法官。」

泰迪點點頭。「能不能麻煩你把手從背後伸出來？」

「為什麼？」

「因為我想知道你手上拿著什麼。」

「為什麼？」

「因為我想知道那個東西會不會傷害我。」

她微微一笑。「我想這個要求很合理。」

「很高興你這麼想。」

她雙手從背後伸出來，手上握著一把長而薄的外科手術刀。「你不介意的話，我想繼續拿著。」

泰迪舉起雙手。「我無所謂。」

「你知道我是誰嗎？」

泰迪說，「艾許克里夫的病患。」

她又朝他歪歪頭，摸著自己的罩衫。「老天，你從哪一點看出來的？」

「好吧好吧。你說的沒錯。」

「聯邦執法官都像你這麼精明厲害嗎？」

泰迪說，「我好一陣子沒吃東西了。反應比平常慢了點。」

「睡得多嗎？」

「什麼意思？」

「從你來到這個島上後，睡得多不多？」

「不多，不過這也不代表什麼。」

「喔，其實是有的。」她把褲腿往上拉到膝蓋，坐在地板上，然後示意他也坐下。

泰迪坐下，隔著火堆盯著她。

「你是瑞秋·索蘭度，」他說。「真正的那個。」

她聳聳肩。

「你殺了你的小孩嗎？」他說。

她用手術刀戳戳木頭。「我從來就沒有過小孩。」

「是嗎？」

「沒錯。我沒結過婚。我原來的身分，你聽了大概會很驚訝，我以前不光是這裡的病人而已。」

「怎麼會不光是病人而已？」

她又戳戳木頭，那根木頭落下去發出了劈啪聲，一陣火花從火堆上揚起，還沒升到洞穴頂部就消失了。

「我以前是員工，」她說。「就從大戰剛結束那時開始。」

「你原來是護士？」

她隔著火堆看他。「執法官，我原來是醫生。德拉瓦州札蒙德醫院的第一個女醫師，也是艾許克里夫這裡的第一個女醫師。先生，你眼前正是一個如假包換的先驅。」

或者是個如假包換的妄想症病患，泰迪心想。

他抬眼，發現她正望著他，眼神中有體貼、有警惕，還有會意。她說，「你以為我瘋了。」

「不是的。」

「對於一個躲在山洞裡的女人，你還能怎麼想呢？」

「我想你可能有你的苦衷。」

她黯然一笑搖搖頭。「我沒瘋，我不是瘋子。當然，瘋子難道會說自己瘋了？那完全就是荒誕恐怖的卡夫卡式天才。如果你沒瘋，但大家都說你瘋了，那麼你所有的反駁只不過更加強了他們的說法。你明白我的意思嗎？」

「應該吧，」泰迪說。

「就把這當成是一種邏輯的三段式推論吧。我們假設，這個三段式推論一開始是基於這個原則：『精神病患者都會否認他們精神失常。』到目前為止都明白嗎？」

「當然。」泰迪說。

「好，第二步驟：『鮑伯否認他精神失常。』第三步驟，也就是『因此』的步驟。『因此——鮑伯是精神病患者。』」她把手術刀放在腳邊的地上，用一根棍子撥火。「如果你被認為精神失常，那麼所有證明你並非如此的行動，實際上，都是構成了精神失常者之行動。你的抗議說法就構成**否定**。你發自正當的恐懼就被視為**妄想症**。你的求生本能被歸類為**防禦機制**。這是個必敗無疑的狀況，是真正的死刑。一旦你來到這裡，你就無法脫身了。沒有人離開過C監，一個都沒有。好吧，有幾個離開過，沒錯，這點我同意你的說法，是有幾個人脫身了。不過他們被動了手術，腦部手術。嘎吱——就穿過眼眶。這是一種野蠻的醫療方式，沒有良心，我也這麼告訴過他們。我跟他們抗爭過，還寫過信。然後，他們大可以擺脫我，你知道嗎？他們可以開除我或把我資遣，讓我去教書或甚至到外州執業，可是這樣不夠好。他們不能讓我離開，就是做不到，絕對不行。」

她愈講愈激動，用棍子戳著火堆，眼睛愈來愈低，看起來像是跟她的膝蓋說話，而非跟泰迪。

「你以前真的是醫生？」泰迪說。

「啊，真的。我以前真的是醫生。」她的視線從膝蓋和棍子上抬起來。「事實上，我現在也還是。不過沒錯，我以前是這裡的工作人員。我開始問起大批安米妥鈉和鴉片基的迷幻藥。用比較溫和的說法，我開始好奇——不幸我太聲張了——有關某些似乎非常實驗性的手術。」

「他們在這裡進行些什麼？」泰迪問。

她皺起嘴唇歪向一邊微笑。「你完全不知道嗎？」

「我知道他們藐視『紐倫堡規範』。」

「藐視？他們根本無視於這個規範的存在。」

「我知道他們在進行全盤革命式的治療。」

「全盤革命，是的。治療，沒這回事。執法官，這裡沒有進行治療。你知道這家醫院的資金是哪裡來的嗎？」

泰迪點點頭。「非美活動調查委員會。」

「更別說賄賂基金了，」她說，「錢流向這裡。現在你問問自己，身體是怎麼產生痛的？」

「要看你哪裡受傷而定。」

「不。」她用力搖搖頭。「跟血肉無關，腦部透過神經系統送出神經訊息。腦部控制痛，」她說。「也控制恐懼、同情、飢餓。我們身上聯繫心臟或靈魂或神經系統的一切，其實都是由腦控制。每一個都是。」

「好吧……」

她的雙眼在火光中炯炯發亮。「如果你能控制它呢？」

「腦部嗎？」

她點點頭。「重新創造一個人，讓他不用睡覺，感覺不到痛，或愛，或同情。你根本沒法偵訊他，因為他的記憶庫被清得一片空白。」她撥了撥火，抬眼看他。「執法官，他們在這裡創造鬼魂。這些鬼魂會進入外頭的世界，做鬼魂的工作。」

「但那種能力和知識，是——」

「還要很多年後，」她同意道。「沒錯，執法官。這是個幾十年的過程。當初開始的起點，就跟蘇聯差不多——洗腦。匱乏狀態實驗。很像納粹拿猶太人來實驗，看冷熱極限的效應，然後再把這些實驗結果用來幫助德意志帝國的軍人。但是，執法官，你看不出來嗎？現在起半個世紀，日後知情的人士回顧起來會說」——她用食指畫著泥土地——「一切都是從這裡開始。納粹利用猶太人。蘇聯人利用他們自己古拉格集中營裡的囚犯。而在美國這裡我們是在隔離島上拿病患當實驗品。」

泰迪沒吭聲，他想不出能說什麼。

她又回去望著火堆。「他們不能讓你離開。這個你心裡明白的，對不對？」

「我是聯邦執法官，」泰迪說。「他們有什麼辦法阻止我離開？」

她聽了開心咧嘴笑起來，雙手一拍。「我出身一個有名望的家族，是個備受尊敬的精神科醫師。我也曾以為這樣就很夠了，但我只能很不情願地告訴你，其實不夠。我這麼問你吧——你這輩子有過什麼感情創傷嗎？」

「誰沒有呢？」

「啊，沒錯。但我們談的不是一般人，也不是其他人。我們談的是特定對象，就是你。你有什麼可以讓他們利用的心理弱點嗎？你以前出過什麼事，可以被視為你精神失常的預設因素嗎？如果有的話，那他們把你硬留在這裡之後，你的朋友和同事就會說，『也難怪。他終於垮掉了，誰有辦法撐下去呢？都是那場戰爭害的。還有他媽媽那樣過世——或者其他親人。』你有這類創傷嗎？」

泰迪說，「這可以適用於任何人身上。」

「對，重點就在這裡。你還不明白嗎？沒錯，這個說法可以適用於任何人，不過他們現在會用在你身上。你的頭怎麼樣？」

「我的頭？」

她咬住下唇，點了幾下頭。「沒錯，就是你脖子上的那一塊。感覺怎麼樣？最近有做什麼怪夢嗎？」

「當然有。」

「頭痛呢？」

「我有偏頭痛的老毛病。」

「老天，不會吧。」

「是真的。」

「你來到這裡後，吃過什麼藥嗎？甚至是阿斯匹靈？」

「吃過。」

「或許你還覺得有一點點反常？不是百分之百的自己？啊，你會說，那沒什麼大不了的，你只是覺得有點力不從心罷了。或許你的腦子不像平常運作得那麼快，但你會說，因為這幾天都睡不好。陌生的床、陌生的地方，加上又有暴風雨。你會這麼告訴自己，對不對？」

泰迪點點頭。

「而且我想，你都是在醫院的自助餐廳吃飯，喝他們提供的咖啡。好吧，那拜託告訴我，至少你抽的香菸是自己的吧？」

「我搭檔的。」

「從沒收過醫師或雜役的嗎？」

泰迪感覺得到襯衫口袋裡他那天晚上打撲克牌贏來的香菸。他還記得剛來那天他抽過一根考利的香菸，味道比他這輩子抽過的任何香菸都要甜。

她從他臉上看到答案了。

「抗精神病的麻醉劑平均要在血管中累積三四天，才能發生作用。在這三四天裡，你幾乎不會注意到藥物的效果。有時候，病患會發作，而且這種發作常被誤以為是偏頭痛，尤其是病患如果有偏頭痛的病史。不過無論如何，發作的狀況畢竟是很少見的。通常唯一會被注意到的，就是病患——」

「別再稱呼我病患了。」

「——夢境愈來愈逼真，做夢的時間也愈來愈久，這些夢通常會串連在一起，一個接一個，最後就會像是畢卡索寫的小說似的。另一個會被注意到的藥效，則是病患會感覺到一點點，呃，朦朧。他的思考會有一點點迷糊。但你知道，因為他一直睡得不好，又做那些夢，所以就算感覺有點遲鈍也是難免的。另外，執法官，我並不是喊你『病患』，還不到時候。剛剛那些只是修辭上的說法而已。」

「如果我往後避開所有食物、香菸、咖啡、藥物，那現在已經造成多大的損害了？」

她把頭髮撥到臉後頭，在腦後盤成一個髻。「恐怕是很大。」

「這麼說吧，如果我要到明天早上才能離開這個島，如果那些藥物開始發揮作用，那我要怎麼樣才會曉得？」

「最明顯的徵兆，就是嘴巴很乾，但又很矛盾地會一直分泌唾液，另外就是會麻痺。你會發現到小小的顫抖。一開始出現在手掌根，然後通常會慢慢延伸到整個手掌，最後會宰制你整雙手。」

宰制。

泰迪說，「還有其他的嗎？」

「對光線很敏感，左腦頭痛，講話開始變慢，會比以前結巴。」

泰迪聽得到外頭的浪濤聲，潮水開始上湧，拍打在岩石上。

「那個燈塔裡頭在進行些什麼？」他說。

她環抱著自己的身子，朝火堆湊。「開刀。」

「開刀？他們可以在醫院進行啊。」

「腦部手術。」

泰迪說，「他們在醫院裡也可以做啊。」

她盯著火焰。「探測式手術。不是『我們把他腦殼打開來修好』那種，不是的。而是『我們把他腦殼打開來，看看把這個拿掉後會怎樣』那種，不合法的那種。從納粹學來的那一套。」她朝他微笑。「他們就是在那裡，打算創造出他們的鬼魂。」

「這件事有誰曉得？我的意思是，在這個島上？」

「有關燈塔的事？」

「對，燈塔。」

「每個人都知道。」

「少來，雜役呢？護士呢？」

她隔著火焰緊緊盯著泰迪的雙眼，自己的雙眼鎮靜而清亮。

「每個人都知道。」

他不記得自己睡著過，但一定是如此，因為她正在搖著他。

她說，「你該走了。他們以為我死了，以為我淹死了。如果他們出來找你，那我可能就會被發現。很抱歉，但是你一定要走。」

他站起身，揉揉眼睛下方的臉頰。

「有一條路，」她說。「就在這個懸崖頂上。循著這條路往西走，大概走一小時，就會到那棟老指揮官宅邸的後方。」

「你是瑞秋・索蘭度嗎？」他說。「我就知道我遇到過的那個是假的。」

「你怎麼曉得？」

泰迪回想前一夜他的大拇指。他們送他去床上時，他正瞪著兩手大拇指瞧。但他醒來時，手卻被擦乾淨了。鞋油，他當時這麼以為，然後他回想起自己觸摸過她的臉……

「她的頭髮是染的，剛染過。」他說。

「你該走了。」她溫柔地抓著他的肩膀轉向洞口。

「那我再回來好了，」他說。

「我不會在這裡了。我白天就會換地方。每天晚上都在不同的地方過夜。」

「可是我可以來接你，帶你離開這兒。」

她朝他露出哀傷的微笑，雙手沿著太陽穴把他的頭髮朝後梳。「剛剛我講的話，你根本都沒聽進去，對不對？」

「我聽進去了啊。」

「你再也不會離開這兒了。現在你是我們的一分子了。」她手指握緊他一邊肩膀，把他推向洞口。

走到外頭，泰迪停下腳步，回頭看著她。「我有個朋友。他今天晚上本來跟我在一起，我們不小心走散了。你見過他嗎？」

她又露出那個哀傷的微笑。

「執法官，」她說，「你沒有朋友。」

# 18

終於來到考利房子後頭時，他已經快走不動了。

他在屋後轉上另一條路，朝園區大門走去，感覺這段路好像是今天早上的四倍，黑暗中有個人冒出來，走在他旁邊，攬住泰迪的手臂說，「我們還在納悶你什麼時候會出現哩。」

是典獄長。

他的皮膚是蠟燭的那種白，光滑得好像上了漆，而且還有點透明。泰迪還發現，他的指甲就跟皮膚一樣，又長又白，長得幾乎要捲曲了，而且尖端修得十分精細。但他的雙眼才是全身最不搭軋的部分，一種輕柔的藍，充滿了陌生的好奇。像嬰兒的眼睛。

「真高興終於碰面了，典獄長。你好嗎？」

「啊，」那個人說。「我好得不得了。你呢？」

「沒得抱怨。」

典獄長捏了捏他的手臂。「那真是太好了。看來你跟我一樣，剛去散步回來？」

「呃，既然病患已經找回來了，我就到島上到處逛逛了。」

「相信一定很愉快。」

「非常愉快。」

「好極了。那你碰到過島上的原住民嗎？」

泰迪還愣了一下。他現在腦袋不斷嗡嗡叫，雙腿幾乎撐不住了。

「喔，那些老鼠，」他說。

典獄長拍拍他的背。「老鼠，沒錯！牠們有種奇異的尊貴感，你不覺得嗎？」

泰迪看著對方的雙眼說，「那是老鼠。」

「有害的動物，沒錯。我了解。但只要牠們覺得身在安全距離外，看牠們坐在那兒望著你的樣子；還有牠們移動的那種迅速，眨眼之間就鑽進或鑽出洞……」他抬頭望著星星。「好吧，或許**尊貴**這個字眼錯了。那**務實**怎麼樣？他們是異常務實的動物。」

他們已經來到園區的大門，典獄長仍抓著泰迪的手臂，然後在原地轉回身，望著考利的房子和更遠的大海。

「你喜歡上帝的最新恩賜嗎？」

泰迪看著他，在那對完美的雙眼中感覺到一股病態。「什麼？」

「上帝的恩賜，」典獄長說，手朝著凌亂破碎的地面一揮。「祂的暴力。我第一次下樓看到家裡客廳那棵樹的時候，感覺就像看著神的手。當然不是真正的，而是一種比喻，誇張的說法。上帝喜愛暴力。這點你懂，對吧？」

「不，」泰迪說，「我不懂。」

典獄長朝前走了幾步，轉身面對著泰迪。「造成這麼大的傷害，還能有別的原因嗎？它就在我們心中，出自我們心中。我們做這些事情，比呼吸還要自然。我們開啟戰爭，焚燒獻祭者，劫掠、傷害自己的兄弟，用發臭的死人填滿廣大的田野。為了什麼？為了向祂顯示，我們已經從祂的榜樣中學會了。」

泰迪望著典獄長的手猛敲緊壓在腹部的那本小書封皮。

他微笑了，露出一口黃牙。

「上帝賜給我們地震、颶風、龍捲風。祂賜予了會在我們頭上噴火的山，會吞噬船隻的大海。祂賜給我們大自然，而大自然是微笑殺手。祂賜予我們疾病，好讓我們相信自己終有一死。祂賜予我們傷口，只為了讓我們感覺到自己的生命從傷口中流失。祂給了我們欲望和狂怒和貪婪和邪惡的心，好讓我們可以從事暴力行為以向祂致敬。沒有任何道德秩序能像我們剛目睹的這個暴風雨那麼純淨。絕對沒有。只有這個——我的暴力行為能不能征服你的？」

泰迪說，「我不確定我——」

「能不能？」典獄長走近他，泰迪聞得到他的口臭。

「能不能什麼？」

「我的暴力行為能不能征服你的？」

「我又不暴力，」泰迪說。

典獄長一口啐在腳邊。「你暴力起來就無法控制。我知道，因為我暴力起來也無法控制。孩子，別因為不好意思而否認自己的嗜血欲望。也別讓我覺得不好意思。如果去除掉社會的束縛，而你必須吃掉我才能活命，那麼你會用石頭打破我的腦袋，吃掉我的肉。」他湊向前。「如果現在我咬住你的眼睛，你來得及阻止我把你弄瞎嗎？」

泰迪望著他嬰兒眼裡的歡喜。想像著這個人的心臟，黑色的，在他胸膛裡搏動。

「我會試試看。」他說。

「這樣才對嘛。」典獄長低語道。

泰迪站穩腳步，感覺到血液在他手臂裡竄流。

「沒錯，沒錯，」典獄長低語。「『身上的鎖鏈與我漸成好友。』」

「什麼？」泰迪發現自己也壓低聲音，全身搏動著一種奇異的震顫。

「拜倫的詩，」典獄長說。「你還記得這句吧？」

典獄長往後退一步，泰迪望著他露出微笑。「典獄長，暴風雨真的打破了你的固有模式，對不對？」

典獄長也露出同樣的淺笑。

「他認為沒關係。」

「什麼沒關係？」

「你。你的小小尾聲，他認為其實無傷。但我不這麼想。」

「是嗎？」

「沒錯。」典獄長放下手臂，往前走了幾步，他兩手在背後交握，那本小書抵著他的尾椎，然後他轉身，兩腳張開像軍人的稍息姿勢，盯著泰迪。「你說你剛剛是去散步，但我很清楚。我了解你，孩子。」

「我們才剛認識。」泰迪說。

典獄長搖搖頭。「我們這類人彼此認識好幾個世紀了。我把你看透了。我想你很哀傷，真的。」他皺起嘴唇，低頭望著雙腳。「哀傷也無所謂。對一個男人來說很可悲，但我覺得無所謂，因為我不在乎。但我也認為你很危險。」

「每個人都有權擁有自己的意見，」泰迪說。

典獄長臉色一沉。「不，沒有。人類很愚蠢。他們吃喝拉撒，他們私通又生兒育女，而生兒育女這點尤其不幸，因為如果人類減少一大半，這個世界會變得更美好。智障和混血兒和精神病和品德低下的人——我們製造出來的就是這些。現在在南方，他們想給那些黑鬼設限制。不過我告訴你，孩子，我在南方待過，那裡全是黑鬼。白人黑鬼、黑人黑鬼、女人黑鬼。到處都是黑鬼，不會比兩條腿的狗更有用。至少狗不時還會嗅出點味道。孩子，你就是個黑鬼。你是低等人，我從你身上聞得出來。」

他的聲音出奇地輕，簡直是女性化。

「這個嘛，」泰迪說，「過了明天上午，你就不必替我操心了，對不對，典獄長？」

典獄長微笑。「是啊，孩子，沒錯。」

「到時候我就會離開你的島，不會再煩你了。」

典獄長朝他走了兩步，臉上的笑容消失了。他昂起頭瞪著泰迪，一對嬰兒眼盯住泰迪。

「你哪裡都去不了，孩子。」

「恕我難以同意。」

「隨你怎麼說。」典獄長身子往前湊，嗅嗅泰迪臉左邊的空氣，然後又移到右邊嗅嗅。

「聞到什麼了嗎？」

「嗯。」典獄長身子往後回復原狀。「孩子，我覺得聞到了恐懼。」

「那你大概該去沖個澡了，」泰迪說。「把那些臭味沖掉。」

兩人一時之間都沒說話，然後典獄長說，「記得那些鎖鏈，黑鬼。那是你的朋友。另外別忘了我萬分期待我們的最後之舞。啊，」他說，「我們造成了何等的大屠殺。」

然後他轉身走上了通往他房子的路。

男子宿舍沒人在，裡面空無一人。泰迪來到他房間，把雨衣掛進衣櫥裡，尋找恰克回來過的任何痕跡，卻沒見著。

他想過要坐在床上，但心知如果一碰床，他馬上會睡死過去，大概到明天早上才會醒來，於是他去浴室潑點冷水在臉上，用溼溼的梳子把一頭短髮朝後梳。他覺得骨頭酸痛，血液濃濁得像麥芽乳，雙眼沉重且眼圈發紅，皮膚一片死灰。他又潑了幾捧冷水在臉上，然後擦乾出去，來到主園區。

一個人影都沒有。

空氣竟然暖了起來，愈加潮溼發黏，蟋蟀和蟬開始恢復鳴唱。泰迪在院子內行走，期望恰克會出現在前方，跟他一樣正在園區內亂逛，然後兩人相遇。

大門旁還是那個警衛，泰迪看得到有些房間亮著燈。但除此之外，四周一片空蕩。他走向醫院，上了階梯，一拉門，發現鎖上了。他聽到一陣鉸鏈的吱嘎聲，回頭望去，發現那個警衛打開了大門，出去和他的同事會合。大門再度關上時，泰迪也往後退，聽到自己的鞋子刮在水泥階梯頂端平台的聲音。

他坐在階梯上一會兒，諾以思的理論碰到大考驗了。此時毫無疑問，泰迪完全是孤單一人。困在這裡，沒錯。但據他所知，沒有人在監視他。

他繞到醫院後頭，看到一個雜役坐在後頭的階梯頂端平台抽菸，覺得胸口發脹。

泰迪往前走，那個高高瘦瘦的黑人小夥子抬頭望著他。泰迪從口袋掏出香菸。「有火嗎？」

「有。」

泰迪湊上前，讓那個小夥子替他點菸，然後身體抬起時朝他微笑以表謝意，想起那個女人告訴過他不要抽他們的菸，於是他把菸緩緩吐出，沒吸進肺裡。

「你今天晚上怎麼樣？」他說。

「還好，先生。您呢？」

「我很好。大家都跑哪兒去了？」

那個小夥子豎起大拇指朝背後一指。「都在那兒，舉行什麼大型會議。不曉得是什麼事情。」

「所有醫師和護士嗎？」

那個小夥子點點頭。「還有一些病患。我們雜役大部分也在裡頭。我會守在這裡是因為那扇門的門閂有點問題。不過沒錯，除了我之外，每個人都在那兒。」

泰迪又抽了口空菸，期望那個小夥子沒注意到。他不知道是不是該鬼混走上階梯，讓那小子把他當成另一個雜役，或許還是C監來的。

然後他看著那小子後頭的窗子裡面，發現走廊擠滿了人，大家都朝正門走去。

他謝謝那個小子給他點菸，繞到醫院前頭去，碰到一群人正擠在那兒講話、點菸。他看到瑪麗諾護士跟崔．華盛頓說了些什麼，邊講邊把手搭在他肩膀上，崔的頭往後一仰，大笑起來。

泰迪正要走向他們，此時考利在階梯上喊他。「執法官！」

泰迪轉身，考利下了階梯朝他走來，他碰碰泰迪的手肘，朝圍牆走去。

「你到哪兒去了？」考利說。

「到處逛逛，看看你們這個島。」

「真的嗎？」

「真的。」

「發現什麼好玩的嗎？」

「老鼠。」

「喔，當然，這裡有很多老鼠。」

「屋頂修得怎麼樣了？」泰迪說。

考利嘆了口氣。「我屋子裡擺了一堆桶子接漏水。閣樓完蛋了，全毀了。客房的地板也一樣。我太太一定會瘋掉。她的結婚禮服就放在那個閣樓裡。」

「你太太在哪裡？」泰迪說。

「波士頓，」考利說。「我們在那兒有個公寓。她和小孩得離開這裡喘口氣，所以就去城裡度假一星期。有時候你會有那種非離開不可的感覺。」

「醫師，我才來這裡三天，已經有那種感覺了。」

考利點點頭，一臉溫和的笑。「可是你會去的。」

「去？」

「回去家裡，執法官。現在瑞秋已經找到了。渡輪通常在上午十一點到這兒。我想你中午前就能回到波士頓了。」

「真是太好了。」

「是啊，可不是嗎？」考利一隻手摸摸頭。「有件事我想告訴你，執法官，而且我沒有冒犯的意思——」

「啊，又要來那一套了。」

考利舉起一隻手。「不不不，我不是要對你的情緒狀態提供個人意見。不是的，我是想說，你出現在這裡對很多病患造成情緒波動。你知道——超級警探來了。這讓幾個病患有點緊張。」

「很抱歉。」

「不是你的錯。這是你所代表的涵意，而不是因為你個人。」

「啊，那就無所謂了。」

考利靠在牆上，一隻腳撐在上頭，泰迪覺得他看起來好疲倦，就像他發縐的醫師袍和鬆垮垮的領帶一般。

「今天下午C監謠傳有個身分不明的男子，穿著雜役制服出現在一樓。」

「真的嗎？」

考利看著他。「真的。」

「真不得了。」

考利從領帶挑起一些棉屑，彈出指尖。「該陌生人顯然對安撫危險分子有些經驗。」

「不會吧。」

「啊，是真的。」

「該陌生人還做了些什麼？」

「這個嘛。」考利雙肩往後伸展，脫下醫師袍，搭在手臂上。「我很高興你有興趣。」

「嘿，再沒有什麼比小道消息、小八卦要更有趣了。」

「我同意。該陌生人據稱——提醒你一下，這個消息我無法確認——跟一個大家已知是偏執狂精神分裂症患者有一番長談，那個病患名叫喬治·諾以思。」

「真怪了，」泰迪說。

「的確。」

「那這個，呃……」

「諾以思。」考利說。

「諾以思，」泰迪重複道。「沒錯，那傢伙——他是有妄想症對吧？」

「最嚴重的那種，」考利說。「他會不斷講一些奇譚或編出來的故事，把每個人都搞得情緒波動——」

「又是這個字眼。」

「對不起。你說得沒錯，總之，他會激得大家處於一種很難受的情緒。事實上，兩星期前，他實在逼人太甚，搞得一個病患揍他。」

「真夠瞧了。」

考利聳聳肩。「這種事也是難免的。」

「那麼，他說些什麼樣的奇譚呢？」泰迪問。「編了什麼樣的故事？」

考利擺擺手。「就是很平常的偏執狂妄想。全世界都一起對付他之類的。」他點菸時抬眼看了下泰迪，雙眼在火焰中發亮。「所以，你馬上就要離開了。」

「應該是吧。」

「搭第一班渡輪走。」

泰迪僵硬地朝他笑了笑。「只要有人喊我們起床。」

考利回了他一個笑。「這點我們應該可以辦到。」

「很好。」

「很好。」考利說，「要香菸嗎？」

泰迪對著考利遞過來的那包菸舉起一隻手。「不，謝了。」

「你想戒菸？」

「想少抽點。」

「大概是好事吧。我在期刊上看到菸草可能跟一堆可怕的事情有關。」

「真的？」

他點點頭。「癌症，聽說就是其中之一。」

「現在這個時代，致死的原因真多。」

「我同意。不過治療的方法也愈來愈多。」

「你這麼認為？」

「否則我也不會做這一行了。」考利往頭上吹出一道煙。

泰迪說，「你這裡有過一個叫安得魯．雷迪斯的病患嗎？」

考利昂起的頭放下，回到原位。「沒印象。」

「是嗎？」

「我應該聽過嗎？」

泰迪搖搖頭。「是個我認識的人，他——」

「怎麼個方式？」

「什麼意思？」

「你是怎麼認識他的？」

「大戰的時候，」泰迪說。

「啊。」

「總之，我聽說他腦袋出了點毛病，被送到這裡來。」

考利緩緩吸了口菸。「你聽錯了。」

「顯然是。」

考利說，「這種事難免會有的。我還以為你一分鐘前提到『我們』哩。」

「什麼？」

「『我們』，」考利說。「第一人稱複數。」

泰迪一手放在胸膛。「提到我自己的時候嗎？」

考利點點頭。「我以為你說，『只要有人喊我們起床。』喊『我們』。」

「呃，我是那樣說沒錯。當然了。順便提一下，你有沒有看到他？」

考利朝他揚起雙眉。

泰迪說。「拜託，他在這裡嗎？」

考利笑起來望著他。

「怎麼了？」泰迪說。

考利聳聳肩。「我只是搞不懂。」

「搞不懂什麼？」

「你，執法官。這是你的什麼怪玩笑嗎？」

「什麼玩笑？」泰迪說。「我只是想知道他是不是在這兒。」

「誰？」考利說，聲音聽起來有點被激怒了。

「恰克。」

「恰克？」考利慢吞吞地說。

「我的搭檔，」泰迪說。「恰克。」

考利原來倚在牆上，這會兒直起身來，指間夾著的香菸垂下。「你沒有搭檔，執法官。你是單獨一個人來的。」

# 19

泰迪說，「慢著……」

然後發現考利湊得更近，抬眼盯著他。

泰迪閉上嘴巴，感覺夏日夜晚壓得他眼皮好重。

考利說，「再跟我說一次你搭檔的事。」

考利好奇的目光是泰迪畢生僅見最冷酷的事物。刺探而明智，而且極度和藹。那是一個喜劇配角站在歌舞雜耍場地上的眼神，假裝不知道接下來的笑話會怎麼發生。

而泰迪是哈台，面對著他的勞萊。他像個丑角穿著鬆鬆的吊褲帶，下身一個木桶權充褲子。笑話中最後一個出場的人。

「執法官？」考利又往前走了一小步，像在追蹤蝴蝶。

如果泰迪反駁，如果他要求知道恰克在哪裡，如果他辯稱的確曾經有個恰克，那他就落入他們的圈套了。

泰迪的眼神和考利的相遇，看見了考利雙眼中的笑意。

「精神病患者都會否認他們精神失常。」泰迪說。

考利又踏前一步。「什麼？」

「鮑伯否認他精神失常。」

考利雙臂交抱在胸前。

「因此，」泰迪說，「鮑伯是精神病患者。」

考利直起身子，現在微笑擴散到他臉上。

泰迪也微笑以對。

他們就這樣站在那兒一會兒，徐徐晚風吹過圍牆上方的樹林，微微掀動著樹葉。

「你知道，」考利說，低頭踢著腳下的草地，「我在這裡建立了一些寶貴的東西。但寶貴的事物在自己的時代也往往會被誤解。每個人都希望能迅速解決困境。我們已經厭倦了害怕，厭倦了哀傷，厭倦感到被擊垮，厭倦感到厭倦。我們想要重回昔日時光，但我們甚至已經不記得那些時光了，而且很矛盾的是，我們想趕緊步入未來，全速衝過去。耐心和寬容成為這個過程中第一批犧牲品。這不是新聞了，一點都不是。事情一向是如此。」考利抬起頭。「像我這樣，有這麼多有權勢的朋友，但我也有同樣多有權勢的敵人。人們想把我所建立的東西奪走，我不能不抗爭就投降。你明白嗎？」

泰迪說，「啊，醫師，我明白。」

「很好，」考利交抱的雙臂放下。「那你這位搭檔呢？」

泰迪說，「什麼搭檔？」

泰迪回房時，崔・華盛頓也在，正躺在床上看一本過期的《生活》雜誌。

泰迪望著恰克的床。床已經重新鋪過了，床單和毯子塞得好好的，完全看不出前兩夜有人睡過。

泰迪的西裝、襯衫、領帶，和褲子都已經洗好送回來，掛在衣櫥裡，外面包著塑膠護套。他換下雜役制服，把自己的衣服穿上，而一旁的崔則翻著光滑的雜誌紙頁。

「你今天晚上怎麼樣啊，執法官？」

「還不錯。」

「那就好，很好。」

他注意到崔沒看他，雙眼始終盯著那本雜誌，反覆翻著那幾頁。

泰迪把口袋裡的東西換到身上的衣褲裡，把雷迪斯的入院初步評估表連同自己的筆記本放在大衣的內裡口袋。他坐在恰克的床鋪上，就在崔的床對面，打好領帶，繫妥鞋帶，然後靜靜坐在那兒。

崔又翻了一頁雜誌。「明天會很熱。」

「真的嗎？」

「會熱死人。病患不喜歡熱天。」

「是嗎？」

他搖搖頭，又翻了一頁。「是啊，先生。搞得他們全身發癢之類的。明天晚上又是滿月，事情會更棘手。真是不湊巧。」

「這是為什麼？」

「什麼？」

「滿月。你認為會讓人們發瘋嗎？」

「我知道的確會。」他發現有一頁邊緣捲了起來，於是用食指撫平。

「怎麼會？」

「呃，你想想嘛——月亮會影響潮水，對吧？」

「那當然。」

「它對水裡的某種東西有磁力。」

「這個我相信。」

「人類的腦部，」崔說，「有百分之五十以上是水。」

「你不是開玩笑？」

「不是開玩笑。你想想，老月亮先生可以拉動海洋，那再想想它對我們的腦袋能有什麼影響好了。」

「華盛頓先生，你在這裡有多久了？」

他終於撫平了那個捲角，把那頁翻過去。「啊，到現在好久了。自從我一九四六年退伍之後。」

「你當過兵？」

「是啊，沒錯。入伍是想拿槍，結果他們給了我鍋子。我用這手差勁的烹飪工夫去跟德國人打仗。」

「真是亂搞，」泰迪說。

「沒錯，執法官，亂搞的事情還真有那麼一些。要是讓我們去打仗，那戰爭在一九四四年就會結束了。」

「我不反對這個說法。」

「你去過很多地方，嗯？」

「是啊，沒錯。看遍這個世界了。」

「有什麼感想呢？」

「不同的語言，一樣在亂搞。」

「是啊，說得真沒錯，嗯？」

「華盛頓先生，你知道今天晚上典獄長叫我什麼嗎？」

「什麼？執法官？」

「黑鬼。」

崔的雙眼從雜誌上抬起來。「什麼？」

泰迪點點頭。「他說這世界有太多低等人。混血兒，黑鬼，智障。他說我對他來說，不過就是個黑鬼。」

「你不喜歡人家這麼叫你，是吧？」崔低聲笑了，但乾笑一聲就停了。「不過你不曉得當個黑鬼是什麼滋味。」

「這個我知道，崔。不過這個人是你的上司。」

「不是我上司。我是替醫院那邊工作的。那個白魔鬼？他是監獄那邊的。」

「還是你的上司啊。」

「不，不是。」崔手肘撐起身子。「你聽到沒？我的意思是，執法官，這點我們講清楚了嗎？」

泰迪聳聳肩。

崔兩腳甩下床，坐起身來。「你是想把我惹毛？」

泰迪搖搖頭。

「那我告訴你我不替那個狗娘養的白人工作，你為什麼不同意？」

泰迪又聳聳肩。「如果真碰到緊急狀況時，他開始給你下令，那你還不是得乖乖跳著去做。」

「我什麼？」

「跳著去做，像隻兔子。」

崔一隻手摩挲著下巴，不敢置信地咬緊牙瞪著泰迪。

「我沒有冒犯的意思。」泰迪說。

「啊，是喔。」

「只不過我發現，這個島上的人會設法創造自己的事實。以為只要他們講過夠多遍，那些事情就會成真。」

「我不替那個人工作。」

泰迪指著他。「是啊，這就是這個島上的事實，我知道，也很喜歡。」

崔一副想揍他的樣子。

「你看，」泰迪說，「他們今天晚上開了個會。之後，考利醫師來找我，告訴我說我從來沒有搭檔。如果我問你的話，你會說同樣的話。你會否認你跟這個人曾坐在一起，打過撲克牌，一起大笑。你會否認他說過要對付你那個壞心姑媽的方式就是跑快一點。你會否認他曾在這裡睡過這張床。對不對，華盛頓先生？」

崔低頭看著地板。「執法官，我不明白你在說什麼。」

「啊，我知道，我知道。我從來就沒有搭檔。現在這成了事實了，事情已經決定了。我從來就沒有搭檔，他也沒有在這個島上的某處受傷，或死掉。或關在C監或燈塔。我從來就沒有搭檔。你要不要跟著我說一遍，這樣我們就講清楚了？我從來就沒有搭檔。快點，跟著我說一遍。」

崔抬頭看。「你從來就沒有搭檔。」

泰迪說，「那麼，你不替典獄長工作。」

崔雙手緊扣著膝蓋。他望著泰迪，泰迪看得出他飽受煎熬。他雙眼溼潤，下巴的肌肉顫抖著。

「你得離開這兒，」他低聲說。

「這點我明白。」

「不。」崔搖了好幾次頭。「你根本不曉得這裡在進行些什麼。忘掉你所聽到的，忘掉你自以為曉得的。他們會對付你，他們打算對你所做的事情，一做就沒有挽回餘地了，無論如何都無法回頭。」

「告訴我，」泰迪說，但崔再度搖搖頭。「告訴我這裡在進行些什麼。」

「我不能這麼做，真的沒辦法。看著我。」崔抬起雙眉，眼睛睜大了。「我，不能，這麼，做。你只能靠自己。不要想搭渡輪了。」

泰迪低聲笑了。「我連這個園區都走不出去了，更別說要離開這個島。就算我有辦法，我的搭檔——」

「忘了你的搭檔吧，」崔用氣音說。「他走了，你懂嗎？他不會再回來了，大哥。你得動身了。你得為自己設想，而且只能靠自己。」

「崔，」泰迪說。「我被關在這兒出不去了。」

崔站起來走到窗邊，泰迪看不出他是在望著外頭的一片黑暗，或只是看著玻璃上自己的鏡影。

「你絕對不能再胡來。你絕對不能告訴任何人，說我跟你講過任何事。」

泰迪等著。

崔回頭望著他。「同意嗎？」

「同意，」泰迪說。

「渡輪明天上午十點會到這兒。十一點整離開，前往波士頓。如果有人能偷偷摸上那班渡輪，或許可以渡過港灣，回到波士頓。否則，就得再多等兩三天，會有一艘名叫『貝琪・羅絲』的拖網漁船停在離南海岸很近的地方，從船邊丟下一些東西。」他回頭望著泰迪。「在這個島上不該有的那類東西。這艘船不會直接開到岸邊，所以如果有人要上船，就得游泳過去。」

「我沒辦法在這個島上再熬三天了，」泰迪說。「我對地形不熟。典獄長和他的手下卻很熟。他們會找到我的。」

「那就只能搭渡輪了，」他最後終於說。

「沒錯，但我要怎麼離開這個園區呢？」

「狗屎，」崔說。「你可能不相信，不過你今天走運了。暴風雨把一切都搞得亂七八糟，尤其是電力系統。現在圍牆上通電的鐵絲網大部分都修好了。大部分。」

泰迪說。「哪些部分還沒修好？」

「西南角。有兩段修不好，就在西牆和南牆相接成九十度角的地方。其他部分會把你當成烤雞燒焦，所以小心不要失足伸手亂抓，懂了沒？」

「懂了。」

崔朝著自己的反射影像點點頭。「那我建議你趕快動身。別再浪費時間了。」

泰迪站起來。「恰克，」他說。

崔皺起眉頭。「沒有恰克這個人，行嗎？從來就沒有。等你回到外頭世界，愛怎麼談恰克都隨你。但這裡？那個人從來沒有存在過。」

泰迪面對著西南角的圍牆，忽然想到崔可能會騙他。如果泰迪手放在這些鐵絲網上，用力抓住，結果上頭通了電，明天上午他們就會發現他的屍體倒在牆角，黑得像上個月的牛排。問題解決了，崔立下大功，或許還會送他個金錶當獎品。

他到處找，發現了一根細長的樹枝，然後他轉向角落偏右那段鐵絲網。他助跑後在圍牆邊跳起，腳在圍牆上墊了一下往上跳。他把樹枝朝鐵絲網揮下，鐵絲網噴出一波火焰，點燃了樹枝。泰迪落回地面，望著手中的樹枝，火熄了，但那根細枝還在冒著煙。

他又試了一次，這回是對著角落上方的鐵絲網，什麼反應都沒有。

他又落了地，吸了口氣，然後朝左邊的牆跳起，又擊中鐵絲網。再一度，又是沒有反應。

兩段圍牆交會處的上方有根金屬柱子，泰迪朝圍牆跑了三次才抓住。他抓牢了爬到牆頂，雙肩碰到鐵絲網，膝蓋碰到鐵絲網，手肘也碰到鐵絲網，每回他都以為自己死定了。

但沒有。一旦他爬上圍牆頂，就成功了一大半，接下來只要放低身子落到另一邊就成了。

他站在樹葉之間，回頭望著艾許克里夫醫院。

他來這裡尋找真相，結果沒找到。他來這裡尋找雷迪斯，結果也沒找到。而且在這趟旅程中，他還失去了恰克。

等回到波士頓，他有大把的時間可以後悔，有時間可以內疚、羞愧。也有時間可以思考自己的意見，跟賀里參議員商量，擬出一個攻擊計畫。他會回來的，而且會很快，這一點毫無疑問。但願屆時他身上帶著法院傳票和聯邦搜索令。而且他們會乘坐自己的渡輪來。他會怒氣沖沖，他會在盛怒之下實現正義。

但現在，他只是很放心自己還活著，來到了圍牆的另一端。放心，而且很害怕。

他花了一個半小時才回到那個洞穴，但那個女人已經離開了。她的火堆已經燒成一小堆餘燼，泰迪坐在火堆旁，儘管外頭的空氣溫暖得不像這個季節，而且愈來愈溼黏。

泰迪等著她，希望她只是出去撿柴火，但他心底明白，她不會再回來了。或許她相信他已經被抓住，而且認為此時他已經把她的藏身處告訴典獄長和考利。或許——這點實在太奢望了，但泰迪姑且縱容自己想一想——恰克發現了她，他們去了另一個她認為比較安全的地方。

火熄滅時，泰迪脫下西裝外套，蓋在肩膀和胸前，然後頭往後靠著牆。就像前一夜那樣，他失去意識前所注意到的最後一樣東西，就是他的兩個大拇指。

它們開始抽搐了。

# 第四天

## 差勁的水手

# 20

所有死者和或許已死的人，都去拿自己的大衣。

他們在一個廚房裡，那些外套掛在鉤子上，泰迪的父親拿了他的雙排釦粗呢短大衣，伸著手臂穿上，接著幫忙德蘿瑞絲穿她的外套，然後他對泰迪說。「你知道我聖誕節想要什麼嗎？」

「爸，我不曉得。」

「風笛。」

泰迪明白，他的意思是要一套高爾夫球桿和高爾夫球袋。

「就像艾克一樣，」他說。（譯註：艾克即指艾森豪，二次世界大戰盟軍總司令，美國一九五三─一九六一年總統，素以愛打高爾夫球聞名。）

「一點也沒錯。」他父親說著，把恰克的輕便外套遞過去。

恰克穿上了。那是一件很好的大衣，二戰前的喀什米爾毛料。恰克臉上的疤不見了，但還是擁有那雙細緻、像是借來的手，他在恰克面前舉起來，扭動著手指。

「你跟那個女醫師走了嗎？」泰迪問。

恰克搖搖頭。「我太有經驗了。我去賭馬了。」

「贏了嗎？」

「輸一大筆。」

「真遺憾。」

恰克說，「跟你太太吻別吧，親在臉頰上。」

泰迪湊過身子去，旁邊他母親和圖提·維切利都一張血淋淋的嘴朝他微笑，然後他吻了德蘿瑞絲的臉頰，說，「寶貝，你怎麼全身都溼透了？」

「我身上乾得要命，」她對泰迪的父親說。

「如果我年紀只有現在的一半，」泰迪的父親說，「妞兒，我就會娶你。」

他們都全身透溼了，連他母親和恰克也是。他們的外套滴得地板上到處都是水。

恰克遞給他三根木頭說，「這是柴火。」

「謝了。」泰迪接過來，然後忘了該放在哪裡。

德蘿瑞絲抓抓肚子說，「他媽的兔肉，一點好處都沒有。」

雷迪斯和瑞秋·索蘭度走進來。他們沒穿大衣，其實是什麼都沒穿，雷迪斯把一瓶黑麥威士忌從泰迪的母親頭上傳過去，然後他雙手抱住德蘿瑞絲，泰迪應該感到嫉妒的，但瑞秋跪在他面前，拉開泰迪長褲的拉鍊，把他放進嘴裡，然後恰克和他父親和圖提·維切利和他母親臨走時都朝他揮揮手，雷迪斯和德蘿瑞絲跌跌絆絆地一起進了臥室，泰迪聽得見他們在床上的聲音，摸索著彼此的衣服，沉重地喘息著，一切似乎都很完美，很神奇，他把德蘿瑞絲拉起身時，可以聽到瑞秋和雷迪斯在臥室裡瘋狂幹炮，然後他吻吻自己的太太，一隻手放在她腹部的洞，她說，「謝謝，」然後他從後面進入她，把廚房長桌上的木頭推開，典獄長和他的手下自己拿了雷迪斯帶來的黑麥威士忌喝了起來，典獄長還朝泰迪擠擠眼睛，讚許他的幹炮技巧，然後朝他舉杯，跟手下說：

「那是個大老二的白人黑鬼。你們一見到他，就先開槍。聽清楚了嗎？絕對不要考慮。各位，這個人要是離開了這個島，我們就全部立刻完蛋。」

泰迪把胸口的大衣推開，爬到洞口。

典獄長和他的手下正在他上方的崖頂。太陽出來了，海鷗發出陣陣尖嘯。

泰迪看看錶：上午八點。

「你們不要冒險，」典獄長說。「這個人受過搏鬥的訓練、經歷過搏鬥測試，而且在搏鬥中變得更厲害。他得過紫心勳章和四葉勳章。他曾赤手空拳在西西里島殺死過兩個人。」

這些資訊登在他的人事檔案裡，泰迪知道。但媽的他們怎麼會拿到他的人事檔案？

「他用起刀很熟練，而且對徒手搏擊非常在行。絕對不要接近這個人。一有機會，就開槍把他像隻兩條腿的狗似的撂倒。」

儘管情勢危急，但泰迪不禁微笑起來。典獄長曾用兩條腿的狗這個比喻對手下訓話過多少次？

三個警衛攀著繩子從比較小的那個懸崖邊吊下來，泰迪離開洞口的岩架，觀察著他們沿著崖壁一路往下到沙灘。幾分鐘之後，他們又爬了上去，泰迪聽到其中一個警衛說，「長官，他沒在下頭。」

他又聽著他們在上頭岬角和那條路附近搜索，然後他們走了，泰迪又足足等了一個小時，才離開那個山洞，等著聽聽看沒有人留下來殿後，同時給那個搜索隊足夠的時間，免得出去撞上他們。

等他來到那條路，已經是九點二十分了，他循著那條路往西邊回去，努力加快腳步，但始終尖著耳朵，提防前面或後面有人朝他走來。

崔的天氣預測很準。今天熱得要命，泰迪把外套脫了，摺起來夾在腋下。他鬆開領帶，從頭頂上拉出來，然後塞進口袋裡。他的嘴巴乾得像岩鹽，眼睛被汗滲得發癢。

他在夢裡又見到恰克了，穿上了他的大衣，那個影像比雷迪斯愛撫德蘿瑞絲更令他感到心痛。在瑞秋和雷迪斯出現之前，夢裡的每個人都死了，只有恰克除外。而恰克從同一排鉤子上拿下他的大衣，跟著其他人走出門。泰迪痛恨其中的象徵。如果昨天他們在海岬上制服了恰克，那他們大概是趁泰迪從底下那片田野爬上來的時候把他拖走的。而不管偷襲他的人是誰，一定是個非常厲害的行家，因為恰克連發出一聲叫喊都沒有。

要擁有多大的權勢，才能讓兩個、而不是一個聯邦執法官消失？

至高無上的權勢。

如果他們的計畫是要逼泰迪發瘋，那麼對恰克來說就得用別的辦法。沒有人會相信兩個執法官在四天內先後發瘋。所以恰克必須是碰到意外。大概是因為颶風吧。事實上，如果他們真的很聰明——看起來也似乎正是如此——那麼或許恰克的死，可以拿來當成觸動泰迪完全崩潰的關鍵。

這個想法有種無可否認的對稱之美。

但如果泰迪離不開這個島，那麼這個故事無論有多麼合理，波士頓的外勤工作站都絕對不會接受，他們一定會派其他執法官來這裡親自調查。

那他們會發現什麼？

泰迪低頭看著自己顫抖的手腕和大拇指，抖得愈來愈厲害了。而且睡了一夜之後，他覺得腦袋並沒有更清醒。他覺得昏沉朦朧，口齒不清。如果等到外勤工作站派人來這裡，那些藥已經發揮作用，他們大概會發現泰迪穿著浴袍口水直流，隨處失禁。這麼一來，就證實了艾許克里夫對於真相的說法是事實。

他聽到渡輪發出的笛聲，於是爬上一個小丘，來得及看到渡輪剛在港內掉回頭，開始往後朝著碼頭行駛。他加快腳步，十分鐘之後，他已經可以透過樹叢看到考利那棟都鐸式住宅的背面了。

他離開小路，走進樹林，聽到有人從渡輪上卸貨，箱子扔到碼頭上的砰砰響，金屬手推車的鏗鏘音，還有走在木條板的腳步聲。他走到最後一棵樹旁，看到幾個雜役走到碼頭上，兩個渡輪駕駛員往後靠在船尾，另外他還看到了警衛，很多警衛，槍托靠著臀邊，身體轉向樹林，眼睛掃視著通往艾許克里夫醫院的樹木和幾片空地。

雜役們卸完船上的貨，拉著推車上了碼頭離開，但警衛們還留在那裡，泰迪知道他們今天上午的唯一任務就是要確保不讓他上船。

他匍匐穿過樹林，來到考利的房子旁。他可以聽到屋內樓上有幾個人，看到其中一個站在屋頂斜面上，背對著泰迪。他在房子西端的車棚裡發現了那輛車，四七年的別克紫紅色Roadmaster車款，白色皮革的車內裝潢。打過蠟的車身在颶風過後的太陽下閃閃發光，是輛備受主人喜愛的寶貝車。

泰迪打開駕駛座旁的車門，聞得到那種剛出廠新車的皮革味。他打開置物匣，發現了幾夾紙板火柴，他全部拿走了。

他從口袋掏出領帶，從地上找了塊小石頭，綑在領帶窄的那一端。他拉起車牌，旋開油箱蓋，把綁著石頭的領帶經過油管慢慢放進油箱裡，外頭只剩一截寬寬的大花領帶前端，看起來好像是從某人的脖子上掛下來。

泰迪想起德蘿瑞絲給他這條領帶時的情景，她用領帶遮住他的眼睛，坐在他膝上。

「對不起，親愛的，」他低語道。「我喜歡它是因為這是你給的。但老實說，這條領帶醜得要命。」

然後他抬頭對著天空微笑，跟她賠罪，接著他用一根火柴點燃整夾火柴，又用那夾火柴點燃領帶。

然後他拚命跑。

車子爆炸時，他正穿過樹林。他聽見幾個人大喊，回頭望一眼，透過樹影看得見一團火焰往上竄，接下來車窗炸開時，發生了一連串比較小的爆炸聲，像煙火似的。

他來到樹林邊緣，把西裝外套捲成一球，塞到幾塊石頭下。他看到那些警衛和渡輪上的工作人員沿著小徑朝考利的房子跑，心知自己如果打算做這件事，那就得趁現在了，沒有時間讓他再考慮，這樣也好，因為如果他再多想接下來要做的事情，那麼他就永遠不會去做了。

他衝出樹林，沿著海岸奔跑，就在抵達碼頭、可能被任何跑回渡輪的人看見之前，他往左急轉，跑進水裡。

老天，好冰，泰迪原本指望炙熱的白天可以讓水變暖一點，可是那股寒氣像電流竄遍他全身，讓他不禁吐進肺裡的氣，但是泰迪不停往前，設法不要去想水裡還有些什麼——鰻魚和水母和螃蟹，或許還有鯊魚。感覺上似乎很可笑，但泰迪知道通常鯊魚是在水深三呎之處攻擊人類，這大概就是他現在的位置，現在水深到達他的腰部，而且愈來愈深，泰迪聽到考利的房子旁傳來的喊叫聲，儘管心臟猛跳個不停，他還是潛入水裡。

他看到那個夢裡的小女孩，就在他下方漂浮著，睜著雙眼，隨波逐流。

他搖搖頭，她消失了，然後他看見船的龍骨就在他前方，一條粗黑色帶子在綠色的水中成波浪狀，他游過去，雙手抓住。他沿著那條龍骨來到船的前方，繞到另一側，耐著性子緩緩冒出水面，只有頭部。他吐出一口氣，感覺太陽照在他臉上，然後他又吸了口氣，努力不去想著他雙腿懸在水裡的景象——旁邊一堆生物游來游去，看著那兩條腿，搞不清是什麼，湊近聞一聞……

梯子就在他記得的地方，剛好在他面前，他一手抓住第三根橫槓，懸在那兒。此時他聽得到人們跑回碼頭的聲音，聽到他們沉重的腳步聲踩在木條板上，然後他聽見典獄長的聲音：

「搜那條船。」

「長官，我們只是去——」

「你們擅離崗位，現在還想辯嗎？」

「不，長官。抱歉，長官。」

幾個人上了渡輪，增加了船的重量，泰迪手中的梯子往下沉了一點。他聽得到他們在船上走來走去，聽到開門和家具移動的聲音。

有個什麼東西溜過他兩條大腿間，像一隻手，泰迪咬緊牙抓緊梯子，逼自己什麼都別想，因為他不願想像那會是什麼。而不管那是什麼東西，仍繼續移動，泰迪吐出一口氣。

「我的車。他炸掉了我的車。」考利啞著嗓子說，聽起來氣喘吁吁。

典獄長說，「醫師，鬧到這個地步太過分了。」

「我們說好，這事情由我決定。」

「如果這傢伙離開這個島——」

「他不會離開這個島的。」

「我相信你也沒想到他會把你的車子給一把火燒掉。我們得立刻中止這個活動，才能減少損害。」

「我花了太多工夫，不能現在認輸。」

典獄長扯高嗓門。「如果他離開這個島，我們就完了。」

考利的嗓門也拉高，不下於典獄長。「他不會離開這個操他媽的小島！」

兩個人都沉默了整整一分鐘，泰迪聽得見他們在甲板上的重量轉移。

「很好，醫師。不過那艘渡輪要留下。在人找到之前，船不准離開這個碼頭。」

泰迪懸在那兒，雙腳冰到極點，有如火燒般刺痛。

考利說，「波士頓那邊得通知一聲才行。」

「那就通知他們。不過這艘渡輪得留下。」

泰迪覺得左腳背有個什麼推了一下。

「好吧，典獄長。」

他腳上又被推了一下，泰迪踢回去，聽到了濺起的水花就像槍聲劃破空氣。

腳步聲奔向船尾。

「他不在船上，長官。我們到處都搜過了。」

「那他去了哪裡？」典獄長說。「有誰曉得嗎？」

「該死的！」

「怎麼了，醫師？」

「他往燈塔去了。」

「這點我也想過。」

「我會處理的。」

「帶幾個人過去。」

「我說過我會處理。我們那裡有幾個人。」

「那些人不夠。」

「我會處理，我說過了。」

泰迪聽到考利的鞋子一路砰砰響走回碼頭，到了沙灘上變小聲了。

「不管是不是去燈塔，」典獄長對手下說，「這艘渡輪哪兒都不准去。去跟駕駛員拿引擎鑰匙，交給我收著。」

他游了大半天來到這兒。

他鬆開抓著渡輪梯子的手，朝海岸游去，直到水淺處可以讓他省點力，然後他一路撥著水，直到離碼頭夠遠才冒險露出頭來，回頭看了一眼。他已經游了幾百碼，看得見一堆警衛包圍著碼頭。

他又溜回水中，繼續撥水，不敢冒險用自由式或甚至狗爬式，免得濺起水花；過了一會兒，來到了海岸線轉彎處，他繞過去，走上沙灘，坐在陽光下，甩甩身上的冷水。他沿著海岸線一直往前走，直到碰到一批露頭岩石，逼得他又回到水中，他把兩隻鞋子綁在一起掛在脖子上再度下水游泳，腦中想像著他父親的屍骨就在這片海底，想像鯊魚和牠們的魚鰭、閃著光的大尾巴，還有露出兩排牙齒的梭魚；他知道他經歷的這些都是無可避免的，海水凍得他麻痺，現在他除了繼續游也別無選擇，過兩天「貝琪．羅絲號」在小島南端丟下走私品時，他可能還要再經歷一遍；他知道克服恐懼的唯一方法就是面對，這一點他在戰爭中已經學得夠多了，但即使如此，如果他有辦法，他絕對、絕對不會再涉身大海了。他可以感覺海洋看著他、觸摸他。他可以感覺海洋的年歲，比諸神還要古老，毀滅的死亡人數也更多。

他看到燈塔時，大約是一點。他不能確定，因為他的手錶放在西裝外套裡，但太陽的位置應該是這個時間沒錯。他來到燈塔所在的陡峭岩岸下方，躺在一顆岩石上曬太陽，直到身體不再顫抖，皮膚也不再那麼藍為止。

如果恰克就在上頭，不論他狀況如何，泰迪都會救他出來。不管死活，他都不會拋下他。

**那麼你會送命。**

那是德蘿瑞絲的聲音，他知道她說的沒錯。如果他得熬兩天等「貝琪．羅絲號」到來，而又得帶著人事不省、行動不便的恰克，那他們永遠走不了。他們會被追捕……

泰迪微笑了。

……就像兩條腿的狗。

我不能丟下他，他告訴德蘿瑞絲。辦不到。如果我找不到他，那也罷了。但他是我的搭檔。

**你才剛認識他。**

但他照樣是我的搭檔。如果他在這裡，如果他們正在傷害他，硬把他留下，那麼我就得救他出來。

**就算你會死？**

就算我會死也一樣。

**那麼我希望他不在這兒。**

他離開那塊岩石，走上一條布滿海沙和貝殼的小徑，兩旁生滿濱海野草，他忽然想到考利認為他有自殺傾向，其實不是那麼回事。那比較像是但願自己死掉。幾年來，他都想不出活下去的好理由，真的。但他也想不出去死的好理由。要他自行了斷？即使在他最感孤寂的夜裡，要他自殺好像也太可悲、太為難、太渺小了。

可是——

那個警衛忽然就站在那兒，泰迪嚇了一跳，警衛也同樣被泰迪的出現嚇了一跳，警衛的拉鍊還沒拉上，步槍掛在背後。他先伸手要去拉拉鍊，中途改變主意，可是此時泰迪已經一手朝他喉結抓過去。泰迪扣住他的喉嚨，身子一弓，彎膝朝警衛的後背一頂，那個警衛翻身躺在地上；泰迪直起身來，朝他右耳用力踢，那個警衛雙眼往後翻，鬆開了嘴巴。

泰迪站在他旁邊，彎腰把步槍背帶從他肩膀上拿下，然後把壓在他身子下頭的步槍抽出來。他可以聽到那個傢伙的呼吸。所以他沒殺掉他。

而且現在他有槍了。

他用這把槍對付下一個警衛，就是守在圍籬前那個。那警衛其實還是個小孩，他繳械後說，「你要殺我嗎？」

「天哪，小鬼，不會的。」泰迪說著用步槍槍托朝那小鬼的太陽穴一敲。

圍籬內緣有個小宿舍，泰迪先去檢查那裡，看到了幾張行軍床和幾本美女雜誌，一壺冷咖啡，兩套警衛制服掛在門後的鉤子上。

他退出去，走到燈塔，用步槍推開門，發現一樓只不過是個潮溼的水泥房間，一片空蕩蕩，什麼都沒有，只有牆上長的黴，還有一道螺旋梯，以和牆壁同樣的石材築成。

他上了螺旋梯爬到二樓，跟樓下一樣空蕩蕩，他知道這裡一定有個地下室之類的大房間，或許有走道通往醫院的其他地方，因為到目前為止，這裡看起來還完全就是燈塔而已。

他聽到上方傳來的搔刮聲，於是走向樓梯再往上爬一層，來到一扇沉重的鐵門前，他用步槍槍管尖端推門，感覺門微微動了一下。

泰迪又聽到那個搔刮聲，而且聞到了香菸味兒，聽到了海洋，感覺到海風吹來，他知道如果典獄長夠聰明，在門的那頭派了警衛守著的話，那麼他一推開門，就必死無疑。

**寶貝，快逃吧。**

不行。

**為什麼？**

因為一切都指向這裡。

**是什麼？**

一切，每件事。

**我不明白怎麼——**

你，我，雷迪斯，恰克。還有諾以思，那個被整得很慘的小鬼。一切都指向這裡。如果這件事不馬上停止，我就要進去阻止。

**是他的手，恰克的手。你還不明白嗎？**

不明白，怎麼回事？

**他的手，泰迪。跟他不配。**

泰迪明白她的意思，他知道有件跟恰克的手有關的事情很重要，但沒有重要到要讓他在此時此地再浪費任何時間思考。

**好吧，小心了。**

泰迪蹲著身子往門左邊湊，步槍的槍托貼著左胸廓，右手撐在地上平衡，然後左腳踢向門，門晃開時，他左膝順勢跪下地，把步槍抵在肩上，順著槍管往前瞄準。

瞄準考利。

他坐在一張桌子後頭，背對著一個小窗格，身後廣闊的藍色海洋泛著銀光，海洋的氣息充滿室內，微風吹拂著他兩側的頭髮。

考利沒有驚奇的表情，看起來也不害怕。他手上的香菸朝面前菸灰缸的邊緣輕敲兩下，對著泰迪說：

「寶貝，你怎麼全身都溼透了？」

# 21

考利身後的牆上貼著幾大張粉紅色的紙，邊緣用縐巴巴的膠帶固定。他面前的桌上有幾個文書夾、一部軍用野外無線電、泰迪的筆記本、雷迪斯的入院初步評估表，還有泰迪的西裝外套。角落裡的椅子上放著一架盤式錄音機，上頭的轉盤正在轉動，頂端立著一個小型麥克風，朝外指向房間中央。考利眼前則放著一本黑色皮革封面的筆記本，他一邊在上頭寫字，一邊對泰迪說，「坐吧。」

「你剛剛說什麼？」

「我說坐吧。」

「之前那句呢？」

「你很清楚我說了什麼。」

泰迪把步槍拿下肩膀，但仍指著考利，走進了房裡。

考利又回去寫他的字。「裡頭是空的。」

「什麼？」

「那把步槍，裡頭沒有子彈。你對槍械這麼有經驗，怎麼會沒發現呢？」

泰迪拉開後膛一看，裡頭是空的。為了要確認，他把槍對著左邊牆上開了一槍，結果什麼都沒有，只有擊錘發出的喀答聲。

泰迪把步槍放在地板上，把桌旁的椅子拉過來，但沒有坐下。

「那些床單底下是什麼？」

「待會兒會談到。你先坐，放鬆點吧。來。」考利伸手到地板上，拿起一條沉重的毛巾丟到桌子對面給泰迪。「擦乾吧，免得感冒了。」

泰迪擦了擦頭髮，然後脫下襯衫，揉成一團扔在角落，擦乾上半身。擦完之後，他拿起桌上的西裝外套。

「你不介意吧？」

考利抬頭。「沒問題，請便。」

泰迪穿好西裝，在椅子上坐下。

考利又繼續寫，筆沙沙刮著紙。「你把那些警衛傷得多重？」

「不是太嚴重。」

考利點點頭，把筆扔在筆記本上，把野外無線電拿過來，抓住手搖柄轉幾圈。他把聽筒從小袋裡拿出來，扳開接收器，朝話筒講話。「是，他在這裡了。請席恩醫師先幫你的人看一下，再讓他上來。」

他掛上話筒。

「行蹤飄忽的席恩醫師，」泰迪說。

考利抬起眉毛，又落下。

「我來猜猜看——他搭今天上午那班渡輪到的。」

考利搖搖頭。「他一直待在島上。」

「看起來毫不起眼，」泰迪說。

考利攤開雙手，微微一聳肩。「他是個出色的精神科醫師。年輕，但前途無量。這是我們的計畫，我和他的。」

泰迪覺得左耳下方的頸部悸動著。「到目前為止進行得怎麼樣了？」

考利翻起他筆記本的一頁，看著次頁的內容，然後手一鬆又落回去。「不太好。我本來抱的期望更高。」

他看著桌子對面的泰迪，泰迪從他臉上看到了一種表情，不同於他來到島上第二天上午在樓梯間、或暴風雨前夕的醫師會議所見到的，也不太符合考利整個人的氣質、或整個島、整個燈塔，以及他們在玩的這個可怕遊戲。

憐憫。

若不是泰迪清楚內情，他敢發誓那個表情的確就是憐憫。

泰迪把目光從考利臉上轉開，望著這個小房間，還有牆壁上的紙。「所以就是這麼回事了？」

「就是這麼回事，」考利同意。「這就是燈塔，就是聖杯，是你一直在尋找的真相。你要尋找的，不就是這個嗎？」

「我還沒看到地下室。」

「沒有地下室，這裡是燈塔。」

泰迪看著自己的筆記本放在兩人間的桌子上。

考利說，「你的辦案筆記，沒錯。我們在我房子旁邊的樹林裡發現的，跟你的西裝外套放在一起。你把我的車炸掉了。」

泰迪聳聳肩。「對不起。」

「我很喜歡那輛車。」

「我也感覺得出來。」

「我一九四七年春天站在那個汽車展示間裡，我還記得挑上這輛車時心裡想，很好，約翰，車子這件事搞定了。你至少十五年不必再去逛車挑車了。」他嘆氣。「當時我辦完這件事，心裡好高興。」

泰迪雙手舉起來。「再道歉一次。」

考利搖搖頭。「你難道完全沒想過，我們有可能會讓你上那艘渡輪？就算你為了聲東擊西把整個島都炸掉，你想會發生什麼事？」

泰迪聳聳肩。

「你只有一個人，」考利說，「而我們**所有人**今天上午唯一的任務就是讓你別上那艘渡輪。我真搞不懂你的邏輯。」

泰迪說，「這是離開唯一的方法。我總得試試看。」

考利困惑地盯著他，然後低聲嘀咕，「耶穌啊，我真喜歡那輛車。」然後低頭看著自己的膝蓋。

泰迪說，「有沒有水？」

考利想了一會兒，然後轉動椅子，露出他身後窗台上的一個水壺和兩個玻璃杯。他給兩人都倒了一杯，遞給桌子對面的泰迪。

泰迪一口把整杯喝光。

「嘴巴乾，嗯？」考利說。「舌頭老是發乾，好像搔不到的癢處，不論喝多少水都沒用？」他把那個水壺放到桌子對面，看著泰迪又倒滿杯子。「雙手顫抖。狀況變得很嚴重了。那你的頭痛呢？」

他說著這些時，泰迪感覺到他左眼後方一道痛楚刺向太陽穴，然後往上越過頭頂，一路直探下頷。

「不太糟，」他說。

「會更惡化的。」

泰迪又喝了點水。「我知道，那個女醫師也這麼告訴我。」

考利帶著微笑往後靠坐，手上的筆敲敲筆記本。「這又是誰？」

「不曉得她名字，」泰迪說，「不過她當過你同事。」

「啊。那她到底跟你說了些什麼？」

「她告訴我抗精神病的藥物要花四天，在血管中才能累積到足以產生藥效的分量。她預測我會產生口乾、頭痛，還有發抖的症狀。」

「很聰明的女人。」

「的確。」

「那不是抗精神病的藥物。」

「是嗎？」

「沒錯。」

「那這些症狀是出自什麼原因？」

「戒除藥癮，」考利說。

「戒除什麼藥癮？」

考利又露出微笑，眼神轉向較遠處，他打開泰迪的筆記，翻到他記的最後一頁，推過桌面給他。

「這是你寫的，對不對？」

泰迪低頭看了一眼。「對。」

「最後的密碼是什麼意思？」

「嗯，那是密碼。」

「可是你沒有破解。」

「我沒機會。或許你沒注意到，一堆事情弄得有點忙亂。」

「那當然，沒錯。」考利敲敲那一頁。「要不要現在破解？」

泰迪低頭看著那九個數字和字母：

十三（M）—二十一（U）—二十五（Y）—十八（R）—一（A）—五（E）—八（H）—十五（O）—九（I）

他感覺到那道痛楚正在他眼睛後頭猛戳。

「眼前我狀況真的不太好。」

「可是這很簡單啊，」考利說。「九個字母。」

「我的頭現在正抽痛，先給我點休息的機會。」

「好吧。」

「戒除什麼藥癮？」泰迪說。「你讓我吃了什麼藥？」

考利把指節按得卡喳脆響，然後顫聲打了個哈欠，往後靠在椅子裡。「氯丙嗪（chlorpromazine）。它有它的副作用，恐怕還很多。我不是很喜歡這種藥。在最近一連串事件之前，我本來想讓你開始改服丙米嗪（imipramine），但現在看來是沒希望了。」他身子往前湊，「大體來說，我不是藥理學的狂熱支持者，但以你的狀況，我絕對相信有吃藥的必要。」

「丙米嗪？」

「有些人稱之為妥富腦（Tofranil）。」

泰迪微笑了。「那氯丙……」

「……嗪。」考利點點頭。「氯丙嗪。你服用的就是這個，正在戒除藥癮的也是這個。過去兩年來，我們一直給你服用這種藥。」

泰迪說，「過去什麼？」

「兩年。」

泰迪噗的笑出來。「欸，我知道你們勢力龐大。不過你也不必誇張到這種程度吧。」

「我沒有誇張任何事。」

「你已經給我下藥兩年了？」

「我比較喜歡『用藥治療』這個字眼。」

「所以呢，怎麼回事，你有人在聯邦執法官署工作？這個人的工作就是每天早上在我的咖啡裡下藥？慢著，或者我每天上班途中都在一家報攤買咖啡，他是在那個報攤工作，這樣更好。所以兩年來，你都派了個手下在波士頓，偷偷給我下藥。」

「不是在波士頓。」考利平靜地說。「是在這裡。」

「這裡？」

他點點頭。「這裡。你已經在這裡兩年了。你是這個機構的病患。」

泰迪現在聽得到潮水湧來，怒浪拍擊著崖底的岩石。他雙手緊扣在一起好平息顫抖，而且努力不要管他左眼後方愈來愈劇烈、愈來愈持久的抽痛。

「我是聯邦執法官。」泰迪說。

「**當過**聯邦執法官，」考利說。

「現在還是，」泰迪說。「我是美國政府所屬的聯邦執法官。我一九五四年九月二十二日星期二上午離開波士頓的。」

「真的嗎？」考利說。「告訴我你是怎麼去搭渡輪的。開車嗎？車子停在哪兒？」

「我搭捷運。」

「渡輪站那邊沒有捷運站。」

「我轉乘公車。」

「你為什麼不開車？」

「車子送修了。」

「啊。那還有星期天，你記得星期天的事情嗎？能不能告訴我你做了些什麼？你在渡輪洗手間裡醒來之前那一天的任何事情，你真的有辦法告訴我嗎？」

泰迪有辦法。唔，原本可以的，但他腦袋裡那道該死的痛楚在他左眼後方猛鑽，一路深入他的鼻竇。

好吧，記住。告訴他你星期天做了什麼。你下班回家。你回到鈕釦樹街的公寓。不，不是。不是鈕釦樹街。鈕釦樹街的公寓已經被雷迪斯放火燒毀了。不，不是。你住在哪裡？耶穌啊。他看得見那個地方。是，沒錯。那是在……那是在……城堡山。就是那裡。城堡山大道。在湖邊。

好了，沒事了，放輕鬆。你回到城堡山大道的家，吃了晚餐，喝了點牛奶，然後去睡覺。對嗎？沒錯。

考利說，「這個呢？你有機會看過這個嗎？」

他把雷迪斯的入院初步評估表推到桌子那頭。

「沒有。」

「沒有？」他吹了聲口哨。「你來這裡就是為了它。如果你把這張紙拿回去給賀里參議員——我們宣稱沒有記錄的第六十七個病患的證據——你就可以把這裡見不得人的祕密全給揭發出來。」

「沒錯。」

「是啊，沒錯。結果過去二十四小時，你竟然撥不出時間看它一眼？」

「再說一次，一堆事情變得有點——」

「忙亂，沒錯。我了解。好吧，那現在你看一眼吧。」

泰迪往下看了一眼，看到了有關雷迪斯的姓名、年齡，以及入院初步評估事項的日期。

評註欄裡寫著：

**病患具有高度智力及高度妄想症。已知有暴力傾向。極度激動。對於自己的罪行未顯露悔意，因為他否認曾有任何罪行發生過。病患建立了一系列高度成熟且具高度想像力的故事，以防止自己面對其行為之真相。**

下頭的簽名是**席恩醫師**。

泰迪說，「看起來大致正確。」

「大致正確？」

泰迪點點頭。

「針對誰？」

「雷迪斯。」

考利站起來。他走到牆邊，扯下一張紙。

上頭有四個姓名，以六吋高的大寫字母寫成：

**愛德華．丹尼爾斯—安得魯．雷迪斯（EDWARD DANIELS—ANDREW LAEDDIS）**

**瑞秋．索蘭度—德蘿瑞絲．夏奈兒（RACHEL SOLANDO—DOLORES CHANAL）**

泰迪等著，但考利似乎也在等，整整一分鐘，兩人都沒有說半個字。

最後泰迪說，「我猜想，你有個觀點。」

「看看這些名字。」

「我看到了。」

「你的名字，第六十七個病患的名字，失蹤病患的名字，還有你太太的名字。」

「嗯，我眼睛沒瞎。」

「還有你那個四的法則，」考利說。

「怎麼說？」泰迪用力揉著太陽穴，想藉按摩去除那道痛楚。

「這個嘛，你是密碼天才。你告訴我。」

「告訴你什麼？」

「愛德華・丹尼爾斯和安得魯・雷迪斯這兩個名字，有什麼共同點？」

泰迪對著自己的名字和雷迪斯的名字看了一會兒。「都有十三個字母。」

「對，沒錯。」考利說。「的確沒錯。還有其他的嗎？」

泰迪看了又看。「沒有。」

「喔，拜託。」考利脫下他的醫師袍，披在一張椅背上。

泰迪努力想集中精神，對這個室內遊戲已經覺得厭倦了。

「你慢慢來。」

泰迪凝視著那些字母，看得眼睛都花了。

「有眉目嗎？」考利說。

「沒有。我什麼都看不出來。只看出都有十三個字母而已。」

考利手背朝那些名字用力一敲。「拜託喔！」

泰迪搖搖頭，覺得想吐。那些字母跳動著。

「專心看。」

「我很專心啊。」

「這些字母有什麼共同點？」考利說。

「我不……都有十三個字母。十三。」

「還有呢？」

泰迪緊緊盯著那些字母，直到視線都模糊起來。「沒有了。」

「沒有了？」

「沒有了，」泰迪說。「你要我說什麼？我不知道的事情就沒法告訴你。我沒辦法——」

考利吼道：「他們有同樣的字母！」

泰迪往前湊近些，想讓那些字母不再顫動。「什麼？」

「他們有同樣的字母。」

「不。」

「這兩個名字彼此是變位字。」

泰迪又說了一次：「不。」

「不？」考利皺起眉頭，手沿著那行字劃過。「這些字母是相同的。你看清楚。愛德華．丹尼爾斯。安得魯．雷迪斯。同樣的字母。你有解碼的天分，大戰時甚至還考慮過要當解碼員，不是嗎？告訴我你看著這兩個名字，看不出他們有十三個相同的字母。」

「不！」泰迪手掌根猛壓著雙眼，想把視線揉清楚些，或是想把光遮暗些，他不確定。

「你說『不』，是指他們並非相同的字母？或是指你不希望他們有相同的字母？」

「不可能。」

「明明就是。張開你的眼睛，好好看清楚。」

泰迪張開雙眼，但仍不斷搖著頭，那些顫抖的字母左右搖晃。

考利的手背拍拍下一行字。「那試試這一行。『德蘿瑞絲・夏奈兒和瑞秋・索蘭度。』都是十三個字母。你要不要告訴我，他們有什麼共同點？」

泰迪知道眼前看到了什麼，但他也知道那是不可能的。

「沒有？這行你也看不出來？」

「不可能。」

「事實如此，」考利說。「又是相同的字母。彼此是變位字。你來這裡尋找真相？這就是你的真相，安得魯。」

「我叫泰迪。」泰迪說。

考利往下看著他，臉上再度充滿虛偽的同情。

「你的名字是安得魯・雷迪斯，」考利說。「艾許克里夫醫院的第六十七個病患？就是你，安得魯。」

# 22

「胡說八道！」

泰迪尖叫著，聲音直衝腦門。

「你名叫安得魯・雷迪斯，」考利又說了一次。「二十二個月前，法院下令將你送交到這裡看管。」

泰迪手一指。「你們來這套，真是太低級了。」

「看看證據吧。拜託，安得魯。你——」

「別喊我那個名字。」

「兩年前來到這裡，因為你犯下了一樁可怕的罪行。社會不能原諒你，但我可以。安得魯，看著我。」

泰迪的視線從考利伸出的那隻手往上移，經過手臂和胸膛，然後來到考利的臉，他的雙眼此刻充滿了那種假同情，那種虛偽的寬容。

「我的名字是愛德華・丹尼爾斯。」

「不。」考利搖搖頭，一副疲倦而挫敗的神態。「你名叫安得魯・雷迪斯。你做過一件可怕的事情，你無論如何都無法原諒自己，於是你就演戲。安得魯，你編出一套密集而複雜的故事架構，而你是其中的英雄。你相信自己還在當聯邦執法官，來這裡是為了辦一個案子。你要揭發一個陰謀，這表示我們所告訴你相反的一切，在你的幻想中都成了我們是密謀要和你作對的一方。或許我們可以算了，讓你活在你的想像世界中。我會喜歡這樣的。如果你沒有任何傷害性，那麼我會非常喜歡這樣。但你很暴力，非常暴力。又因為你從軍和身為執法人員的訓練，你這方面太內行了。你是我們碰過最危險的病患。我們控制不了你。於是最後決定——看著我。」

泰迪抬起眼睛，看到考利在桌子對面半伸出手，雙眼充滿懇求的神色。

「於是最後決定，如果我們無法讓你回復理智——現在，就是現在——那麼就要對你實行永久性的手段，好確保你不會再傷害其他人。你明白我說的這些話嗎？」

那一刻——甚至不滿一刻鐘，或十分之一刻——泰迪幾乎相信他了。

然後泰迪露出微笑。

「醫師，這一招真是厲害。誰扮演黑臉？席恩嗎？」他回頭看了門一眼。「我想，他大概也該上場了吧。」

「看著我，」考利說。「看著我的眼睛。」

泰迪照辦了。考利醫師的雙眼發紅，因為缺乏睡眠而濡溼。還有其他的，那是什麼？泰迪迎向考利的眼神，研究著那對眼睛。然後他想到了——要不是他很清楚其他內情，他會發誓考利正因心碎而感到痛苦。

「聽著，」考利說，「你只能依靠我了，從來你就只能靠我。你這個幻想故事我已經聽了兩年，我知道所有細節，所有曲折——那些密碼、失蹤的搭檔、暴風雨、洞穴裡的女人、燈塔裡的邪惡實驗。我還知道諾以思和那個虛構的賀里參議員。我知道你一直夢到德蘿瑞絲，還有她腹部的洞，還有她全身浸溼了。我也知道那幾根木頭。」

「你滿口胡言。」泰迪說。

「我怎麼會知道？」

泰迪顫著手指氣沖沖細數著證據：

「我一直在吃你們的食物、喝你們的咖啡、抽你們給的香菸。要命，我剛到那天早上，還跟你拿了三顆所謂的『阿斯匹靈』吃掉。然後前兩天晚上你又給我吃藥。我醒來時你就坐在旁邊。從那時開始，我就變樣了。一切就從那時開始。那一夜，我偏頭痛之後。你當時給我吃了什麼藥？」

考利往後靠。他皺了皺臉好像吞了什麼酸味的東西，然後望向窗外。

「我時間快用完了，」他低語。

「你說什麼？」

「時間，」他輕聲說。「他們給了我四天，就快用完了。」

「那就讓我走。我回波士頓，向聯邦執法官署提出一份控告書，不過別擔心——你有這麼多有權有勢的朋友，我相信對你不會影響太大。」

考利說，「不，安得魯。我的朋友幾乎丟光了。我在這裡奮戰了八年，天平已經倒向另一端了。我快要輸了。輸掉我的職位，輸掉我的資金來源。我曾在全監事會面前發誓，我可以建立精神病學上有史以來最極致的角色扮演實驗，而且這個實驗將會拯救你，會讓你回到現實。但如果我錯了呢？」他睜大眼睛，一手撐住下巴，好像下頷一直找不到妥貼的位置似的。然後他放下手，望著桌子對面的泰迪。「安得魯，你還不明白嗎？如果你失敗，我也跟著失敗。一切都完了。」

「老天，」泰迪說。「真是太糟糕啦。」

外頭傳來幾隻海鷗聒噪的叫聲。泰迪聞得到海鹽和陽光和浸潤在鹹水中潮濕的沙子。

考利說，「我們換個方法試試看吧。你認為瑞秋・索蘭度——順帶一提，這是你自己想像出來的虛構人物——跟你死去的妻子姓名有同樣的字母，而且都殺死自己的小孩，只是出於巧合嗎？」

泰迪站起來，他從肩膀一路往下到手臂都在抖。「我太太沒有殺死小孩。我們從來就沒有小孩。」

「你們從來沒有過小孩？」考利走向牆壁。

「我們從來沒有過小孩，你這個蠢蛋。」

「喔，好吧。」考利拉下另一大張紙。

後頭的牆上——一張犯罪現場平面圖，一個湖的幾張照片，還有三個死去小孩的照片。

接下來是名字，用同樣的大尺寸大寫字母寫著：

**愛德華·雷迪斯**

**丹尼爾·雷迪斯**

**瑞秋·雷迪斯**

泰迪低下眼睛，瞪著自己的雙手；那雙手猛顫，彷彿不再屬於他。如果有辦法的話，他真想踩住那雙手。

「安得魯，這些是你的小孩。你要站在這裡否認他們活過嗎？」

泰迪抽搐的手指著房間另一頭的考利。「那是瑞秋·索蘭度的小孩。那是瑞秋·索蘭度湖邊小屋的命案現場平面圖。」

「那是你的房子。還記得嗎？你們搬到那裡，是因為醫師建議這樣對你太太比較好。在她**意外**放火燒掉你們先前的公寓後？醫師們說，讓她離開城市，給她一個比較田園式的環境，或許她會好起來。」

「她沒生病。」

「她精神失常了，安得魯。」

「他媽的別再喊我那個名字。她沒有精神失常。」

「你的太太有憂鬱症。她被診斷出有躁鬱症。她有——」

「她沒有。」泰迪說。

「她有自殺傾向。她會傷害小孩。你不肯面對。你以為她只是身體弱。你告訴自己精神正常與否是可以選擇的，她唯一要做的只要回想起自己的**責任**。對你、對小孩的責任。你喝酒，而且愈喝愈兇。你躲進自己的硬殼裡，老是不肯回家。你忽視所有的跡象。你忽視老師、教區神父、她娘家親人所告訴你的一切。」

「我太太沒有精神失常！」

「為什麼？因為你覺得**丟臉**。」

「我太太沒有——」

「她看過精神科醫師的唯一原因是因為她曾試圖自殺，結果被送到醫院。這件事連你也無法控制。醫院的人也說她對自己很危險，他們告訴你——」

「我們從來沒看過什麼精神科醫師。」

「——她對小孩很危險。你被一再警告過。」

「我們從來沒有小孩。我們談過要生，但是她沒辦法懷孕。」

老天！他覺得好像有人揮著擀麵棍，要把玻璃塊敲進他腦袋裡。

「過來這裡，」考利說。「真的。過來近一點看，也看看這些犯罪現場照片的名字。你會很有興趣知道——」

「那些你都可以偽造。你可以自己編出來的。」

「你做夢，老在做夢。安得魯，你老是不停做夢。你曾告訴我那些夢。你最近夢到過那兩個小男孩和那個小女孩嗎？嗯？那個小女孩有沒有帶你到你的墓碑去？你是個『差勁的水手』，安得魯。你知道這表示什麼嗎？表示你是個差勁的父親。你沒有替他們導航，安得魯。你沒有救他們。你要談談那三根木頭嗎？過來這裡，看看他們。告訴我他們不是你夢到過的那三個小孩。」

「你胡說八道。」

「那就看一眼吧。過來這裡**看**。」

「你給我下藥，你殺了我的搭檔，你說他從來沒有存在過。你要把我關在這裡，因為我知道你在搞什麼鬼。我知道那些實驗的事情。我知道你對精神分裂症患者做了些什麼，你濫用前腦葉切除術，你無視於『紐倫堡規範』。我他媽**看透你**了。」

「是嗎？」考利靠在牆上，雙臂環抱胸前。「那拜託，教教我。過去四天你自由行動，可以到這個機構的任何一個角落。那些納粹醫師在哪裡？那些邪惡的手術室又在哪裡？」

他回到桌邊，查閱了一下他的筆記：

「安得魯，你還是相信我們在給病患洗腦嗎？從事某些長達數十年的實驗，好製造出──你是怎麼稱呼來著？喔，在這裡──鬼魂軍人？刺客？」他低聲笑了起來。「我真該佩服你的想像力，安得魯──即使在這個妄想症愈來愈嚴重的時代，你的幻想能力還是高人一等。」

泰迪朝他伸出一根哆嗦的手指。「你們是個實驗性醫院，採取全盤革命式的方法──」

「沒錯，的確是。」

「你們只收最暴力的病患。」

「又說對了。不過請注意——是最暴力而且最妄想的病患。」

「而且你們……」

「我們怎麼？」

「你們做實驗。」

「沒錯！」考利雙掌一拍，迅速一鞠躬。「罪名成立。」

「實驗性的手術。」

考利豎起一根指頭。「啊，不。抱歉。我們不用開刀做實驗。開刀是最後的手段，而最後的手段通常都會遭到我屢次最嚴重的抗議之後，才會進行。不過，我也只是個凡人，就連我也無法在一夜之間改變數十年來的公認慣例。」

「你撒謊。」

考利嘆了口氣。「只要你能拿出一個證據，證明你的理論合情合理。一個就夠了。」

泰迪沒吭聲。

「而對於**我所提出**的所有證據，你卻拒絕回應。」

「因為那些根本不是證據，而是捏造的。」

考利雙手緊闔在一起，舉到唇邊，好像在祈禱。

「讓我離開這個島，」泰迪說。「身為聯邦指派的執法官，我要求你讓我離開。」

考利雙眼閉起一會兒。重新睜開時，眼睛更清澈也更嚴厲。「好吧，你難倒我了，執法官。來，我讓你輕鬆一點好了。」

他從地板上拿起一個皮革公事包，解了扣環打開來，把泰迪的槍扔在桌上。

「那是你的槍，對嗎？」

泰迪盯著那把槍。

「槍柄上刻的是你的姓名縮寫，對不對？」

泰迪注視著槍，汗水滲進他眼睛了。

「是或不是，執法官？那是你的槍嗎？」

他看得見槍管上的那個凹痕，是那天菲利普·史戴克斯嘲笑他，朝他的槍敲一記所留下的，結果史戴克斯被他自己子彈的跳彈擊中。他還看得到槍柄上刻的縮寫E. D.，是他在緬因州射殺布瑞克之後，外勤辦公室送的禮物。而在扳機護弓下側，那塊金屬已經有刮痕且磨損了一些，那是因為他一九四九年冬天在聖路易市的奔跑追逐中掉了槍所造成的。

「那是你的槍嗎？」

「對。」

「拿起來，執法官。確定槍裡裝上子彈了。」

泰迪看著那把槍，又看看考利。

「動手啊，執法官，把槍拿起來。」

泰迪把槍從桌上拿起來，在手上搖一搖。

「裝上子彈了嗎？」考利問。

「對。」

「你確定？」

「我感覺得到重量。」

考利點點頭。「那你就開槍吧。因為這是你要離開這個島唯一的方法。」

泰迪想用另一隻手穩住握槍那隻手的手臂，但兩隻手都在抖。他吸了幾口氣，緩緩吐出，把槍管往前瞄準，他雙眼滲進了汗，身子顫抖，他看得見考利在準星的另一端，相距頂多兩呎，但感覺上他卻忽高忽低、忽左忽右，好像他們兩個人都站在外海的船上。

「你有五秒鐘，執法官。」

考利把無線電上的聽筒拿來，搖了轉柄幾圈，然後泰迪看著他把話筒放到嘴邊。

「現在剩三秒了。扣下扳機，否則你就得老死在這個島上了。」

泰迪感覺得到那把槍的重量。即使雙手顫抖，如果他把握機會的話，還是可以射中。殺了考利，再殺掉等在外頭的任何人。

考利說，「典獄長，你可以派他上來了。」

泰迪的視野清楚了些，顫抖也減低為稍稍的搏動，他望著槍管前方，考利正把聽筒放回無線電盒上。

考利臉上露出好奇的表情，好像現在才想到泰迪有可能會開槍。

然後考利舉起一隻手。

他說，「好吧，好吧。」

接下來泰迪射中他胸膛正中。

然後他雙手舉高半吋，射中考利的臉。

用水射中。

考利皺起眉。然後他眨了幾次眼。從口袋裡掏出手帕。

泰迪身後的門打開來，他在椅子上轉身，瞄準進門的那名男子。

「別開槍，」恰克說。「我忘了穿雨衣。」

# 23

考利用手帕擦擦臉，再度坐下，恰克則繞過桌子到考利那一頭，泰迪把槍放在自己的手掌上，低頭凝視著。

恰克坐下時，泰迪抬起頭望向桌子對面，注意到他穿了一件醫師袍。

「我以為你死了。」泰迪說。

「沒有，」恰克說。

忽然間，話變得好難說出口。他感覺到那種口吃的傾向，就像那位女醫師預測過的。

「我……我……本來……我本來拚死要帶你離開的。我……」他把槍放在桌上，忽然覺得所有力氣抽離身體，跌坐在椅子裡，再也說不下去了。

「我真的很抱歉，」恰克說。「整齣戲開始演之前，考利醫師和我煩惱了好幾個星期。我從來不想讓你覺得被背叛或引起你不當的痛苦。你一定要相信我。但我們很確定，我們沒有別的選擇。」

「這事情有一點時間的迫切性。」考利說。「安得魯，這是我們把你帶回來的最後一次努力了。即使對這個地方來說，這個行動也是十分革命性的想法，但我本來希望會有用的。」

泰迪想擦掉眼睛裡的汗，結果卻搞得視線更模糊。他望著朦朧中的恰克。

「你是誰？」他說。

恰克一隻手伸往桌子這一頭。「萊斯特．席恩醫師。」他說。

泰迪讓那隻手懸在半空中，最後席恩終於縮回手。

「所以，」泰迪鼻孔吸著潮溼的空氣說，「你讓我在那邊不停計畫，說非要找到席恩不可，結果你……你就是席恩。」

席恩點點頭。

「你喊我『老大』。跟我講笑話，逗我開心。而且隨時隨地監視我，對不對？萊斯特？」

他看著桌子對面的席恩，席恩想直視他，卻承受不了那個目光，於是低下眼睛看著領帶，抓起來拍著胸膛。「我得隨時看著你，確保你的安全。」

「安全，」泰迪說。「這樣就都沒有道德上的問題了。」

席恩放下領帶。「我們彼此認識已經兩年了，安得魯。」

「我不叫那個名字。」

「兩年。我一直是你的主治精神科醫師。兩年。看著我，你難道不認得我？」

泰迪用他西裝外套的袖口擦眼睛的汗，這回擦完，雙眼比較清楚了，然後他望著桌子對面的恰克。好個恰克，拿個手槍笨手笨腳，還有那雙不符合他工作性質的手，因為那根本不是警察的手，而是一個醫生的手。

「你本來是我的朋友，」泰迪說。「我信任你。我告訴過你我太太的事。我告訴過你我父親的事。我還爬下一個操他媽的懸崖去找你。當時你是在監視我？確保我的安全嗎？你本來是我的朋友啊，恰克。啊對不起，我該喊你萊斯特才對。」

萊斯特點了根菸，泰迪很高興看到他的雙手也在顫抖。不嚴重，比起泰迪的顫抖差得可遠了，而且菸一點著、火柴拋進菸灰缸裡，他的顫抖就停止了。不過……

我希望你也發病了，泰迪心想。不管這是什麼病。

「沒錯，」席恩說（泰迪必須一再提醒自己，不要把他想成恰克），「我當時是在確保你的安全。我的消失也是你幻想的一部分。但你應該在路上看那張雷迪斯的入院初步評估表的，而不是在懸崖下。我不小心讓那張紙掉到岬角下頭去。才剛從我後面褲口袋掏出來，它就飛走了。我下去撿，因為我知道如果我不去，你就會去撿。結果我卡住了，就在懸崖邊緣那下頭。二十分鐘後，你就從我眼前爬下去。我的意思是，離我才一呎。我差點伸手去抓你。」

考利清了清嗓子。「我們看到你下了那個懸崖，差點就要取消整個行動了。或許我們當時該取消的。」

「取消。」泰迪舉起拳頭摀住了一聲輕笑。

「沒錯，」考利說。「這是一齣露天歷史劇，安得魯。一齣──」

「我的名字是泰迪。」

「一齣戲。劇本是你寫的。我們幫你布置舞台。但一齣戲總得要有收場，而收場向來就是你來到這個燈塔。」

「還真方便呢，」泰迪說，環視著四周的牆面。

「你跟我們講這個故事到現在講了快兩年了。說你是來這裡要找一個失蹤的病患，碰巧發現了我們從納粹的第三帝國獲得啟發的手術實驗，受蘇聯啟發的洗腦。你還說病患瑞秋·索蘭度是如何殺害自己的小孩，就跟你太太殺掉你們小孩方法差不多。你說你接近目標時，你的搭檔——你不是很喜歡你給他取的這個名字嗎？恰克·奧爾（Chuck Aule）。我的意思是，耶穌啊，多唸兩遍唸快一點嘛（譯註：Chuck Aule唸快則發音近似chuckle，低笑之意）。這只是你又一個玩笑而已——你的搭檔被帶走了，你只能自求多福，但我們制住你了。我們給你下藥。而你在把整個故事帶回去告訴你想像中的賀里參議員之前，就被關進精神病院了。你想知道新罕布夏州現任幾位參議員的名字嗎，安得魯？我這裡有名單。」

「沒錯。」

「這些全是你們假裝的？」泰迪說。

泰迪大笑。笑得好用力，自從德蘿瑞絲過世後，他就沒有這麼笑過了。他笑著笑著，聽見了自己的隆隆笑聲，回音轉個頭加入了他口中持續發出的笑聲中，那巨浪般的聲音在他頭頂翻攪，黏上牆壁，往外迅速膨脹後又破碎成片片。

「你要怎麼假裝颶風呢？」他說著一拍桌子。「你說呀，醫師。」

「颶風不能假裝，」考利說。

「沒錯，」泰迪說，「的確不能。」他又拍了桌子。

考利望著他的手，然後視線往上盯著他的雙眼。「但是有時是可以預測的，安得魯。尤其是在一個小島上。」

泰迪搖搖頭，覺得一個笑容還黏在他臉上，即使已經毫無暖意，即使那看起來大概很蠢又很虛弱。「你們這些人就是不肯死心。」

「在你的幻想中，一場暴風雨是不可或缺的，」考利說。「我們就在等。」

泰迪說，「謊話。」

「謊話？那你解釋那些變位字。解釋為什麼那些照片裡的小孩——如果是瑞秋·索蘭度的，你根本就從沒見過——就是你夢到的那些小孩。安得魯，你解釋一下，為什麼你剛剛走進這扇門時，我會曉得要跟你說，『寶貝，你怎麼全身都溼透了？』，你以為我會讀心術嗎？」

「不，」泰迪說。「我身上本來就是溼的。」

一時之間，考利看起來好像頭要炸開似的。他深深吸了口氣，兩手交扣在一起，靠在書桌上。「你的槍裡頭裝滿了水。你的密碼呢？明顯極了，安得魯。你在跟自己開玩笑。看看你筆記本上的那個。最後一個。你看看。九個字母，三行。要破解應該是輕而易舉。你看看吧。」

泰迪低頭望著那一頁：

十三（M）—二十—（U）—二十五（Y）—十八（R）—一（A）—五（E）—八（H）—十五（O）—九（I）

「我們時間快來不及了，」萊斯特．席恩說。「請你了解，一切都在改變。精神病學。這個領域有一場自己的戰爭，已經進行了一段時間了，而且我們快輸了。」

M—U—Y—R—A—E—H—O—I

「那又怎麼樣？」泰迪心不在焉地說。「『我們』又是誰？」

考利說，「就是那些相信對待頭腦的方式，不該是用冰鑽刺穿腦部或高劑量的危險藥物，而是應該透過誠實地自我評估。」

「誠實地自我評估，」泰迪複述一遍。「老天，還真動聽呢。」

三行，考利說過。大概每行三個字母。

「聽我說，」席恩說。「如果我們在這裡失敗，那我們就輸了。不光是你的案子而已。眼前，權力的平衡已經掌握在外科手術的手裡，但這一點很快也會改變。藥理學已經接掌大權，那種野蠻程度也不會稍有減少。未來看來就是如此。現在正在進行的那種殭屍化和大型收容所趨勢，未來將會繼續在一個更公開的門面之下進行，這裡，就在這個地方，就會降臨在你身上，安得魯。」

「我的名字是泰迪。泰迪．丹尼爾斯。」

泰迪猜想第一行大概是「你（you）」。

「奈爾林已經用你的名字訂好手術室了，安得魯。」

泰迪視線從紙頁上抬起來。

考利點點頭。「我們有四天時間進行這齣戲。如果我們失敗了，你就得去動手術了。」

「動什麼手術？」

考利望著席恩。席恩打量著自己的香菸。

「動什麼手術？」泰迪又問。

考利張嘴想講話，但席恩打斷他，他的聲音筋疲力盡：

「穿眶前腦葉切除術。」

泰迪眨著眼，又回去看他的筆記那頁，發現了第二個字：「是（are）」。

「就像諾以思，」他說。「我想你們會告訴我，他也不在這裡。」

「他在這裡，」考利說。「而且你告訴席恩醫師有關他的一大堆故事都是事實，安得魯。但他從沒回到波士頓過。你也從沒在監獄中跟他會面。他從一九五〇年八月起就待在這裡了。他的確狀況糟到被轉到C監過，後來狀況好轉，就又移到A監。但接下來，你攻擊他。」

泰迪從最後那三個字母上抬頭。「我什麼？」

「你攻擊他。兩個星期前，差點殺了他。」

「我為什麼要這麼做？」

考利又望向席恩。

「因為他喊你雷迪斯，」席恩說。

「不，他沒有。我昨天跟他碰面，他——」

「他怎樣？」

「他沒喊我雷迪斯，這點非常確定。」

「沒有嗎？」考利翻開他的筆記本。「我有你們對話的抄錄稿。我辦公室裡還有錄音帶，但現在，我們就看抄錄稿吧。你聽聽看是不是很熟悉。」他調整眼鏡，頭朝那頁上頭湊。「我引用這裡——『這件事跟你有關，還有，雷迪斯，從頭到尾重點都是如此。我只是附帶的，一個門路而已。』」

泰迪搖搖頭。「他不是在喊我雷迪斯。你把語氣弄錯了。他是說，這事跟你有關——指的是我——**以及**跟雷迪斯有關。」

考利輕聲笑了。「你真是了不起耶。」

泰迪露出微笑。「我才正覺得你了不起哩。」

考利往下看著那份抄錄稿。「那這個呢——你還記得問過諾以思他的臉怎麼回事嗎？」

「當然記得。我問他誰該負責任。」

「你確實的措詞是『是誰弄的？』聽起來對嗎？」

泰迪點點頭。

「然後諾以思回答——這裡還是引用抄錄稿——『你弄的。』」

泰迪說，「沒錯，但是……」

「他當時說的感覺是像……」

「我在聽。」

泰迪忽然覺得難以把一堆字眼串連起來，就像火車的貨運車廂那樣排成一列。

「他當時說」——他慢慢地、謹慎地說——「我沒能防止他被轉回這裡，間接導致他挨揍。他並不是說我揍他。」

「他說，**你弄的**。」

泰迪聳聳肩。「他是這麼說，但我們兩個人對意思的解讀不一樣。」

考利又翻了一頁。「那這個呢？諾以思又說——『他們**知情**。你還不明白嗎？你在追查的一切。你的整個計畫。這是個遊戲，一齣布置得很漂亮的戲。這一切都是為了你。』」

泰迪往後靠坐。「那照你們的說法，這裡所有的病患、所有的人都該認識我兩年了，可是過去四天，在我進行這個，呃，偽裝行動期間，竟然沒有一個人跟我透露隻字片語？」

考利闔上筆記本。「他們已經習慣了。一年來你不斷把那個塑膠警徽亮給大家看。一開始我以為那是個不錯的測試——給你那個塑膠警徽，看你的反應如何。但你使用的方式卻是我完全沒有料到的。來吧，把你的皮夾打開，告訴我那枚警徽是不是塑膠製的，安得魯。」

「我先把這個密碼破解出來。」

「你幾乎要完成了。只剩三個字母。需要幫忙嗎，安得魯？」

「泰迪。」

考利搖搖頭。「安得魯。安得魯・雷迪斯。」

「泰迪。」

考利看著他在紙上排列那些字母。

「結果排出來是什麼？」

泰迪大笑起來。

「告訴我們吧。」

泰迪搖搖頭。

「不，拜託，跟我們分享吧。」

泰迪說，「這是你安排的。那些密碼是你留下的。你用我太太的名字編出瑞秋・索蘭度這個名字。全都是你搞的鬼。」

考利開口了，講得很慢、很清晰。「最後那個密碼說些什麼？」

泰迪把筆記本轉過去，讓他們可以看到上面的字。

**你（YOU）**

**是（ARE）**

**他（HIM）**

「滿意了嗎？」泰迪說。

考利站起來，看起來疲倦極了，一副筋疲力盡、無計可施的模樣。他講話帶著一種泰迪從沒聽過的淒涼之感。

「我們期望過。原先希望能救你的。我們把信譽都押在上頭。現在消息會傳出去，說我們竟然允許一個病患把他最誇張的妄想症實際搬演一次，而我們唯一的收穫，竟然只是幾個受傷的警衛和一輛燒毀的汽車。專業上的蒙羞我不在乎。」他望著那個小窗格外。「也許我走得太快，這個地方容不下我；也或者是我容不下這個地方。但是有一天，而且是不會太久的未來，我們治療人類經驗的良藥，將會是源自於人類經驗本身。這點你懂嗎？」

泰迪無動於衷。「不太懂。」

「我也不指望你懂。」考利點點頭，雙臂在胸前交叉環抱，整個房間沉默了好一會兒，只有微風和海浪的衝擊聲。「你當兵時獲得過許多勳章，徒手搏擊的技巧一流。自從你來到這裡，你打傷過八個警衛，還不包括今天的兩個；以及四個病人、五個雜役。席恩醫師和我一直替你爭取，竭盡所能、堅持到底。但大部分的醫療人員和所有監獄方面的人員，都要求我們要拿出一些成果來，否則我們就得讓你喪失行為能力。」

他離開窗台，靠著書桌探過身子來，憂愁的暗色眼珠盯牢了泰迪。「這是我們最後的一線希望了，安得魯。如果你不接受自己是誰、做了些什麼事情，如果你不努力游向精神正常的這一岸，那麼我們也救不了你。」

他朝泰迪伸出手。

「握住吧，」他說，他的聲音沙啞。「拜託，安得魯？幫我救你。」

泰迪握住他的手，堅定地握著。他無比坦率地抓緊那隻手，無比坦率地注視著考利，露出微笑。

他說，「別再喊我安得魯了。」

# 24

他戴著手銬腳鐐，被他們帶到C監。

一進入樓內，他們就帶他往下到地下室，關在囚室的人紛紛朝他大喊。他們保證要傷害他，保證要強暴他。有一個還發誓要把他像母豬似的綑起來，然後把他的腳趾頭一個接一個吃掉。

他鐐銬在身，兩旁各站著一名警衛，然後一名護士進入囚室，要給他手臂打針。

她一頭草莓色的紅髮，帶著肥皂的氣味，她靠過來要打針時，泰迪聞到了一股她的氣息，認出她來了。

「你假扮成瑞秋過，」他說。

她說，「抓住他。」

兩名警衛抓住他的肩膀，把他的手臂拉直。

「那是你，把頭髮染過。你是瑞秋。」

她說，「別躲，」然後把針扎進他的手臂。

他盯著她的雙眼。「你真是個出色的演員。我的意思是，你真唬過我了，講那些你親愛的、死去的吉姆。真有說服力啊，瑞秋。」

她低眼避開他的目光。

「我是愛蜜莉，」她說，把針抽出來。「現在你睡吧。」

「拜託。」泰迪說。

她在囚室門口停下來，回頭望著他。

「那是你，」他說。

那個點頭不是來自她的下巴，而是她的眼睛，往下輕輕一點，然後她給了他一個好孤單的微笑，讓他想吻她的髮。

「晚安，」她說。

他沒感覺到警衛脫下他的鐐銬，也沒聽到他們離開。其他囚室傳來的聲音消失了，接近他臉部的空氣轉成琥珀色，他感覺好像躺在一團溼溼的雲中央，雙腳和雙手都變成了海綿。

然後他做夢。

在夢裡，他和德蘿瑞絲住在湖邊的一棟房子裡。

因為他們必須離開城市。

因為城市殘酷又暴力。

因為她放火把他們鈕釦樹街的公寓給燒了。

想擺脫鬼魂。

他夢到他們的愛堅實如鋼，不受火或雨或任何打擊所影響。

他夢到德蘿瑞絲精神失常了。

而有天晚上他的瑞秋告訴他，當時他醉了，但還沒醉到沒法讀床邊故事給她聽，他的瑞秋說，「爹地？」

他說，「什麼事，親愛的？」

「媽咪有時候看我的樣子好滑稽。」

「怎麼滑稽？」

「就是滑稽。」

「會讓你笑出來嗎？」

她搖搖頭。

「不會讓你笑嗎？」

「對。」

「好，那她是怎麼看你？」

「好像我害她好悲傷。」

然後他替她塞好被子，親了她道晚安，然後用鼻子摩擦她的脖子，告訴她說她不會害任何人悲傷。絕對不會，也不可能的。

另一夜，他要上床睡覺時，德蘿瑞絲揉著手腕上的疤痕，躺在床上望著他，然後說，「自從你去過另一個地方，一部分的你就沒有回來。」

「什麼另一個地方，甜心？」他把手錶放在床頭桌。

「而回來的那部分呢？」她咬住嘴唇，表情像是要用兩個拳頭捶自己。「根本不該回來。」

她以為街角的那個肉店老闆是間諜。她說他手拿滴著血的切肉刀朝她微笑，而且她很確定他認識俄羅斯人。

她說有時她可以感覺到那把切肉刀抵著她的胸脯。

有回他們去芬威球場看棒球賽，小愛德華跟他說，「我們可以住在這裡。」

「我們本來就住在這裡啊。」

「我的意思是，住在這個球場。」

「我們現在住的地方有什麼不好嗎？」

「太多水了。」

泰迪從他的隨身小酒瓶裡喝了一口。他想著這個兒子，高大強壯，但對這個年紀的男孩來說，他太愛哭，而且很容易被嚇著。但這些年經濟景氣大好，一般小孩成長環境就是如此，都太受寵、太軟弱了。泰迪真希望他媽媽還在世，這樣她就可以教這些孫子要刻苦、堅強。這個世界很無情，不會好心給予你什麼，只會不斷奪走。

當然，男人也可以教小孩這些，但長期灌輸卻得靠女人。

可是德蘿瑞絲卻灌輸了小孩滿腦袋的幻夢、奇想，她帶他們去看了太多電影、雜耍和馬戲團表演。

他又從他的隨身小酒瓶喝了一口，然後對他兒子說，「太多水了。還有其他的嗎？」

「沒有了。」

他會跟她說：「怎麼回事？我哪裡做得不夠？我什麼沒給你？我要怎麼樣才能讓你快樂？」

然後她會說，「我很快樂。」

「不，你不快樂。告訴我，我該做什麼，我會辦到的。」

「我很好。」

「你變得好容易生氣。不生氣的時候，就是太高興，在屋子裡不停亂轉。」

「那又怎樣？」

「這樣嚇壞了小孩，也嚇壞了我。你一點也不好。」

「我很好。」

「你老是很哀傷。」

「不，」她說。「那是你。」

他跟神父談過，神父來拜訪了一兩次。他也跟她的姊妹談過，他姊姊狄萊拉有回還從維吉尼亞州過來待了一星期，似乎也讓狀況好轉了一陣子。

他們都避免去提要看醫生的事情。發瘋的人才要看醫生。德蘿瑞絲沒瘋，她只是太緊繃。

緊繃且哀傷。

泰迪夢到她有天夜裡叫醒他，叫他去拿槍。她說那個肉店老闆在他們屋子裡，就在樓下廚房。正在用他們的電話講俄文。

那一夜，在椰林夜總會前的人行道上，他身子探入計程車內，距離她的臉只有一吋……

他望著她的雙眼，心想：

**我認識你。我已經認識你一輩子了。我一直在等。等你出現。等了這麼多年。你還沒出生前，我就認識你了。**

一切不過是如此。

他搭船到海外作戰前，並不像一般美國大兵那般急著想跟她上床，因為當時他知道，他會平安返鄉。因為諸神和群星不會如此惡作劇，讓你遇見自己的另一半靈魂，又把她帶離你身邊。

他探入車窗內，告訴她這些。

然後他說，「別擔心，我會回家的。」

她手指碰碰他的臉。「你會的，對吧？」

他夢見自己回到湖邊的家。

他剛從奧克拉荷馬州回來，花了兩星期追捕一個逃犯，那傢伙從南波士頓港區跑到奧克拉荷馬州陶薩市，中間停留過大約十個地方，泰迪老是慢了一步，最後是在那個傢伙從一個加油站的男廁出來時，讓泰迪真撞上了。

他那天上午約十一點走進自己的家，很高興當天不是週末，兩個男孩去上學了，他可以感覺到旅途勞頓讓他全身骨頭發疼，而且渴望著自己的枕頭。他走進屋裡，喊著德蘿瑞絲，一邊給自己倒了雙份蘇格蘭威士忌，然後她從後院走進來說，「還是不夠。」

他拿著那杯酒轉身說，「什麼不夠，親愛的？」然後發現她全身都溼了，好像剛走出淋浴間似的，只不過她身上穿著一件舊的暗色印花洋裝。她光著腳，水從她的髮梢滴下，從她的洋裝滴下。

「寶貝，」他說，「你怎麼全身都溼透了？」

她說，「還是不夠，」然後把一個瓶子放在廚房的流理台上。「我還是睡不著。」

然後她又走出去。

泰迪看著她走向涼亭，邁著長而散漫的步伐，邊走邊搖晃。他把酒放在流理台上，拿起那個瓶子，發現是她上次住院後醫生開給她的鴉片酊。每逢泰迪必須出差時，就會估算自己不在家期間她需要幾茶匙，把份量加進另一個小瓶子裡，放在她的藥櫃中。然後把大瓶子鎖在地窖裡。

這個大瓶子裡原來有六個月的劑量，她全喝光了。

他看到她腳步踉蹌爬著涼亭的階梯，跪倒下去，然後又爬起來。

她怎麼有辦法拿到這個瓶子？地窖那個櫥子上的鎖可不是一般的鎖。即使是身強體壯的男人用破壞剪也弄不開的。她不可能撬開，但唯一的鑰匙在泰迪身上。

他望著她坐在涼亭中央的鞦韆椅上，然後看看眼前那個瓶子。他想起離開那夜他就站在這裡，把所需的茶匙藥量倒進藥櫃的小瓶裡，自己也同時喝了一兩杯黑麥威士忌，望著窗外的湖水，把小瓶子放進藥櫃裡，上樓去跟小孩道別，下樓後電話鈴響起，他接了電話，是外勤辦公室打來的，他抓起大衣和短期旅行的行李袋，在門口和德蘿瑞絲吻別，然後朝他的車走去……

……而把那個大瓶子忘在廚房的流理台上。

他打開紗門走出去，穿過草坪來到涼亭前，爬上階梯，她望著他走過來，全身溼淋淋，在鞦韆上懶懶地前後搖晃，一條腿懸空盪著。

他說，「親愛的，你什麼時候把這個喝光的？」

「今天上午，」她朝他伸出舌頭，然後給了他一個朦朧的微笑，抬頭望著涼亭彎曲的頂蓋。「可是，還是不夠。睡不著。只想睡覺。太累了。」

他看到那幾根木頭漂浮在她身後的湖裡，知道那不是木頭，但他別開眼睛，視線回到他太太身上。

「為什麼你會累？」

她聳聳肩，雙手在身體兩側拍拍。「對這一切厭倦，太累了。只想回家。」

「這裡就是你的家啊。」

她朝頂蓋指指。「那個家。」她說。

泰迪又望向那幾根木頭，在水裡緩緩轉動。

「瑞秋人呢？」

「在學校。」

「親愛的，她還太小不能上學。」

「不是我的學校，」她太太說，朝他露出牙齒。

然後泰迪大叫，叫得好大聲，德蘿瑞絲都因此停止搖晃，接著他衝過她身邊，翻過涼亭後方的欄杆，邊跑邊大叫，喊著不，喊著上帝，喊著拜託，喊著不會是我的寶貝們，喊著耶穌，喊著啊啊啊。

然後他跳進水裡。他絆了一下，臉朝下跌進湖裡，湖水像油似的裹住他，他往前游往前游，從他們中間冒出來。那三根木頭，他的寶貝們。

愛德華和丹尼爾臉朝下，但瑞秋仰天浮著，雙眼張著仰視天空，她母親的哀傷銘刻在她的瞳仁裡，深深眼眸中映著雲影。

他把他們一個接一個帶出來放在岸上。他小心翼翼，堅定而溫柔地抱住他們。他可以感覺到他們的骨頭。他撫摸著他們的臉頰，撫摸著他們的肩膀和胸廓和雙腿和兩腳。他吻了他們好多遍。

他雙膝跪地狂吐，直到他的胸膛灼痛、胃都嘔乾為止。

他回來把他們的雙手交叉在胸前，注意到丹尼爾和瑞秋的手腕上有繩子綁過的痕跡，於是明白愛德華是第一個死的。另外兩個當時等著，聽到了過程，心知她會回來找他們。

他又吻了每個小孩的雙頰和額頭，然後闔上瑞秋的雙眼。

她帶著他們到水中時，他們可曾在她懷裡踢腳？他們有沒有叫喊？或者他們只是溫順地嗚咽，放棄了掙扎？

他看到他的妻子在相遇那夜穿著紫蘿蘭色的禮服，還有第一眼初見時她臉上的那個表情，讓他墜入情網的那個表情。他當初以為那個表情是因為那件禮服，因為在這麼一個好俱樂部裡穿著這麼一件好衣裳而感到不安。但結果不是。那是驚慌，勉強壓抑著，而且一直存在。那是對外界的驚慌——對火車，對炸彈，對轟隆的有軌電車和手提鑿地鑽和黑暗街道和蘇聯人和潛水艇和充滿怒漢的酒館，還有充滿鯊魚的海洋，以及一手拿紅書而另一手拿步槍的亞洲人。

她害怕這一切，非常害怕，但最讓她害怕的就是她的內心，一隻邪惡而聰明的昆蟲住在她腦子裡一輩子，玩弄她的腦子，在裡面爬來爬去，隨時任意扭鬆裡面的線路。

泰迪離開孩子，坐在涼亭地板上良久，看著她搖晃，最慘的是他有多麼愛她。如果可以犧牲自己的腦子去換取她的，他也願意。犧牲自己的四肢？沒問題。她是他有生以來全部的愛。她讓他能熬過戰爭，熬過這個可怕的世界。他愛她勝於自己的生命，勝於自己的靈魂。

但他辜負了她，辜負了他的小孩，辜負了兩人一起孕育的生命，只因為他拒絕正視德蘿瑞絲，真正看清她，理解她的瘋狂不是她的錯，不是她自己能控制的，也並不表示有什麼品格弱點或缺乏毅力。

他拒絕正視這些，因為如果她的確是他的真愛，他永生的另一半，那麼這表示他的頭腦、他的理智、他的品格出了什麼問題？

於是，他逃避這個問題，逃避她。他丟下她孤單一人，他唯一的愛，讓她的頭腦自行啃噬。

他看著她搖晃，啊，老天，他多麼愛她。

愛她（這讓他深感羞愧），勝過他的兩個兒子。

但勝過瑞秋嗎？

或許不，或許不會。

他看到瑞秋在媽媽的懷抱裡，讓媽媽把她帶入水中。看到他女兒的雙眼大睜，沉入湖中。

他看著自己的太太，仍能見到女兒的影子，他心中想，**你這個殘酷的、瘋狂的賤人。**

泰迪坐在涼亭的地板上流淚。他不確定坐了多久。他流著淚，看到他帶花回家時德蘿瑞絲站在門前階梯上，看到蜜月時德蘿瑞絲回首望他，看到德蘿瑞絲穿著紫蘿蘭色禮服，看到德蘿瑞絲懷著愛德華，看到德蘿瑞絲擁吻後拂去他臉頰上一根她的眼睫毛，看到她蜷在他懷裡輕啄他的手一下後大笑，看到她星期天上午的那種輕鬆微笑，看到她的臉都破碎了，只剩一對大眼睛凝視他，看起來好害怕，好孤單，始終如此，一向不變，某部分的她始終如此孤單……

他站起來，雙膝顫抖。

他坐在他太太旁邊，她說，「你是我的好男人。」

「不，」他說。「我不是。」

「你是。」她執起他的手。「你愛我。我知道。我知道你不完美。」

當丹尼爾和瑞秋醒來，發現媽媽想綑住他們的雙手時，當他們注視著媽媽的雙眼時，心裡在想什麼？

「啊，基督啊。」

「我真的知道。但你是我的。而且你努力過了。」

「啊，寶貝，」他說，「拜託不要再說了。」

還有愛德華。愛德華應該想逃跑過，而她在屋子裡追著他。

現在她生氣勃勃，很快樂。她說，「我們把他們帶到廚房去。」

「什麼？」

她爬到他懷裡，跨坐在他身上，把他擁入她潮溼的懷中。「我們讓他們圍著餐桌坐好，安得魯。」她吻著他的眼瞼。

他擁住她，抱得好緊，埋在她肩頭流淚。

她說，「他們是我們的活娃娃，我們把他們擦乾。」

「什麼？」他埋在她肩頭悶聲說。

「我們幫他們換衣服。」她在他耳邊低語。

他無法看著她被關在白色箱子裡，白色的橡皮箱子，只有門上的一個小窗口。

「今天晚上我們讓他們睡在我們床上。」

「拜託別再說了。」

「就睡這麼一晚。」

「拜託。」

「明天我們可以帶他們去野餐。」

「如果你愛過我……」泰迪還看得到他們躺在湖岸上。

「我一直愛著你啊，寶貝。」

「如果你愛過我，拜託別再說了。」泰迪說。

他想去小孩身邊，把他們弄活，帶他們離開這裡，離開她。

德蘿瑞絲一隻手放在他的槍上。

他的手緊扣在她的手上面。

「我要你愛我，」她說。「我要你放我自由。」

她用力拉他的槍，但他拿開她的手。他望著她的雙眼，明亮得灼人。那不是人類的眼睛，或許是狗的，也可能是狼的。

歷經二次大戰，去過達豪集中營後，他就發誓他再也不殺人，除非他別無選擇。除非另一個人已經用槍指著他。只有這種時候例外。

他再也無法取人性命，再也辦不到。

她使勁抓他的手槍，雙眼變得更亮，而他又再度拿開她的手。

他望著湖岸，看到他們整齊排列在那裡，肩並肩。

他把槍抽出槍套。拿給她看。

她咬住嘴唇，流著淚點點頭。她抬頭望著涼亭的頂蓋。她說，「我們假裝他們還跟我們在一起。我們來給他們洗澡，安得魯。」

然後他把槍抵住她腹部，雙手顫抖，嘴唇顫抖，然後他說，「我愛你，德蘿瑞絲。」

即使那一刻，他的槍抵住她身體，他還是很確定自己辦不到。

她往下看，好像很驚訝自己還跨坐在他身上。「我也愛你。我好愛你。我愛你就像——」

然後他扣下扳機。槍聲從她眼中傳出，她嘴裡吐出一口氣，一手摀住那個洞望著他，另一隻手抓住他的頭髮。

鮮血湧出時，他把她拉近自己，她癱靠在他懷裡，他擁著她擁著她，滿腹深情化作淚水滲入她褪色的衣裳。

他在黑暗中坐起身來，聞到了香菸的氣味，然後看到了燃著的菸頭發著光，席恩正吸了一口菸望著他。

他坐在床上流淚，哭得停不下來。他說著她的名字。他說：

「瑞秋，瑞秋，瑞秋。」

然後他看到她的雙眼望著天空的雲，她的頭髮漂浮在臉四周。

他的抽噎停止，不再流淚後，席恩說。「瑞秋的全名是什麼？」

「瑞秋．雷迪斯。」他說。

「那你呢？」

「安得魯，」他說。「我名叫安得魯．雷迪斯。」

席恩打開一盞小燈，照出鐵欄杆外的考利和一名警衛。那名警衛背向他們，但考利望著裡面，雙手抓著鐵欄杆。

「你為什麼會在這裡？」

他接過席恩遞過來的手帕，擦乾臉。

「你為什麼會在這裡？」考利又問一次。

「因為我謀殺了我太太。」

「為什麼你會這麼做？」

「因為她謀殺了我們的小孩，而且她需要平靜。」

「你是聯邦執法官嗎？」席恩問。

「不，我以前當過，現在不是了。」

「你在這裡待多久了？」

「從一九五二年五月三日到現在。」

「誰是瑞秋・雷迪斯？」

「我女兒。她那時四歲。」

「誰是瑞秋・索蘭度？」

「她不存在，是我捏造出來的。」

「為什麼？」考利說。

泰迪搖搖頭。

「為什麼？」考利再問一次。

「我不知道，我不知道……」

「你知道的，安得魯。告訴我為什麼。」

「我辦不到。」

「你做得到的。」

泰迪抱住自己的頭前後搖晃著。「別逼我說。好不好？拜託，醫師。」

考利抓著鐵欄杆。「我一定得聽到你說出來，安得魯。」

他隔著鐵欄杆望著考利，真想撲過去咬他的鼻子。

「因為，」他開了口，又停下來。他清了清嗓子，朝地板啐了一口。「因為我知道自己的太太殺掉我的孩子就受不了。我不理會所有的徵兆，希望一切都會過去。我殺了他們，因為我沒帶她去接受專業醫師協助。」

「還有呢？」

「知道這些實在太痛苦了，我受不了這樣活下去。」

「但你非得接受不可，你心裡明白的。」

他點點頭，雙手把膝蓋拉近胸口。

席恩回頭看看考利。考利隔著鐵欄杆注視著囚室內。他點了一根菸。定定望著泰迪。

「我害怕的就在這裡，安得魯。我們以前也曾走到這一步，九個月前，我們有過和這次同樣的轉機。但接著你就又倒退，很快回到原點。」

「對不起。」

「我很感激，」考利說。「但現在道歉對我沒有用。我必須知道你接受了現實，我們誰都經不起再一次倒退了。」

泰迪望著考利，這個太瘦的男人眼睛下方的眼袋好大。這個人是來救他的。這個人可能是他僅存的真正朋友了。

他在她雙眼裡看到了槍響，他把兩個兒子的手放在他們胸前時感覺那些手腕溼溼的，他看著他女兒的頭髮，用食指從她臉上撥開。

「我不會倒退了，」他說。「我名叫安得魯・雷迪斯。我在一九五二年春天謀殺了我太太德蘿瑞絲……」

# 25

他醒來時，陽光照著室內。

他坐起身，朝鐵欄杆望去，但沒有鐵欄杆。只有一扇窗，比原來應有的位置低，然後他才明白是因為自己的位置比較高，他人在那個與畢比和崔共用的房間內，他正睡在雙層床上層。

房裡是空的。他跳下床，打開櫥子，看到他的衣服在裡面，洗好了送回來，他換上了。他走向窗戶，一隻腳放在窗台上繫鞋帶，望向窗外的園區，看到數目大約相當的病患和雜役和警衛，有的在醫院前方兜圈子轉，有的在繼續打掃，還有的在照顧噴泉周圍殘存的玫瑰叢。

他繫鞋帶時留意自己的手，很穩。他的視線清晰一如童年，他的頭腦也清楚極了。

他離開房間，走下階梯，進入園區，在有頂走道上遇到了瑪麗諾護士，她給了他一個微笑，說：「早安。」

「好美的早晨。」他說。

「的確是美極了。我想暴風雨把夏天的悶熱給吹跑了。」

他靠在欄杆上，望著天空的顏色有如嬰兒藍的眼睛，聞著空氣中從六月起就消逝的新鮮氣味。

「好好享受這一天吧，」瑪麗諾護士說，他望著她沿走道向前走，愉悅地欣賞她搖擺的臀部，心想這或許是個健康的徵兆。

他走進園區，經過幾個休假的雜役，他們正在擲球玩，他們向他揮揮手說，「早安。」他也揮手回應道了早安。

他聽到渡輪靠近碼頭時所發出的船笛聲，然後看到考利和典獄長在醫院前方的草坪中央講話，他們朝他點頭致意，他也點頭回應。

「來。」

他坐在醫院台階的角落，望著這一切，感覺好久沒這麼愉快過了。

他接過香菸放進嘴裡，身子往前湊上火焰，嗅著吉波打火機散發的汽油味，然後打火機關上。

「今天上午覺得如何？」

「很好。你呢？」他把菸吸進肺裡。

「一切都好得很。」

他注意到考利和典獄長注視著他們。

「我們猜過典獄長那本書是什麼嗎？」

「沒有。可能這個謎會跟著我們進墳墓了。」

「那就太遺憾啦。」

「也許這麼想吧，這世上有些事情我們就是不會知道。」

「很有趣的觀點。」

「嗯，我盡力而為。」

他又抽了一口菸，留意到菸草的味道有多甜。勁道也比較濃厚，在喉嚨後頭繚繞。

「所以我們下一步行動是什麼？」他說。

「你告訴我啊，老大。」

他對著恰克微笑。他們兩人坐在早晨的陽光下，悠閒自在，感覺上似乎世間一切都很美好。

「得想個辦法離開這個小島，」泰迪說。「抬起屁股滾回家去。」

恰克點點頭。「我就知道你會這麼講。」

「有什麼點子嗎？」

恰克說，「等我一下。」

泰迪點點頭，往後靠著階梯。他可以等恰克一下，甚至可以等好幾下。他望著恰克舉起一隻手，同時搖搖頭；他看到考利會意地點點頭，然後考利跟典獄長說了幾句，他們穿過草坪朝泰迪走來，身後跟著四個雜役，其中一個雜役拿著一個白色包裹，是某種布料，那個雜役打開捲著的包裹時，泰迪覺得自己可能看到了裡頭有某種金屬在陽光下一閃。

泰迪說，「不曉得，恰克。你想他們識破我們了嗎？」

「才不哩，」恰克頭往後歪，在陽光下略略瞇起眼睛，然後朝泰迪露出微笑。「這上頭我們太聰明啦。」

「是啊，」泰迪說。「的確如此，不是嗎？」

臉譜小說選系列 81

# 隔離島

SHUTTER ISLAND


| | |
|---|---|
| 作　　者 | 丹尼斯・勒翰（DENNIS LEHANE） |
| 譯　　者 | 尤傳莉 |
| 封面設計 | 許晉維 |
| 行銷企畫 | 陳彩玉、楊凱雯 |
| 業　　務 | 陳紫晴、林佩瑜、葉晉源 |
| 出　　版 | 臉譜出版 |
| 發 行 人 | 凃玉雲 |
| 總 經 理 | 陳逸瑛 |
| 編輯總監 | 劉麗真 |
| | 城邦文化事業股份有限公司<br>台北市民生東路二段141號5樓<br>電話：886-2-25007696　傳真：886-2-25001952 |
| 發　　行 | 英屬蓋曼群島商家庭傳媒股份有限公司城邦分公司<br>台北市中山區民生東路141號11樓<br>客服專線：02-25007718；25007719<br>24小時傳真專線：02-25001990；25001991<br>服務時間：週一至週五上午09:30-12:00；下午13:30-17:00<br>劃撥帳號：19863813　戶名：書虫股份有限公司<br>讀者服務信箱：service@readingclub.com.tw<br>城邦網址：http://www.cite.com.tw |
| 香港發行所 | 城邦（香港）出版集團有限公司<br>香港灣仔駱克道193號東超商業中心1樓<br>電話：852-25086231　傳真：852-25789337 |
| 馬新發行所 | 城邦（馬新）出版集團Cite（M）Sdn. Bhd.<br>41, Jalan Radin Anum, Bandar Baru Sri Petaling,<br>57000 Kuala Lumpur, Malaysia.<br>電話：603-90563833　傳真：603-90576622<br>電子信箱：services@cite.my |
| 四版一刷 | 2022年1月 |
| I S B N | 978-626-315-035-5 |

城邦讀書花園
www.cite.com.tw




定價：420元
（本書如有缺頁、破損、倒裝，請寄回更換）

國家圖書館出版品預行編目資料

隔離島／丹尼斯・勒翰（Dennis Lehane）作；尤傳莉譯. -- 四版. -- 臺北市：臉譜出版：英屬蓋曼群島商家庭傳媒股份有限公司城邦分公司發行, 2022.1
面；　公分. --（臉譜小說選系列；81）
譯自：Shutter island.
ISBN 978-626-315-035-5（平裝）

874.57　　110016939